2022我们都爱短故事

"我们都爱短故事"编辑小组 选编
秦俑 主编

漓江出版社
· 桂林 ·

图书在版编目（CIP）数据

2022我们都爱短故事 / “我们都爱短故事”编辑小组选编；秦俑主编 .-- 桂林：漓江出版社，2023.5

ISBN 978-7-5407-9426-2

Ⅰ. ① 2… Ⅱ. ①我… ②秦… Ⅲ. ①故事—作品集—中国—当代 Ⅳ. ① I247.81

中国国家版本馆 CIP 数据核字（2023）第 058721 号

2022 WOMEN DOU AI DUAN GUSHI

2022 我们都爱短故事

“我们都爱短故事”编辑小组　选编

秦俑　主编

出版人：刘迪才

责任编辑：谢青芸

助理编辑：叶露棋

书籍设计：石绍康

责任监印：张璐

出版发行：漓江出版社有限公司

社址：广西桂林市南环路 22 号　邮编：541002

发行电话：010-85891290　0773-2582200

邮购热线：0773-2582200

网址：www.lijiangbooks.com

微信公众号：lijiangpress

印制：香河县闻泰印刷包装有限公司

　　[河北省廊坊市香河县安平镇二街村　邮编：065402]

开本：690 mm × 1000 mm　1/16

印张：19.5　字数：241 千字

版次：2023 年 5 月第 1 版

印次：2023 年 5 月第 1 次印刷

书号：ISBN 978-7-5407-9426-2

定价：50.00 元

编选前言

“我们都爱短故事”编辑小组

人生很短，故事很长。

2017 年初，微信公众号“我们都爱短故事”正式上线，由《小小说选刊》主编秦俑与他的七位朋友周洁茹、海飞、陈毓、邓洪卫、非鱼、夏阳、王溱共同发起创作，致力于打造最好的短篇叙事类文学公号。运营六年来，这个文学公号共推出百余位作者的优质原创作品逾千篇。2019 年初，漓江出版社打破惯例，为一个小众的微信公众号出版年选本，而且将之纳入“漓江年选”系列图书，这是传统出版与新媒体、自媒体出版融合创新的一次有益尝试，也让“短故事”从手机搬上书架，由虚拟进入现实，完成了一次“逆潮流”的神奇嬗变。

《2022 我们都爱短故事》编选沿用之前体例，共分八辑：第一辑“雪地猎狍”，猎取的是形形色色的人生故事，关注的是芸芸众生的喜怒哀乐；第二辑“生活中的哲思”，从文学创作最基本的生活层面出发，着力于展现每个人眼里心中截然不同的世界；第三辑“鸡汤大师”有喜剧元素，第四辑“婚礼上的巧克力”着眼于现实与爱情，第五辑“另一个我”关注元宇宙和未来世界，这三辑的关键词分别为“幽默”“爱情”“幻想”，突出体现类型化创作特色；第六辑“大汉脸谱”，试图用文字之光穿透历史的尘埃，烛照时代与现实；第七辑带有“实验”色彩，是我们长期倡导“创意写作”的重要收获；第八辑是一组“闪小说”，为精短写作树立新的标杆。选稿总体上更注重故事性、创新性与可读性，希望能一如既往地得到广大读者的喜欢。

经过多年时间的沉淀与打磨，“我们都爱短故事”的定位越来越清晰，我们就是一群“讲故事的人”。就像我们在海报里说的：“我们小众而不另类，精致而不做作。我们希望每一篇文字都青春焕发个性盎然，每一个故事都有温度有质感。”我们从不孤独，我们还在坚持。因为，我们知道，不管是刻在木牍上，印在书页里，还是发布到网络、手机上，只要还有人保持幻想与好奇，只要还有人相信真爱与善良，故事就永远不会消失，文学的阅读也永远不会过时。

天黑了，故事才刚刚开始。

亲爱的，如果你愿意，请闭上眼睛，跟随我进入下一段故事。

目 录
Contents

第一辑
雪地猎狍

第二辑
生活中的哲思

第三辑
鸡汤大师

第四辑
婚礼上的巧克力

第五辑
另一个我

第六辑
大汉脸谱

第七辑
未来小说家

第八辑
变形记

第一辑

雪地猎狍

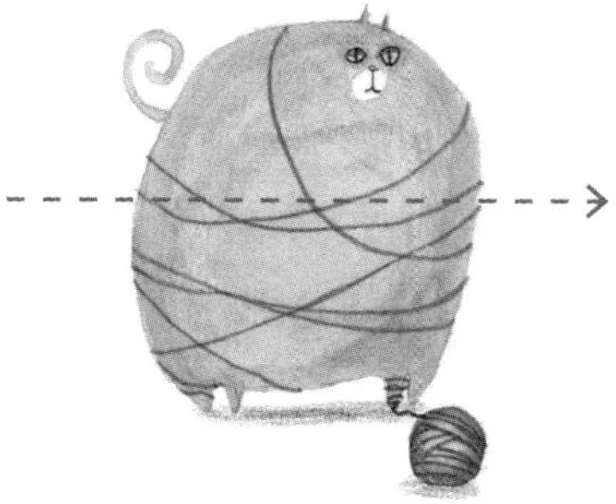

雪地猎狍

梁晓声

北大荒的野生动物中，野雉多，狍子也多。所以有“棒打狍子瓢舀鱼，野雉飞到饭锅里”的夸张说法。

狍天生就是那种反应不够灵敏的动物，故人们叫它们“傻狍子”。人如觉得别人傻，在当地会这么说：“瞧他吧，傻狍子似的。”

狍的确傻。可再傻，它见了人还能不跑吗？当然也跑。但它没跑出去多远，就会站住，还会扭头望望，仿佛在想——我跑个什么劲儿呢，那人不一定打算伤害我吧？往往就在它望着人发愣之际，猎枪响了……狍真的很傻，很少见那么傻的野生动物。

夜晚，一辆汽车在公路或山路上开着，而一只狍要过路。车灯照住狍，狍就站在路中央不动了。它似乎想弄明白怎么回事，为什么那么亮的光会照住它？司机一提速，狍被撞死了。

我在北大荒当知青的六年间，每年都听说汽车撞死狍的事。不但汽车撞死过狍，连拖拉机也撞死过狍。当年，团里有一批“东方红”履带式拖拉机，即使挂到最高挡的 5 挡，又能快到哪儿去呢？但架不住傻狍子愣是站在灯光中不跑啊。

狍的样子其实一点儿都不傻，长得还很秀气。狍的耳朵比鹿长一些，眼睛比鹿的眼睛还大。公狍也生角，却不会长到鹿角那么高，也不会分出鹿角那么多的叉儿，一般只分两个叉儿。狍不会碎步跑，只会奔跃，但绝不会像鹿奔跑得那么快，也不会像鹿跃得那么远。狍虽是野生动物，但又显然太缺乏“野外运动”的锻炼。

狍，傻在它那一双大眼睛。

狍的眼中，尤其母狍的眼中，总有那么一种犹犹豫豫、懵懂不知所措的意味。我这里将狍的眼神比作到了该论婚嫁的年龄，但仍然缺乏待人接物的经验，因而每每陷于窘状的大姑娘的眼神。这样的大姑娘从前是很有一些的，但现在不多了。狍发现了人，并不立即逃跑，而是引颈昂头，凝视着人。也许凝视几秒钟，也许凝视半分钟甚至一分钟之久。要看它在什么情况下发现了人，以及什么样的人，人在干什么。狍对老人、小孩儿和女人，戒心尤其不足。

我在连队当小学老师的两年，小学的校长是转业兵，姓魏，待我如亲兄弟。他是连队出色的猎手之一。冬季的一天，我随他进山打猎。我们在雪地上发现了两行狍的蹄印。他俯身仔细看了片刻，很有把握地说，肯定是一大一小。我们循踪追去，果然看到一大一小两只狍。体形小些的狍，在我们的追赶下显得格外灵巧。它分明是想把我们的视线吸引到自己身上。雪深，人追不快，狍也跑不快。看那只大狍跑不动了，我们也终于追到猎枪的射程以内，魏校长的猎枪也举平瞄准了。那体形小些的狍，便用身体将大狍撞开，然后，它在大狍的身体前跑来跑去，使魏校长的猎枪无法瞄准大狍，连开了三枪也没击中。魏校长生气地说：“我的目标明明不在它身上，可它怎么偏偏想找死呢。”

傻狍毕竟斗不过好猎手。终于，它们被我们逼上了山顶，旁边是悬崖，它们无路可逃了。

在距离它们只有十几步远处，魏校长站住了，激动地说：“我本来只想打那只大的，这下，两只都别想活了。回去时，我扛大的，你扛小的。”

他说罢，举枪瞄准。狍不像鹿或其他动物，它们被迫到绝处，并不自杀，相反，那时它们或目不转睛地望着猎人，或凝视枪口，一副从容就义的样子。那种从容，简直没法细说。那时它们的眼神，就像参加奥运会的体操选手，连出差池，遭到淘汰已成定局，厄运如此，只好听天由命。某些运动员在那种情况下，目光不是也要望向记分牌吗？那是运动员显示最后自尊的意识本能。狍凝视枪口的眼神，似乎是要向人证明——它们虽是动物，被人叫作傻狍子，却可以死得如人一样有自尊，甚至比人死得还要有自尊。

悬崖边上，两只狍一前一后，身体贴着身体，体形小些的在前，体形大些的在后。在前的分明想用自己的身体挡住子弹，眼神中有一种无悔的义不容辞的意味，似乎还有一种侥幸——或许猎人的枪里只剩一颗子弹呢！

它们的腹部都因刚才的奔逃而剧烈起伏。它们的头都高昂着，眼睛无比镇定地望着我们。体形小些的狍终于不望我们，将头转向大狍，仰望大狍。大狍则俯下头，用自己的头亲昵地蹭对方的背和颈。接着，两只狍的脸偎在一起。

我心中顿生恻隐，正奇怪魏校长为什么还没开枪，向他瞥去，却见他不知何时已将枪放下了。

他说："它们不是一大一小，而是夫妻啊。"

我不知说什么好。

他又说："看，我们以为是小狍的那一只，其实并不算小，它是公的。看出来没有？那只母的怀孕了，所以显得大……"

我仍不知该怎么表态。

"我现在终于明白了，鄂伦春人不向怀孕的母兽开枪是有道理的。看它们的眼睛，人在这种情况下打死它们，是要遭天谴的呀！"魏校长说着，干脆将枪背在肩上。

后来，他盘腿坐在雪地上，吸着烟，望着两只狍。我也盘腿坐下，陪他吸烟，陪他望着那两只狍。

我和魏校长在山林中追赶了三个多小时，魏校长可以易如反掌地射杀它们，甚至可以来个"串糖葫芦"，一枪击倒两只，但他决定不那样做了。

那一刻，夕阳橘红色的余晖漫上山头，将雪地染得像罩了红纱，两只狍在悬崖边相依相偎，身体紧贴着身体，眷眷情深，根本不理睬我们两个人的存在。

以书易书

毕淑敏

她喜欢读书。

一天，她从一个病人手里得到了一本世界名著，病人临死前将书送给她，这成为她的“第一桶金”。自此，她用这本书和有书的人交换着读。日久天长，无数次以书易书的结果，是她的阅读量以十倍甚至百倍的幅度增加。

某天，她在路上被一位不认识的中年男子拦住，中年男子说：“你就是那名拥有很多书的女兵吗？”

她不知如何回答，更不知自己在高原的“江湖”上，已享有这种盛名。

她迟疑着斟酌道：“我只有很少的书，都是和别人交换着读的。”

有些人把借给她的书送给了她，就这样，她有了少量书的“积蓄”。

那男子有在高原工作过多年的烙印——极瘦、极枯，肤色红赤干瘪，像一根锈铁丝编缀而成，声音里也带着铁锈般的粗涩质和渣滓感。

“铁丝男”说：“我想向你借书。我也知道你的规矩，借你的书，必须拿一本书与你交换。等看完了，彼此再换回来。”

她安静地对“铁丝男”说：“是。”

“铁丝男”说：“我带来了一本书，想借你的童话书看看，不知道你有吗？”

她恰好有一本童话书，是另一位远去的病人送给她的。那个人因病重被转送到平原，生死不明，临走时，把书留给了她。

此刻，她无声无息地等待“铁丝男”拿出拟交换的书。

“铁丝男”却无端地踌躇了。

她轻声催促道：“你的书呢？拿出来让我看看。”

每逢这种“交换时刻”，她都有小小的激动和憧憬，不知道借书者会送来怎样的惊喜。

“铁丝男”缓缓地把手从衣兜里抽出来，手里捏着的，是——一卷纸。他轻轻地将纸卷展开，再展开，继续展开……原本折叠的纸片，居然变成了两巴掌宽、约有半米长的惊人面积。

她愕然，心里嘀咕着：这种模样，难道真是一本书？

“铁丝男”将纸片小心翼翼地举起来，她满腹狐疑地盯着看——因为还有最后一层折叠尚未打开，如同藏起的谜底。她想象不出这陈旧泛黄的纸片，究竟是什么书。

当最后一层折叠打开后，真相大白——一张标准的对数视力表。它曾在高原的某处土墙上贴过，折痕中腻满了尘沙。

因为她学医，所以对视力表并不陌生。它们有着千篇一律的刻板，大大小小的“E”伏在因年代久远而显出沧桑的纸面上，古板又庄严。

“它……我想，应该也算广义的书了。”“铁丝男”略带不好意思地说。

她不知如何回答。这能算书吗？如果这也算书，那真正的书，情何以堪。

她决定为书正名，便轻轻吞下一口高原上凛冽的寒风，说：“它……有人看吗？”边说边把视力表拿过来，抖动着。由于年代久远，视力表发出脆弱的赶咐声，“铁丝男”忐忑地盯着她的手指，生怕她一个不小心，就会把视力表抖断。视力表上那些朝不同方向开口的“E”，好似一匣随意放置的梳子，不安地晃动着。

“有。很多人看过它。”“铁丝男”要回视力表，镇定了一下自己的情绪，笃定回答。

她的问话甫一出口，就发现了自己的失策。视力表曾经贴在墙上，当然有很多人看过。

“首战”失败，但她并不气馁，接着问：“它算印刷品吗？”

“铁丝男”的脸上简直容光焕发起来，说：“它当然算是印刷品了。”

她发现自己又一次失策。视力表的确是无懈可击的印刷品，绝不是手抄本或油印本。

她轻舔了一下干裂的嘴唇，不甘心败下阵来，继续发问：“它有内容吗？”

这回轮到“铁丝男”反攻了：“你说说看，它难道没有内容吗？！”他胸有成竹地反问。

她悲哀地发现，自己挖了一个个坑，然后又傻乎乎地跳进去。不过，她很快找到了撒手锏，问：“就算有内容，那么它……有作者吗？”

这次，轮到“铁丝男”沉默了，他不是沉默了几秒钟，而是沉默了几分钟。虽然从理论上讲，视力表不是从石头缝里蹦出来的，肯定有作者，但是谁知道他的名字？由于高原的紫外线强烈，加之人体所需的各种维生素严重缺乏，双眼染疾的概率特别高，很多人都在不知不觉中视力下降，甚至酿成惨剧。所以，有人会自备视力表，以期早点儿发现心灵窗户的云翳。

正当她以为胜券在握时，“铁丝男”低下头，面有惭色道：“对不起。”

她一时想不明白，这声道歉，针对的人到底是谁。

“铁丝男”说：“这个视力表是有作者的，我记得是中国的一位教授。可惜我不是眼科医生，把他的名字忘记了。”

她用空心拳头，砸砸自己的太阳穴。这一番关于书的较量，她只能承认，自己彻底败下阵来。

视力表是“一本书”——一是有内容，二是用纸张印刷的（还是上好的纸），三是有作者，四是它千真万确被很多人看过……

她没法不同意“铁丝男”以书易书的请求。

“喏，给你。”她边说边恋恋不舍地用双手平端着童话书，递给了“铁丝男”。

“铁丝男”接过童话书，将书夹在腋下，然后把视力表也双手举着递给她。由于视力表比较长，边缘下垂，好似一条白色哈达。之后，两个人不约而同地仰望高原湛蓝的天空和刺目的阳光，各自长舒了一口气，大有钱货两讫的终结感。

她想了想，还有最后一个问题要落实，说：“咱俩的书，何时再换回来？”

“铁丝男”思忖着说：“我们那里山高水远，短则一个月，长则半年。”

她知道“铁丝男”说的是事实，只得认命，叮嘱道：“尽早还来。再有，千万别弄坏我的童话书。”

“铁丝男”说：“第一件事，我答应你，会用最快的速度。第二件事，可不一定。我把书带回去，假如别人知道了，前脚后脚来跟我借，我无法不借，只得提醒他们倍加爱惜。但你能想象，不一定管得住。”

她心知肚明，也无法再叮嘱，便又追加了一个问题，好奇地问道：“你为什么喜欢童话书？”

“铁丝男”沉吟了一下，说：“在万丈冰峰雪岭之间读童话，能找到一个温暖的地方。”

她还年轻，对此话半懂不懂，只是在心里做好了和这本童话书永诀的打算。

“铁丝男”小心地收好童话书，说：“告辞了。”

她摆摆手说：“稍等。”

“铁丝男”道：“你还有事儿？”

她说：“把你的视力表带走吧。”

“铁丝男”说：“它现在是你的了，就像这本童话书，现在是我的。”

她挥了挥手，说：“童话书，你带走。视力表，也请你一并带走。”

“铁丝男”面色不悦道：“为什么？这样做，好像我巧取豪夺似的。”

她说：“请别在意，我没其他的意思。你这本书，我是再借不出去的，空放着也无用，你把它带回去，将它贴在原来的地方，让它发挥自己的作用。”

“铁丝男”的面色这才趋向正常，他接过视力表，苦笑道：“早知道你的规矩是以书易书，可我们那儿到处找不到一本书，我只好顺手把它揭了下来。”

“铁丝男”走了。果然，时间过去很久很久，那本童话书再也没还回来。她哀叹自己损失了一本书。

说实话，她还没有完整地看过这本书，只是略略翻过，毕竟很少有军人会借童话书来读。保家卫国和公主王子的故事，相去甚远；晶莹的水晶鞋和沾满泥污的战靴，天鹅蛋和寸草不生的旷野，也几乎毫不相干。

这件真实的小事，发生在五十多年前的西藏阿里高原。文中的那个“她”，就是我，时任西藏阿里军分区卫生员。

大 师

双雪涛

母亲还在的时候，我就跟着父亲出去下棋，父亲走在前面，我在后面给他背着板凳。母亲常说：儿子，你也不学好，让你妈还活不活了？我说：妈，作业也写完了，去看大人们玩，算个什么事儿啊，你好好活着。说完背上板凳跟着父亲走。父亲从不邀我，也不撵我，愿意跟着走就走，不跟着也不等，自己拿起板凳放在自行车后座上，骑上车就走。看了两年，父亲的棋路还没看懂，大树下，修车摊，西瓜摊，公园里，看父亲下棋，大多是赢，有时也输，一般都输在最后一盘。终于有一天，我好像明白了一些。回家的路上，下起了雪，我把板凳抱在怀里，肩膀靠着父亲的后背。我说：爸，最后一盘你那个仕支得有毛病。到了家，父亲拿出象棋，说：咱俩来三盘，不能缓棋，否则不下。那次我输了个痛快，每一盘棋都没有超过 15 分钟，我心中所想好像全被父亲洞悉，而父亲看起来的闲棋全都藏着后续的手段，每个棋子底下好像都藏着一个刺客。父亲说：现在来看，附近的马路棋都赢不了你，但你还是个臭棋，奇臭无比。今天教你仕的用法。

现在我回想起来，那个夜晚特别长。

从那以后出去，我背上了两个板凳。到我十一岁的时候，有人从新民来找父亲下棋。那人坐了两个小时的长途车，到父亲常去的大树底下找他。“黑毛大哥，在新民听说你棋好，来找你学学。”那人戴着眼镜，看上去不到三十岁，穿着白色的衬衫，汗把衬衫的领子浸黄了，用一块手帕不停地擦着汗。

眼镜不是第一个。从各个地方来找父亲下棋的人很多，高矮胖瘦，头发白的黑的，西装革履，背着蟑螂药上面写着“蟑螂不死我死”的，什么样子的都有。有的找到棋摊，有的径直找到家里。凡是找到家里的，父亲推开一条门缝，说：辛苦辛苦，咱外面说。然后换身衣服出去。一般都是下三盘棋，都是两胜一负，最后一盘输了。有的人下完之后说：知道了，还差三十年。然后握了握父亲的手走了。有的说：如果那一盘那一步走对了，输的应该是你，我们再来。父亲摆摆手说：说好了三盘，不能再下了。不行，对方说，我们来挂点儿东西。挂，就是赌。所谓棋手，无论是入流的还是不入流的，都有人愿意挂点儿东西，小到烟酒，大到房子、金子和存款，一句话就订了约的有，找个证人签字画押的也有。父亲说：朋友，远道而来别的话不多说了，我从不在棋上挂东西，你这么说，以后我们也不能再下了，刚才那三盘棋算你赢，你回去就说，赢了黑毛。说完父亲站起来就走。还有的人，下完棋，不走，要拜父亲当师父，有的第二天还拎着鱼来，父亲坚决不收，说自己的棋，自己下下可以，教不了人，瞧得起我就当个朋友，师徒的事儿就说远了。

那天眼镜等到父亲，拿手帕擦着汗，说要下棋，旁边的人渐渐围了过来。父亲坐在板凳上，树上的叶子哗啦哗啦地响。他指着自己的脑袋说：老了，酒又伤脑子，不下了。那年父亲四十岁，身上穿着我的校服，胡须长了满脸，比以前更瘦。同时期下岗的人，有的已经做生意发达了，他却变成一个每天喝两顿散白酒，在地上捡烟蒂抽的人，话也比过去少了许多，只是终日在棋摊泡着，确实如他所说，半年来只是坐在板凳上看，不怎么出声，更不下场下棋。

眼镜松开一个纽扣说：我扔下学生，坐了两个小时汽车，又走了不少路，打听了不少人，可是你不下了。父亲说：是，脑袋坏了，下也没什么用。眼镜用手帕擦着汗，看着围着的人，笑了笑，说：如果新民有人能和我下，我不会来的。父亲想了想，指着我说：朋友，如果你觉得白来了的话，可以和他下。眼镜看了看我，说：你儿子？父亲说：是。眼镜在眼镜后面眨了眨眼，说：你什么意思？父亲说：他的棋是我教的，你可以看看路子，没别的意思，现在回去也行，我不下了，脑子坏了。眼镜又看了看我，用手摸了摸我的脑袋说：你几岁了？我说：十一。他说：你的棋是你爸教的？我说：教过一次，教过仕的用法。大伙儿笑了。眼镜也笑了，说：行嘞，我让你一匹马吧。我说：别了，平下吧，才算有输赢。大伙儿又笑了。眼镜蹲下，我把板凳拉过去，把棋子摆上。到了残局，我一车领双兵，他马炮单卒缺仕象，被我三车闹仕赢了。眼镜站起来，从兜里掏出一支钢笔放在我手上，说：收着吧，自己买点儿钢笔水，可以记点儿东西。父亲说：钢笔你拿回去，他有笔。我们下棋是下棋。眼镜看了看父亲，把钢笔重新放进兜里，走了。

回家的路上，我在后座上想着那支钢笔，问：爸，你真的不下了？父亲说：不下了，说过的话当然是真的。又说，你这棋啊，走得太软，应该速胜，不过这样也没什么不好。在学校不要下棋，能分得开吗？我说：能，就是个玩嘛。父亲没说话，继续骑车。

那一天，老张坐上了天台外沿儿

安石榴

老张独居，一个人住在一间七层老楼的六楼。其实他根本没有必要独居。他有妻子，他妻子也没有跟他离婚，只是住到女儿家去了。老张妻子自从去了深圳就没有回过黑龙江，多久了呢？这么说吧，她去女儿家的时候，女儿的肚子里还装着一个小人儿呢，现在小人儿已经上初三了，一米八多的大外孙子每天把外祖母的眼睛和心都塞得满满的，再没有什么能挤得下了！

老张妻子自从住在深圳，一次都没有回过黑龙江，老张也一次都没有去过深圳，两个人这么多年也没见面，甚至都没怎么说过话，按照老张妻子的真情实意，她是一句话也不想跟他说的。“最好根本就没这么个人。”她就是这么说的。这话她可从来没有对他说过，可是老张知道，就像他亲耳听到了一样，他就是知道。他不定什么时候抽冷子就烦她一回。

“唉。”老张对着话筒说。这个“唉”可不是叹气，它指代她的名字，仿佛她不叫李芳芝，而是一个音调上扬的“唉”。“我把房子卖了，卖了三十万，一分也不给你。”他知道他卖不了，可他偏要这样说。虽然他真的尝试过卖掉，但买家细细一操作，发现这个房子他只有一半的处置权，人家忙不迭庆幸自己没大意。老张打给妻子的这通电话只有一个意图，气她。他知道她又得几天睡不好觉了。

老张妻子一声没吭，放下电话就开始闹心。她想，指不定会发生什么奇葩的事情，万一老东西真把房子卖掉了呢？她可不愿意事情发生之后再去找法律的麻烦。她打电话找了个稳妥人，给她去问问，人家告诉她什么事情都没发生，房子好好地戳在那儿呢。可是，因为中间隔着一个双休日，又遇上一个中秋节，再加上事发当天，她有四个晚上基本没睡。老张在千里之外，揣度着她的心思，嗷嗷打着呼噜，一觉睡到天大亮。

有时候，老张妻子也会回他的话。

“我的冰尜呢？你放哪疙瘩了？”老张有个会呼呼叫的大陀螺，冬天的时候他和几个老头老太太在冰面上抽冰尜。老张妻子一手抓着电话，一手抚着要跳出来的心脏，咬牙切齿回复他一个字：“滚！”当晚又是一夜没睡，生气。

老张独居，但屋里会喘气的也不只他一个，还有一只狗。这只狗刚两拃大时就被人当垃圾扔了，流浪汉把它抓在手上时，正巧老张看见了，一把抢过来，说：“你个臭要饭的，还玩儿狗，你也配！”流浪汉听他这话不顺耳，再看他的衣着仪表也不比自己强，就劈手来夺，老张抡起拳头击中流浪汉的鼻梁，后者落荒而逃，老张就带着战利品回家了。

如今，被邻居老太婆啧啧叹息着说是“天养活大的老狗”，每天跟在老张身边，只认他一个主人。这只血统草率混搭的狗没有固定的名字，“唉”“混蛋”“杂种”“滚犊子”“没良心的东西”等特别的词语，在某些时刻从老张口中说出来，老狗就知道是在叫它，或者相反，赶走它。它就乖乖地趴在老张眼前，或者逃得只留下一股子腌臜气味。

就这样，秋天到了。老张一直等待刮大风。“刮他七七四十九天，刮得天翻地覆，人仰狗翻！”他把狗字咬得死死的，老狗听得真切，一边颤抖一边翻着眼睛观察主人，发出像告饶又像疑问、含混不清的哼唧声。“说的就是你，混蛋。”老狗匍匐下来，刚刚开始摇动的尾巴立刻夹在两条后腿之间，藏压到肚子底下去了。

风停的时候已是深夜。老张起身出门，老狗像往常一样跟在身边。老张爬上天台，坐到不足一米高的边沿儿上，双腿垂在墙外，悬空着。他打算想点儿事情，然而，脑子浑浆浆的，好半天没有画面。后来就好一些了，他想起了女儿，她应该四十岁出头了，可奇怪的是，每次想起女儿，她都是一个小孩子，十岁之前的样子，扎着两个羊角辫，总是这么个样子。他也见过外孙，女儿似乎从深圳回来过一次，回黑龙江来干吗他忘记了，指不定他是故意忘记的呢。那个没长多少头发的小猴子长什么样，他也忘了个一干二净。老张喊了一嗓子：“一干二净！”身后的老狗弄出一串低沉的嘶吼。他没回头，斥道：“怕个屁呀，没你的事儿！”他看看头顶，又看看脚下，说：“上不着天，下不着地，是不是？”为什么一脑瓜顶子的繁星，却黑洞洞的呢？又为什么遍地灯光，却漆黑不见底呢？这可真是怪！他这么想了一下，自言自语：“谁在乎呢？”如果一个人都不想活了，一心打算仰望着满天繁星坠落无底深渊的话，这些问题根本就不需要答案。

老张听到毛发刮擦水泥墙的动静，如同竹扫帚猛扫操场的力道，连同那因为紧绷气管而憋出的尖细呻吟在静夜里简直喧哗得不得了。老张很烦，转过头来，老狗一口咬住他的衣角。老张就愣住了。过了好一会儿，老张才小心地挪蹭着，从天台边缘退下来，稳稳地蹲在地上。老张看着老狗，老狗看着老张，老狗平生第一次毫不犹豫地扑进老张的怀里。老张抱住老狗叹息道：“我的老天爷，好悬哪，好悬！”老张起身，他没有撒手，抱着老狗往家走。他摩挲着老狗的头：“好悬哪，好悬！我要是跳下去，你这老傻子，指定跟我下去了。”

祝　福

安石榴

豆腐店

东安市场里只有一家作坊做豆腐，夫妻俩。我眼看着这一对从青年伉俪变成中年夫妻。这得多少年呢？怎么也得十几年小二十年吧，我没算过，反正生生地眼见着男人的鬓角长出了白发，女人的发际线也大举后退。当然了，岁月又能饶过谁呢。有一次，男人一边给我往塑料袋里装水豆腐，一边对我说：你应该染染头了。我就笑了：对吧？我们主顾之间蛮熟的。

我们家爱吃豆腐。豆腐是个平常之物，市面上做豆腐的多了，看起来都一样，实际上才不是，差异可大了，有的豆腐没法吃，都没法忍。我选择他们家的豆腐可不草率，一边吃一边找了多少年呢，那真算得上淘尽黄沙始到金。要问他们家的豆腐到底哪儿出奇，就简单一句话，好吃。真的，有时候我们作出的评价相当简洁，但你知道那是可靠的，比一大堆五颜六色的描绘可靠多了。他们家的豆腐现场做，电磨、烧锅、纱布什么的都亮闪闪、干净净，全在眼睛能看见的地方。很多人不太知道，三伏天豆腐坊卫生差的话可就惨了，有一种叫蛆的东西你可以了解一下，这简直让人不敢深想。超市里就只见豆腐，不见作坊，难免让你担心。其他奥妙就不知道了，不知道有没有“喜欢做豆腐，所以才好吃”那种浪漫的原因。

最初选择他们家豆腐的理由就是这样。

吃豆腐这件事不是小事，真的，我不是开玩笑。我家几乎每天都吃，我也就几乎每天和这对夫妻见面。后来我搬家了，离东安市场挺远。为了吃豆腐，当然拼尽全力，连走带坐车地去买他们家的豆腐。水豆腐冰箱冷藏可以保质两天，干豆腐买一大卷冷冻上像是可以永续利用，不必每天劳顿去买。所以，十几年二十年下来，我一直是他们家的顾客。

这样说了，或许有人认为这不就是朋友了吗？也不算，我都不太能理解人与人动不动就成朋友的思路，我不行，我不擅长这个。我不知道他们叫什么名字，也不知道他们几岁，单纯主顾关系。买卖交接的过程倒不可能一句闲话不说，那极其有限，我都写在这儿了。我认真想过了，的确全写在这篇文章里了。

有一次我看着他们家售卖案台上一溜儿腐竹、豆皮、海带、玉米面条……我指着酱色的冷面问她，真的是冷面吗？东北人爱吃冷面，一种荞麦产品。我小时候见到的冷面只有绿色淡到几乎无的圆柱形荞麦面条。而如今市场上还有一种酱红色的。我已经怀疑它很久了。她摇了摇头说，我猜它就是掺了酱油的面条。就这一句话，我没买，她也就没能从我这儿赚到这份钱。

还有一次他们夫妻在吃饭，小铁锅里炖着酸菜肉粉条，火锅的吃法，热乎乎冒着白气。东北人好这口儿，过去家家腌酸菜，现在多数人家不再腌制，手工作坊应运而生。我问她，酸菜哪儿来的？她指一指售卖台上的卖品，那一档全是一个牌子的袋装酸菜。我又问，怎么样？她抿了抿嘴角说，一般。就这一句话，我没买，她也就没能从我这里赚到这份钱。

现在想一想，这么多年一直在他们家买豆腐，或许这个原因也不能忽视吧。

小二十年下来，粗看仿佛一切都没有变化，人还是那人，所谓长了白头发、发际线后退，也就说说罢了，它们都不是生活的实质，我想也没有多少人真正把它们归入人生或命运当中去，不值一提的事情。东安市场如小麻雀一只，地盘不大，却是个综合农贸市场，各种行业都在一个屋檐下。豆腐坊对面是个卖鸡蛋的，也卖鸭蛋和鹌鹑蛋，有一对红扑扑脸蛋儿的胖老太太多年来一直端坐在那儿。豆腐坊后面一溜儿五家蔬菜摊，全都夫妻档、原装的，丈夫还是那个丈夫，妻子还是那个妻子，这么多年头型没变，仿佛一年四季穿的衣服也是那相同的几件。真实的生活是不是藏着一些简单的要义？或者还有一些容易解释又没人解释的东西？反正你在某些朋友那里能看到命运的多变和不确定性，或许有个朋友婚都离了三次了。在这个角落里，有一种淳朴的稳定存在。我当然也知道那不是生活的全部。

有段时间我一直没见到豆腐坊的男人，女人告诉我，他住院了，脑梗。等他回归老板岗位时，我看他也没啥变化，还是那个黑眼睛浓眉毛、身高超过一米八的东北大汉。他说只有他自己知道，他已经不是之前的那个人了。后来还有一次，他又不在了，女人说他犯病住院了。不记得哪一年，这回轮到女人了，女人不在了。我去买豆腐，通常一次两次不见夫妻一方，我不会问，谁家还没个事儿呢，对吧？后来我还是问了，男人说，媳妇住院了。我再见到她时，她围着皮质长围裙站在豆腐坊里，叼着一根烟，一边沉思一边吸。

豆腐坊有个惯例，旧历年十五之前他们家不开板。今年十五过后我过去，豆腐坊仍在，人却换了。新的老板说，前老板夫妻去南方养老去了，不干了。听起来有点儿浮夸，却也未必不可能，东北人对南方的温暖有热望。我只好顺着他的话聊下去，我问，怎么这么早就养老去了，他们也没多大年纪呀。他说，没招儿了，老板娘瘫痪在床起不来啦。

我惊在那儿了。

这个新老板长了一个圆乎乎的大脑袋，一对圆乎乎的大眼睛，一般说来这是个实在人的样子。可他眼白大，黑眼仁小，这又是一个不太牢靠的模样，我不知道他是不是信口胡编的。

我就惊在那儿了。

馒头铺

小万馒头铺里的小万是个男生，我认识他的时候他二十来岁，细纤纤的，男孩儿模样儿，宽眉，大眼，但都又浅又淡，我想可能这就把一些看起来锋利的东西淡褪了、中和了。加上一张爱说爱笑的嘴，他给人的印象总是和和气气的。好像一家人的话都让他说了，他母亲和妻子不大说话，时时刻刻闷头干活儿。反正这样一个小作坊，完全以人力顶着呢，根本放松不得。

小万的馒头铺只有三个品种：馒头、花卷、糖三角。用自制面肥，蒸出来个个胖嘟嘟小猪羔子似的，好吃，实惠。

小万的馒头铺生产和售卖都在一个空间。正方形的小屋子里，依墙排列着一架笨重的和面机，一张超大案板，一个煤气灶，一溜儿顶上天棚“醒”馒头的晾晒架，两摞半人高面粉袋子垛，一个放成品的货架，当然了，还有一个收钱的小匣子。买馒头要站在门外，所有一切都看在眼睛里：他们的每个动作，每个人脸上的粉尘，每一块干净的屉布。

小万爱笑爱说话，一边手脚不停地劳作，一边和顾客打交道。这样我便知道了他一直跟母亲在一起，结了婚也和母亲在一起，他妻子和他是发小，他转过身来一只手比画到自己的下巴颏说，她小时候大鼻涕这么长。我知道他大半在开玩笑，忍不住哈哈大笑，一边瞄他妻子，她正在把一块块面剂子揉成圆形馒头，没有抬头，也不反驳，抿嘴偷笑。他母亲一头白发，一定是习惯了，没听见一样，只顾从售卖架上拿花卷装在袋子里递给我。

慢慢地，我也知道了小万馒头铺的运作。他们一家每天凌晨一两点钟就起床，一天用掉十几袋子面粉——五十斤一袋，一次蒸十二三屉，每屉二十三四个馒头。这是日常工作，不包括订单，比如有一次北山大庙举办盛大法事，订三万个馒头，小万一家人通宵达旦赶制好几天。

小万抖了抖刚刚倾入和面机的面口袋跟我说，这个活计干不长，既熬人，消耗也太大，没法干长。谁都干不长，他最后还补充了这么一句。

我想也是，小店铺普遍的困境吧，干活儿的人不能一拨儿一拨儿替代流动，老板当不成甩手掌柜，必须亲自下场劳作。母亲年纪大了，妻子必定还要带孩子——这时候，他们还没有孩子呢。

就在我们聊这件事不久，小万妻子开始显怀了，肚子越来越大。但我旁观着，她的活儿还是那些，不然怎么办呢？小小的作坊，人手有限。

接下来的几年，小万娘儿仨依然在楼下的小店铺里做着馒头花卷和糖三角，小万的女儿由孩子的外祖母在乡下带着，偶尔能在店里看到。小姑娘笑眯眯的，模样像她父亲，看起来就要到上学的年龄了。

然后，忽然有一天，毫无征兆地，小店铺换人了。也是一家三口，但不是小万一家了。我吃了一惊，仰头看门面，原来的门匾还在，这么多年风吹雨打，“小万馒头铺”几个字依然清清楚楚。我说，换主人了吗？男人回了一句是的，就不再吱声。

我发现他和小万不是一个类型的男人，立刻丧失了闲谈的兴趣。新主人增加了品种，除了之前的馒头、花卷和糖三角外，还有小米发糕、荤素包子、酥饼、麻花、大果子，等等。然而，小店并未坚持多久，不到一年就闭店了。邻居吴大妈说，啥啥都瓢轻的，不干黄了才怪呢。再开业的时候，牌匾换了，主人也换了，这一家专营自产蜂蜜。

有一年，深秋的一个晚上，文友聚餐之后，我打车回家，一上出租车，司机和我都笑了，小万！几年没见，小万还是小万，只是稍微胖了一点儿，但显得成熟许多，是个男人模样，那个男孩儿消失了。我这才知道，小万这几年都做了什么。他先是买了一套二手房，安排孩子上学之后，两口子一起去学开车，考下驾驶证就兑了一辆出租车，夫妻搭档，白天妻子开，晚上小万接手。媳妇白天开车兼顾着接送孩子上下学，他的老母亲做饭看家。

我说你这转行转得挺彻底呀，都算跨界了。小万像从前一样哈哈大笑一阵。他说他在蒸馒头的时候，就一直打算转行，一边干一边打探琢磨，也算得上机缘巧合，正好有人要出手出租车。小万说，要不然我怎么能有出租车开呢，这个城市的出租车已经不再增容了，想开都没得开。有这么个机会让我抓到了，只能说运气好。我说按照这个思路，你将来还会跳槽。小万又是一阵大笑，说，现在我可没有这个想法，我要安心干几年。有些事就那样，得慢着点儿，不能着急，一边干一边看，骑马找马吧。

说话间就快到家了，我忽然想起刚才我的饭局，遇到一些文友总想让你说出写作的秘籍，说不出来他们就会露出怀疑和讨厌的眼神。没办法了，我就鹦鹉学舌，告诉他们要少用形容词，可是我用形容词却也随心所欲。我就存心想开个玩笑吧，我说小万，你蒸了那么多年的馒头，蒸得又香又甜，一定有秘诀吧？反正你也不干了，告诉姐呗。小万说，蒸馒头能有什么秘诀？有秘诀的话，我还跳槽吗？你每天蒸上一锅，一天别落，用不了多久啥啥就都妥了。我说那不可能，你没有说实话。这次小万知道我开玩笑呢，他哈哈哈大笑起来，车都停不下来了。

近处马安定

岑燮钧

马安定是从板门镇嫁过来的，她娘家祖上是大户人家，只是后来世道变了，只留下了一进院。

她嫁到周塘来，是我祖母做的媒。她娘跟我祖母是同父异母的姐妹。

祖母姐妹俩并不怎么亲热，所以，我们家里大大小小背后都直呼她“马安定”。按道理，我该称她一声“娘娘”。

那时的周塘，男女都得下地，唯有马安定，很少去地里，就是去，也是担饭。有一回，我家“双抢”，他们夫妇两人来帮忙。她穿着纺绸衫，一身干净。我母亲也下地去了，家里只剩下我和祖母。她跟我祖母一起烧点心，一边聊天，一边做“手巾粽”。所谓的“手巾粽”，就是用干净毛巾缝成一条“直筒袜”，里面放上糯米，等煮熟了，拆开毛巾，露出长长的一条糯米糕，然后切成一片一片，蘸着白糖吃。做好之后，马安定让我一人送到田里去。她说：“女人会晒黑的，男人没关系。”

我小的时候，周塘只有干活儿的人，没有散步的人。女人要么蹲在埠头洗衣服，要么站在门口聊天。独有马安定，悠闲地走着。有人问她：“马安定，你到哪里去？”“近处走走。”这是什么意思呢？大家就觉得马安定像大小姐一样，算个啥。于是，我们族里多嘴巴的四娘私下给了她个外号，叫她“近处马安定”，我们听了都想笑。

近处马安定就是好福气，她男人是木匠，承包地后来让别人种了，她落得清闲。再后来，儿子在社办厂里跑外勤，当了副厂长。做工的人看见她，马安定长马安定短，围着尽说好话。别人家，“双抢”时节，吃夜饭得到八点钟，一边燃着烟堆驱蚊子，一边还得芭蕉扇不离身；马安定老早穿着纺绸衫，晃悠晃悠，抚着手臂，近处走走，时不时地跟熟人搭讪几句。我母亲就很忌妒她，背地里也叫她“近处马安定”。

我祖母说：“伊拉（他们）板桥人都是这样的啦，女人挎个‘市篮’，就知道上市买小菜，从来不干活儿的啦。”我想，祖母大概也是在忌妒她的同父异母的姐妹吧。

说来难听，我祖母的“寿域”都是到她卧床之后才修的，而在这之前，马安定却已经在南山找好了百年之后的归宿。据说，有钱人家早做“寿域”，可以规避“风险”，让阎王误以为已经收拾了这个人。但是，也有风水先生说，这“寿域”做得不好，也会招来祸殃。马安定倒觉得无所谓，人总归是要死的，早死晚死而已，趁现在闲着，做好一样是一样。

这话说得没错，若是晚几年，她可能就没这个心情了。

有一阵，我们周塘传得有鼻子有眼，说马安定的儿子在外面有人了。马安定正色道：“谁说的，什么乱七八糟的！”但是，事情还是慢慢地坐实了，因为社办厂办不下去了。大家都说，她儿子拐走了所有钱，跟一个女人跑掉了。跑掉了，是瞒不住的，一年不见，两年不见，你还能说什么呢？于是，他厂里的人当面对马安定说：“你儿子欠着我们的工资呢。”这让马安定很是抬不起头来。但是，吃了晚饭，近处走走，她还是老样子。

对马安定当头棒击的是木匠出门去被车撞死了。没想到，早死晚死，木匠会死于非命。我们全家都去了。马安定哭得死去活来。我祖母一次次地绞热毛巾，为她擦脸，劝解她。我祖母的姐妹已经过世，祖母是她最亲的长辈了。而她儿子竟然在这样的节骨眼上也没有回来。听人说，他回来，肯定会被抓起来，没人知道他跑到哪里去了。说不定马安定知道，但一个母亲怎么会出卖亲生儿子呢？大家帮着行礼如仪，一步步地完成丧礼。这时，一个帮忙的族人从南山回来，告诉马安定，他们没有找到木匠的“寿域”，这附近一带都看了，没有一块墓碑是木匠的名字。那个族人感觉也很奇怪，因为当初修坟的时候，他做过小工，山里的方位，八九不离十，他是有印象的。

马安定止了哭声。我们周塘的女人都有这个本事，明明哭得死去活来，一旦正事上场，马上停住哭声，处理正事。马安定说，那我去一趟。本来，办丧事的时候，她是不方便出门的。

回来，马安定很沮丧，她什么都没说，神情呆滞。帮忙的族人都觉得奇怪，但看她那样子，又不方便再问。后来，我祖母进了她的内室，马安定才号啕大哭。

“姨娘，我是没法活了！”

“你这是咋了？你要振作起来，明天一早还得出丧呢！”

“还出什么丧，坟都没了。”

“坟怎么会没呢？”

“被那个小畜生偷偷卖掉了！”

“天下哪有这样做事的！儿子不给老子做坟也就算了，连老子做好的坟都给卖了，这干的是人事吗？”我祖母顿时也气血上涌。她对马安定的这个儿子，向来是瞧不上眼的，油里油气，从小就是个不落档的人。

那时，已经要求死后火化。最后，马安定做出一个出人意料的决定，儿子什么时候回来，就什么时候重新做坟。这骨灰盒就放在她的卧室里，谁叫木匠没有养出个好儿子呢！

后来有人问：“木匠的骨灰盒放在你房里，你不怕？”

马安定道：“怕啥，他还能把我一斧头给劈了？”

经过这事之后，马安定老了不少。而更给她折磨的是，儿子始终没有回来，这个骨灰盒也就这么悬着。

马安定终于沦落到要给人家做工了。四娘的儿子是开鞋厂的，她跟着四娘去做鞋。去的那一天，她换了旗袍，化了淡妆。四娘的嘴巴干煞煞，说：“马安定，今朝打扮得这么漂亮？”

“漂亮个啥，出门去，总归要有点儿样子吧。”

她捋了一下头发，拂了拂旗袍。这让四娘很不以为然。

河上有风之水某丑

非　鱼

离大桥还有一公里左右，已经开始堵车。

大货车司机们习以为常，这条路，下雨会堵，下雪会堵，桥上车与车若有一点点剐蹭也会堵。他们把脚跷在方向盘上，抽烟或者打瞌睡，或者跳下车去路边的饭馆里吃碗油泼面，反正一般只要是堵了，一时半会儿通不了。

我本来想回去，但耐不住这春风浩荡，还是想去桥上吹吹风。原本我是为了看那一片红叶李。

自行车停在桥头，我溜达着从一辆又一辆大货车旁走过，拉铝锭、铝粉的居多，拉煤的车好像比前几年少了很多，夹杂在大货车中间的小车看起来柔弱无助，司机也大多在桥上抽烟聊天。

再往前走，我看到了堵车的原因。一辆大货车和一辆小汽车撞在一起，大货车似乎毫发无损，而小汽车的侧前方已经成了模糊一片。司机被困在车里，但好像并无大碍。

我试图帮忙。有人说已经报过警了，120也打了。不用费劲了，车门拉不开，前后门也变形了。

消防支队距离大桥近，消防队员来得最快。他们很熟练地切开了车门，把司机从车里拉了出来。司机是个刚进入中年的男人，脸色惨白，一脸惊恐。他瘫坐在人行道上，喘着粗气。突然他又站起来，大喊，后面，后面！大家这才意识到，后排还有人。

那是一个年轻的女孩儿，瞬间的撞击再加上没有系安全带，她晕过去了，半躺在座椅上，以至于一时没发现她。

120 还没有到。女孩儿被放在人行道上，衣衫凌乱。围观的大货车司机眼睛像钉子一样，牢牢盯着她的身体。我帮忙把她掀起来的裙子拉好。

就在这一团忙乱中，那司机拉了我一下，说，帮个忙。我下意识地答应，好。他悄悄指了指女孩儿说，你就说是你同学。这个脸色依然惨白的中年男人，牢牢地抓住了我的手。求你了。我竟然莫名其妙地点了点头。

那一刻，我的脑袋一定是被驴踢了。我只是想去看一看红叶李，因为堵车，我去看了一下热闹，顺便帮了个忙，怎么就会答应帮他这个看起来更大的忙呢？也许，他是从我给女孩儿整理衣服的时候就选中了我，起码有很多人作证，我很关心她。

120 来了，他们在现场做了检查，说女孩儿呼吸、脉搏、血压都正常，但意识不清，需要进一步检查。男司机除了软组织伤，没有其他问题。女孩儿被放上担架。又问司机，他说他不用去医院，要等交警。他推了我一把，我明白，他是要我跟着女孩儿。所以当医生问有没有家属时，我只好答应，我，我是她同学。

就这样，我被卷入了这个叫水某丑的男人的生活。

在救护车上，我翻开了女孩儿的包，找到了她的身份证。她的信息一目了然，免去了我一无所知的麻烦。

各项检查完毕，女孩儿也无大碍，但需要住院观察。到下午的时候，她已经醒了，我给她买了粥和包子，她没有吃。她问我是谁，她怎么会在这里。我简单说了一下我看到车祸的整个过程，以及水某丑让我以她同学的身份来照顾她。

她脸上闪过一个不太明确的表情，像冷笑，也像嘲讽，还像是疼痛。她告诉我他的电话，让我联系他。

你好，我是宁燕的同学。他说，你们在哪个医院，我马上过去。

离开医院后，我和水某丑以及宁燕再没有联系，也没有见过他们。很快，也就忘了在那个春日的周末，曾经发生过这样一件事。生活原本就充满了各种故事或者事故，不出意外，都是故事，有了意外，便成了事故。

大概半个月后，我突然接到了水某丑的电话，他说，一起喝一杯。我说，好。这是男人之间解决问题最直截了当也最有效的方式。

两个菜，一荤一素，一瓶酒，一分为二。

他说，谢谢。我说，不客气，举手之劳。

我知道，我的出现，将他即将发生的大事故又变成了你知我知的小故事。

他说，好兄弟，一切都在酒中。我说，我懂。

他实在是不胜酒力，三两之后，他就满脸通红，连脖子也是红的。他说，不是你想的那样，真不是。他突然哭了，是那种眼泪顺脸淌的哭，却没有声音。

宁燕是我的学生，她说想去看花，说河那边有一大片的红叶李，灿烂极了，还香。我知道她喜欢我，她是个好女孩儿，我不能害她。我老婆偏瘫三年了，我们相爱过，我不能不管她。宁燕说去看花，快毕业了，她就想和我一起去看一次花，就这一次。

边界从清晰到模糊就这么一点点。你看，我越是担心就越紧张，越紧张就越出错。那天，如果不是你，我真不知道该怎么办，如何解释得清这一切。

不瞒你说，那天，我是做好跳河打算的。我不知道该怎么面对失控的一切，各种猜测和传闻不仅会要了我老婆的命，也会要了我的命。我只有一死，一了百了。

兄弟，你救了我。

水某丑的声音越来越低，脸上的泪依然在淌。

我什么都没说，拍了拍他的肩，结了账，先走了。

夜晚的春风依然温暖浩荡，空气中弥漫着各种味道，能辨别出来的有花香、草香、树叶香、大地的香。车辆和行人匆匆而过，各种故事或者事故，继续在紧锣密鼓地上演。

有福的瓦片

原上秋

有福把手里的瓦片往高处抛一下，抛一下，又抛一下，连抛三回，两回都是正面朝上。他决定晚上开始行动。

晚上是老孙站岗，他们约好有福钻进黑暗里一段时间后，老孙开一枪。老孙开枪是打不着有福的，连有福的影子都打不着。影子化在黑夜里，老孙的枪口朝着天。老孙大喊，有人跑了！连长听着枪声掂着盒子枪跑过来，朝黑暗里补了一枪。连长的枪声有福听到了，老孙的枪声有福也听到了，有福摸摸自己的脑袋还在，继续往前跑。

他不知道路，他知道自己已经没了退路。谁他娘的愿意当逃兵。他实在是想娘。那天娘做面鱼儿，说有福，听到门口乱呢。有福去看，一出门就遇到队伍正从家门口过，一个当兵的嘻嘻哈哈就把他拉走了。有福成了和他们一样的人。那时候天天打仗，死很多人。有福一开始很害怕，见的死人多了他也就不怎么害怕了。他在队伍里认识了老孙，老孙是个老兵，打过很多的仗。老孙没有被敌人打死，差点儿被连长枪毙。村里有个小妮儿喜欢老孙，他想她，跑过一回。那天运气差没跑掉，连长问他知道当逃兵的下场吗。老孙说知道。连长说知道还不给老子跪到外面。老孙就跪下了。老孙不想死，说求求你连长，还有个人等俺活着回去呢。连长说你想咋样。老孙说，让俺下次打仗冲到最前头。连长说这样吧，你抛瓦片，抛三次，有两次正面朝上就饶你。老孙抛第一次是反面，他的手哆嗦了，全身都哆嗦了。抛第二次是正面。决定他命运的第三次也是正面。连长把枪放盒子里了，用脚蹬翻了老孙。连长说你小子运气真不孬，下次一定要给老子立功。

老孙给瓦片磕头，他到哪里都把瓦片带身上。有一次是防御战，一颗子弹打在瓦片上，声音很大，老孙掏出来一看，瓦片一分为二，还有一颗滚烫的子弹头。老孙把一个瓦片分给了有福。老兵老孙很照顾新兵有福。有福说他想娘，娘还等着他吃面鱼呢。老孙让他抛瓦片，瓦片是天意。天意让他跑。老孙说等你跑远了俺就打枪，不然没法交代。

有福跑了三天，一打听，还在队伍的怀庄附近。白天他不敢跑，就躲到山里。在山里他发现有大队的鬼子兵蛰伏。他跑到山下找中国军队。接待他的是个团长，团长让他带路围剿鬼子。有福就带着队伍一下把一大队的鬼子“包了饺子”。这是个大胜利。团长说这队鬼子兵准备偷袭咱们，结果被咱们偷袭了。团长在很多兵面前给有福胸前挂了个勋章，团长当着这些兵的面让有福当兵。有福心里暗暗叫苦，又没有办法，只能跟着队伍走了。

行军打仗，有福都把瓦片带在身上。不打仗了，有福爱拿出瓦片看。瓦片里有老孙，也有他娘。那天娘说，有福，娘做面鱼给你吃。有福说，娘咋舍得把白面吃了呢。娘说给你送行。送到哪里去呢？娘说，吃了面鱼你去找柴叔，柴叔也有队伍，是共产党的队伍。那时候，柴叔的势力还不大，他在大山里。有福的娘认准柴叔的队伍是为穷人打天下的。

这仗打着打着，日本投降了。那年有福已经是连长了。有福最后一仗得到友军很好的配合，有福去慰问的时候发现连长是老孙。老孙和有福抱在一起，他们身上有东西都硌到了对方。他们把瓦片掏出来，比在一起竟然囫囵起来。他们兴奋地互捶对方。

有福想娘了，有福向长官请假，长官说还要继续打仗。有福是一百个不愿意呀，但他阻挡不了。不久他们的队伍就开到了淮海前线。一开打就遇到打仗英勇的解放军队伍。有福忙里偷闲，抛瓦片，每一次落地都是反面朝上。有福对老孙说，看来这一仗不吉利啊。老孙诡秘一笑，反面反面，反着就吉利。

有福一想，说不定对面就是柴叔的队伍呢。

在战事胶着的关键时刻，有福偷偷去了一趟对面。他没找到柴叔，但有人告诉他，这支队伍就是从大别山过来的，是为穷人打天下的。

有福和老孙一商量，带着二百多人加入了对面的队伍。

那天有福遇到一位很像柴叔的解放军首长，首长和他俩握了手就钻进了硝烟里。有福想，不管他是不是柴叔，这支队伍他是跟定了。

和大人物不到一尺的距离

原上秋

他是我的一个朋友。

早些年做生意挣了点儿钱，住的房、开的车都比一般人好。与人交往时，大把地花钱，处处表现出一位成功人士的做派。但是，他只有初中文化，学识这东西可不是钱能买来的，因此时常被人贴上“土豪”“暴发户”的标签。

学识不能用钱买，但是学历能。凡有学士硕士招录的，他都去报名。那些年真的有免考拿到学历证书的。他不敢拿太高的，也弄了个什么研究生。凡有社会活动，不管是公益的还是商业的，本省的外省的，他都积极参加。免不了赞助一下，捐些款。这都不是问题。这期间，他自然接触到不少公众人物，握个手，合个影，稀松平常。

活动多了，合影就自然也多了。渐渐地，他从心里认定自己脱离了泛泛之辈。为了证明自己不是夸夸其谈，他将这些合影照片都放得很大，贴满了屋子的墙壁。

遇到有人来访，他会不厌其烦地从墙上第一张照片说起，在某年某月某日，在某个场合，他遇到了名人甲，这名人甲一点儿不把他当外人，和他握手拥抱。然后介绍第二张，是在某年某月某日，在某个场合，他遇到了名人乙，名人乙在众多的人头中，一眼发现了他，上来就用拳头砸他，说让人想死了。然后第三张，是名人丙，这可是一个有性格的人，你很少见过他与人合影的，他出门必戴一副把大半张脸遮住的墨镜，再把口罩一捂，谁也别想认出他来……他说得不累，听的人累了，找个理由跑了。

天长日久，合影也越来越多。家里挂照片的墙壁挂不下了，他不得不在外面租下一个有大厅的房子，把合影照片都挪了过去。名字都起好了，叫“名人堂”。

自“名人堂”布展之后，来的人非常稀少。想想吧，谁会为了看他和哪个人合影，专门跑这里一趟。但他平日里一闲下来，都会来这里。看着照片，回忆着往事，乐此不疲。哪天哪个名人有了新成就，他还会邀请一帮朋友过来喝酒。来的人也未必真把它当成啥喜事，反正白吃白喝，嘻嘻哈哈玩一场而已。但是，如果哪个名人不小心出了车祸，或者得病死了，他会限制自己娱乐，在这里沉痛好些天。从这以后，再有人来，他会重点把这个刚刚有难的人物推荐给来访者，因为人们似乎对名人的不幸更感兴趣。

他沉浸在和名人打交道的影像世界里，有人对此不以为然。问他，怎么没有和某某某的合影？明显语带轻视，潜台词就是说，这些算什么呀，能和某某某合影，那才叫能耐。

某某某是个大人物，不但一般人想见一面不易，就是与他合影的那些名人，想与某某某见面都机会稀少。他只能说，有机会，有机会。

没有人相信他有机会，某某某不是谁想见就能见到的。

不知道过了多久，有一天，他打电话给我，让去“名人堂”一趟。我以为又是哪个名人获奖了，就表现得没有兴趣。他以坚定又略带乞求的语气在电话中说，一定来。

他是让看一张照片。

在厅堂最中心的位置，悬挂着一张放大了的彩色图片。一眼看出，是一张大人物某某某在某地方视察工作的图片。

他竟然说，他也在这里头。

这是一个家喻户晓的新闻场景，电视台报纸都广泛报道过。从传播效果上可以推断，它将载入史册。谁在这个上面出现，那可是非常荣幸的事情。

我仔细查看了照片上所有人物的正脸、侧脸，包括远处群众正忙碌劳作的背影，都没和他相像的影子。

他大概猜出我的疑惑，便用手指头按住一个地方，说，我在这里。他手指的落点，是在照片外面，离大人物有半尺多远。

我明白了。就算他当时在场，他也被摄影师当作无关紧要的部分裁掉了。

这是一个小小的缺憾，但似乎没影响他做一下文章的兴致，以及由心底泛出的荣誉感。

我给他建议，制作一个小牌，用文字解释他其实是在大人物身边不到一尺的地方，只是没显示而已。

后来，他果然照办。

他大概也想到，什么时候来人驻足，就不用再费口舌了。

明天升起的，不是今天的太阳

莫小谈

又挨过一个雪夜。

憨叔起床，拉开门，太阳在天上，旧洋车躺在院落的雪里，凉风一吹，又添上一层浮雪。

憨叔来到水桶旁洗漱，一看，还好，水没有结冰。他取出一瓢来，呼啦一声倒进脸盆里，洗脸。

如果被憨婶看到，一定会责怪他："尽逞能，一把年纪了，也不怕激坏了身子。"

憨叔和憨婶相濡以沫一辈子，形影相伴，即便是到东墙根儿晒暖，也要出入成双。

那天，雪还没下，憨叔挨着憨婶坐。"想娃不？"

"不想。"憨婶揣着袖筒。

"真不想？"

"真不想。不过——"憨婶又补了一句，"想孙子嘞！"

憨叔的儿孙住在城里，很少回来，憨叔和憨婶不喜欢闹腾，非要留在乡下享清静。

"看天，是要下雪喽，等家雀回巢，我给你捉几只，用家雀脑涂手，不皴。"憨叔转了话头儿。

憨婶拦着不让捉，说："别造孽，谁都是一条命。"

那一日，风和日丽，阳光照在身上暖暖的，他们一起回忆了好多以往的事儿。

年轻时，憨叔的本事大，娶了憨婶这朵花。憨婶起先嫌他家穷，不乐意，说：“我是不会踏进你家门的。”憨叔不死心，赶了小半年工，才换回一辆永久牌的“洋驴子”来，跟憨婶说：“你不愿踏进俺家门，我驮你进门总行吧！”

憨婶竟无言以对，加上被憨叔的真诚打动，就过了门。婚后，二人相敬如宾，从未红过脸、置过气。

憨叔洗完脸，进屋烧饭。昨晚的玉米面糊糊没喝完，他倒进锅里，再添一碗水，又馏了两个馍。“咱俩还一人一个，比赛，看谁先吃完。”

其实，家里有肉也有菜，但他不想吃，就没有热。饭后，憨叔到东墙根儿晒太阳，独自一个人。

“说走就走了，哪有半点儿的舍不得？”憨叔嘟囔着。

那天，老两口儿坐着晒太阳，憨婶突然问：“还记得桂英不？”

“记得，东胡营的。”

“嗯，走喽，前天下午走的。听说，她闺女回娘家，在门口喊：‘娘，娘，开门！’敲了半天也不开，撞门一看，桂英趴在床沿，走喽。”

“哦。”憨叔捧着茶缸喝水。

“还有留栓，也走喽。”

“谁？”憨叔有些惊讶。

“三队的留栓，晌午出去放牛，太阳落坡后，只有牛回来，家人就去找，结果发现他躺在河边草地上，身子骨都硬喽。”

憨叔没吱声，抬眼看着天。“太阳落到一竿子喽，不晒喽，不暖和喽。”

“就是，落坡喽，回屋。”

晚饭，憨婶熬的红薯粥，又烙了三张饼，两人比着吃饭。晚上，二人上床休息，一人睡一头儿。

将睡未睡时，憨婶突然问憨叔：“你说，为啥冬天的太阳，说落就落哩？”

“今天落，明天升。”憨叔说。

“那终究是明天的太阳。”

“都一样。”

“不一样。”憨婶说。

沉默一会儿，憨婶说：“你本事大，有能耐你别让太阳落。”

“好，赶明儿我把它支起来。”随即，憨叔问憨婶：“你怕死不？”

“怕。”

“嘻，恁大年纪了，还没活够？”

“没，孙子没结婚，他二舅还躺在床上，花奶奶的外布衫也没做完，我不能死。”

“瞎操心，睡吧。”憨叔说。

夜里，雪扑簌扑簌地下。憨叔被冻醒了，一摸憨婶的脚，凉的，就拉拉被子给她盖上；又睡一觉，再一摸，憨婶的脚还是凉的，又拉拉被子给她盖上。第三次，憨叔突然心里发慌，叫了一声：“老婆子，冷吗？”憨婶没应声。憨叔又喊：“老婆子，老婆子。”憨婶还没有应声。

憨叔赶紧拉开灯，下床，凑过去又叫几声：“老婆子，老婆子。”

见憨婶不动弹，憨叔一屁股坐在床沿上。“太阳落坡了……”

今天是憨婶的头七，憨叔决定干一件有本事的事儿。

憨叔拿来一把铁锹，围着旧洋车铲雪，随后又取来扳手、钳子、钢锯条等，一堆的工具。

憨叔要拆下一个车轮，将它拦腰锯开，做成一个半圆。

这对憨叔来说，除了费点儿时间外，并不是一件难事儿。太阳偏西时，憨叔完成了任务。

他又搬来一个梯子，爬上西厢房的屋顶，将那半个轮圈开口向上，固定在上面。然后，憨叔回到东墙根，反复调整位置后，坐下，死死地盯着西坠的太阳。

慢慢地，太阳下落；慢慢地，太阳落进那个敞开口的半圆；慢慢地，太阳的下沿触及轮圈的下沿。

憨叔闭上眼，在想：有轮圈支住，太阳该不会落坡了吧。

但憨叔有一个遗憾，他认为做工时，会有人走来和他对话：“憨叔，你这是弄啥哩？”

“截半个轮圈。”

“截它干啥？”

“支太阳。”

“支它干啥？”

“怕落坡。”

“今天落，明天升，都一样。”

“不一样，不一样。”憨叔想，他会这样回答来人的问话。

大火之后

叶　骑

火起得悄无声息。

等孩子们从午休的梦里惊醒，大火已经封住了教室的出口，仅有的这一条逃生通道，被关上了。

惊慌、哭喊，孩子们的吵闹声乱成一团。她拿起孩子的午休被，淋上水，盖住自己的半个身子，像老母鸡护小鸡一样，左右各夹起一个孩子，开始绝望地突围。

没人知道她是怎么做到的，在这场熊熊大火中，她凭借一己之力，进进出出十余趟，将二十多个孩子全部救了出来，就连后来赶到的消防员都惊叹不已。但最终，付出的代价是，由于长时间暴露在室内的高温环境中，她的全身被严重灼伤。

女教师大火中勇救二十余名学生的新闻铺天盖地，引发强烈反响。她被评为市里的先进，领导的慰问、媒体的报道接踵而至，各种荣誉也雪花般落在她的身上。然而，容颜毁了，这对任何人来说都可能是灭顶之灾。

老实说，她并不是一个爱美的女人，平时素面朝天，知道的化妆品牌少之又少。只是如今，她不小心再从镜子里看到自己的时候，那种痛，撕心裂肺。

庆幸的是，丈夫对她不离不弃，甚至比往日更加体贴入微。以前下班后，丈夫常去外面跟同事喝个小酒、撸个小串，但现在他总是下午 6 点钟准时到家，两人一起做饭、聊天，一切就像什么都没发生一样。

为了让妻子尽快走出这段阴影，丈夫时常会给她准备一些小礼物。今天是一束小花，明天是一棵绿植，后天是一个盲盒，拆开后是各种各样的小饰品，煞是可爱。

她也竭力表现出开心的样子，她笑了，他也笑了。但在彼此心里，一直有个结没能解开，他们都懂。

那天，丈夫正常下班回来。吃饭的时候，丈夫说："公司上半年的业绩不错，周末有个庆功宴，可以带家属，你跟我一起去吧。"

她突然愣住了，怔怔地看着丈夫好久，嘴唇微微地颤抖，虽然神色惊喜，却又那么难以置信。

"带我去吗？"

她反复确认。

丈夫点了点头。

晚上，她从衣柜里翻出一件蓝色的碎花裙子，在镜子前照了又照。她已经不记得自己多久没有穿过裙子了，那种感觉，恍如隔世。今天，她重新张开双臂，在丈夫面前翩翩起舞，就像一只破茧的蝴蝶，挥动翅膀，希冀展翅飞翔。

"好看吗？"她问。

"好看。"他回答。

她笑了，像一抹暖阳。

周末，她精心打扮了一番，就跟着丈夫去了酒店。

在将进宴会厅的时候，她跟丈夫说，自己去下洗手间，让他先进去。

丈夫在宴会上跟同事谈笑风生，公司这半年成绩的取得，他立下了汗马功劳，在这个荣耀的时刻，他也没有忘记自己心爱的女人。

丈夫看了看表，时间不早了，却迟迟不见妻子的身影。

过了会儿，丈夫的微信响了，是她的信息。

"我回家了。今天，是我最开心的一天。我的碎花裙子，真的美得像一只蝴蝶。"

第二辑

生活中的哲思

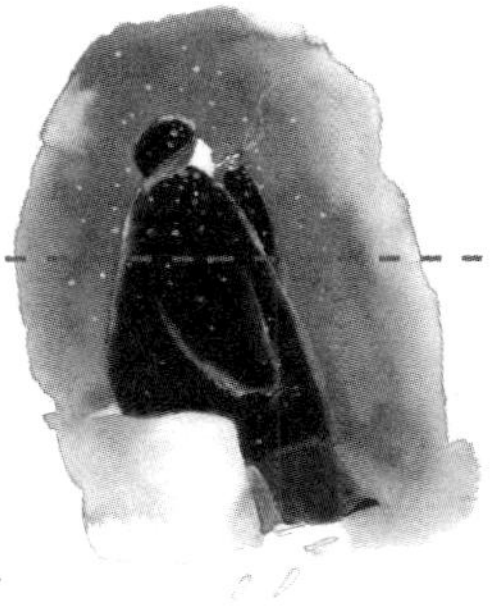

飞猪寨

贾平凹

飞猪寨里人姓杂，赵钱孙李周吴郑王的都有，先是叫杂寨，后因这里养的猪有了故事，才改了名。

养猪的人叫孙全本，人瘦小，身上毛长，又不安生，村里人都把他唤作猴子，他也不生气，说：唤我时要加上姓，我是孙大圣。孙大圣便也把猪叫八戒，再叫二师兄。猪通人性猪就可爱，人有了猪性，人却贪婪。到了 2010 年，他就不再只养一头猪了，要做饲养专业户，垒起了大圈，一下子养了百十头猪。

猪是见不得猪的，大圈里，经常相互内斗，嘶叫声不断。孙大圣一走进猪圈，叫一句：二师兄们！所有的猪都安静了，他就在每一个猪脊梁上按按，试试膘的薄厚，训斥着谁在偷懒。然后在槽里添食。为了吃，猪又咬起来，他就拿搅料棍敲那强势猪的脑门，大声说：不许霸槽！

猪无聊的时候，或者各自用嘴拱圈土，在里边寻着菜根和蚯蚓，或者逗弄落在圈棚上的乌鸦，嘲笑乌鸦长得黑。再就是前蹄搭在圈棚墙头上，一边吧唧吧唧着嘴，一边拿眼睛看着巷道的这头和那头，看着斜对面主人家的篱笆。篱笆进去就是上房，两个门扇上贴着秦琼敬德。它们看着那不是纸，是活的，院里没人了，门扇是合着的，两个门神就打架，而孙大圣和他老婆回来了，门扇推开，两个门神又都肃然而立。它们觉得有趣，但守了秘密，不给孙大圣说。

孙大圣在县城参加了饲养专业户培训班，有了新观念，回来把寨子后的一座山包承包了，扎上了铁丝网，让猪群在山林里散跑。散跑的猪多长瘦肉，销售得特别好，赚了好多钱。孙大圣就张狂了，做了件绸衫子穿上，迟早不系纽扣。早晨把猪赶上山林，晚上再把猪吆回大圈，风把绸衫子吹起来，呼呼啦啦响。有人忌妒了，说：你这是要上天呀！他说：上呀！嫦娥吃了药就飞到月亮上了，你给我药不？猪听到了，就抬头往天上看，天高，天上树梢一直伸往高处，高处有麻雀，有斑鸠，有鹞子和鹰，还正过一架飞机。

孙大圣开始喜欢招呼人来家里喝酒。来的人都是和他对劲儿的，恭维他了不起呀，养猪养成了村里的首富。他嘿嘿着：生我孙大圣，必有花果山！

他到外地养猪场参观，回来给老婆谈他的一个设想：捉些野猪和家猪一块养，野猪能带动家猪多跑，而且互相交配了，产下的崽一定长得快，肉也好吃。他老婆心想：给猪配野种呀！是不是他有钱了也生了花花肠子？坚决不同意，而且此后处处防备，凡是在外边看到孙大圣和别的女人说话，就大声咳嗽，脸上愤然作色，回到家再哭得嗨唠嗨唠的。

孙大圣不再实施捉野猪的事，却从县城买回了好多新的饲料，给老婆说这种饲料像药一样，能给猪催长，吃上六个月可以长到二百斤。于是在大圈里安放了长木食槽，每天猪进山林道，都先饱吃一顿。猪当然又听到了孙大圣说给老婆的话，在吃新的饲料时，就议论这饲料是药，那和嫦娥一样了，吃了药就飞月亮上去？饲料的味道并不好吃，它们却每次都在抢食。

猪们越来越大，越来越肥，但没有能飞起来，而铁丝网内的山林里，蒲公英在飞，栗子树上的栗子熟了，炸着壳，栗子在飞，松鼠把尾巴张得长嘟嘟的从崖上往下飞，还有一种蛇，从这棵树上往那棵树上飞。猪们恨自己没有翅膀，恨不能生了火，变为烟，烟能飞到天上。

它们再被赶进山林，就不再低着头寻吃野果子、竹笋、蕨根，全卧下来往天上看。其中有头小猪，它嫌树枝把天分割得支离破碎，某一天就从铁丝网里硬挤出来，跑到草坪上看天，天实在是高啊，便大声地召唤鸟。鸟是一只秃头雕，扇动着几尺长的翅膀，像一块黑布一样落下来就把它抓起来。孙大圣闻声跑过来撵，没撵上，秃头雕抓着小猪已经飞到了空中。这件事传到别的村寨，都不说猪是被秃头雕抓走的，而说那是一只会飞的猪。杂寨从此就叫作飞猪寨。

柳十斤

贾平凹

沿麦溪走二十里到北顺关，两边崖脚多洞穴缝罅，山洪暴发时，水流激荡，声如叩瓮，而进入枯水期时，里边有大鲵，能看到游来游去的，却就是无法逮住。

左岸是一块稻田，稻苗齐腰高了，怀着风，连续不断地出现着蒲篮大的漩涡。有一株稗子一直藏于其中。稗苗一拃高的时候和稻苗没有区别，它生长得太茁壮了，当比稻苗高出一头时，枝叶硬朗，颜色黝青，叶沿上生满小齿，才发觉自己是异类。稗子感受到了周围的紧张气氛，更害怕农人有一日来将它拔除，就在大鲵像婴儿哭啼一样的叫声里，胆战心惊。

这块稻田的主人是崖底村的柳麻子。柳麻子生下来就一脸麻子，被人作践：前世和猪争过糠，今生脸不光。他好久没来稻田经管了，因为媳妇过了预产期两个月后才分娩，大量出血，接生婆问他是保大人还是保孩子，他说没了孩子以后还能生，若没了大人那就再也娶不到媳妇。接生婆就抓住先冒出来的孩子小脚往外拽，没想竟囫囵囵地拽出来，说：咦，这是生牛犊哩。牛犊子生下来块头大，这孩子也大，称了称九斤七两，便起名柳十斤。柳十斤一岁时开始跑，能吃能喝，胖到五十斤。七岁上已长到一米五，胳膊垂下来过膝，穿着和柳麻子一样的鞋，人没到脚先到。村里人说他是柳麻子的儿子吗，是不是电线杆托生的？这是长扯了，要傻呀。柳麻子觉得丢人，说：娃呀，娃呀，再不敢长啦，再长就没用啦，一辈子要受苦的。但柳十斤还在长，长到两米三，家里的门拆了加高门框，炕也重新再盘，他的衣服永远显得短，鞋小脚大，脚趾头全部长弯。

村里会计的表姑在县城，这年春上，表姑带着女儿女婿来探亲，女婿得知河里有大鲵就去逮，而洞穴缝罅里水深，手伸进去似乎能摸到了，但终究逮不住。正好柳十斤路过，会计喊：十斤十斤，你胳膊长。柳十斤过来逮，还是没逮住。那女婿却看中了柳十斤的个头，说他可以给柳十斤在县城找个工作，问愿意干不，柳十斤当然愿意。柳十斤后来就去了一个演出团。演出团里有唱歌的跳舞的，也有耍猴玩蛇的，班主要柳十斤和一个一米二的侏儒搭对，在节目之间出来串场。柳十斤觉得受辱。班主说：你长得像树，树只喝水而你还要吃饭，你能干啥？柳十斤出来了不愿意再回村，还是留下来。第二年，演出到山外的城里，台下有人看到了柳十斤，当天夜里，柳十斤失踪了。失踪的柳十斤杳无音信，村人便认定他是死了，柳麻子哭了一场，说：罢了，稻田里总有稗子的。

这一年，会计用炸药炸了崖脚下的洞穴缝罅，逮住了大鲵，大鲵在县城能卖到大价钱，就开始人工饲养。随后村里好多人都加入进来，会计成立了大鲵饲养有限公司。柳麻子以左岸那块稻田入股，改为鲵塘。

又过了五年，会计和柳麻子给县城里送大鲵，晚上住宿在宾馆，宾馆里的电视在转播全国篮球比赛，画面里出现了一个特大个子的运动员。会计说：这人长得这么高？说完了，觉得话说得不妥，又改口：麻子，打篮球哩，你不来看？柳麻子说：一群人抢一个球嘛，有啥看的。会计却突然叫起来：这九号，这九号，咋像是十斤？柳麻子这才看了，果然就是柳十斤。柳十斤还活着，竟然成了篮球运动员，柳麻子拍打着电视机喊儿子，把电视机拍打得从桌子上掉下来。

消息很快传到崖底村，村里人明白了要改变命运，如果没有资金，没有技术，没有胆量，那一定得有特殊之处。但很多年过去了，再没一个人长过一米八个儿的，也没一个人不到一米个儿的，即使有力气，没有人一拳能打死牛的，即使能吃，没有谁一顿能吃一铜锣底小米熬成的粥。除了村主任、会计和大鲵饲养有限公司的几个人，别的都是平常人。这些平常人有着三亩地、一头牛，守着老婆孩子，围着火塘烤树根疙瘩火，吃着土豆和煮着土豆的苞谷糁糊汤。饿不死，冻不坏，但活得不旺，活得不体面。曾几何时，有人去县城偷自行车卖着变钱，有许多人学着做，崖底村一度成了北顺关甚至麦溪上下的旧自行车交易点。当然这不会长久，遭到县公安局查封，并铐走了几个主犯。

许先生

贾平凹

茶棚沟取名于沟里有家卖茶的。这家人姓许，卖了两辈人的茶。其实那不是茶，是从山上采的一种叫猫眼翠的草，再加上胎菊、甘草、决明子熬出的汤，生津止渴，祛湿利尿。到了第三辈，出了一名中医，那一年老屋大梁上生出灵芝，茶是不卖了，给人看病，四十几岁便声名鹊起，人称许先生。

茶棚沟距沟外的三岔镇三十里，镇政府让许先生去镇上开铺坐诊，许先生不愿意去，村里人也不愿意许先生去。镇上人甚至县上人有疑难杂症，都到茶棚沟村子里来。来的人多了，村里二十户每家都是客舍，村主任就负责给患者挂号，分配着这家住两个人，那家住三个人。

许先生到了六十岁时不再亲自上山采药，这些人家的女人们经营客舍，而男人们全成了药农，但也分工明确，有专门挖丹参、当归、黄芪、茯苓的，有专门饲养飞鼠收五灵子的，有专门背了绳索在崖上采石斛、灵芝和独叶草的。药草挖采来了，卖给许先生。

许先生号脉是一绝，一搭手就能说出病在哪儿，病人拿出在县医院做过的仪器检查单，和检查的结果完全相同。病人说：你是神啊！许先生说：我摸了半天脉才知道你的病，仪器一照就清楚了。病人说：可我花了那么多钱在县医院也没治好呀，你救救我！许先生就对症下药，药量都不大，一日一服，五服一个疗程。

病人在客舍住下，服药三个疗程或五个疗程，大多数人病好了，临走时要给许先生磕头。许先生说：病是三分之一不治也好，三分之一治了就好，三分之一治了也不好。他不让人给他磕头，说可以去植一棵树。

社会杂乱，难以做到出入无疾。患癌的人越来越多，那些发现就是晚期的，去了县医院甚至出山去了省医院，凡是被告知回去吧，想吃什么就吃什么，想喝什么就喝什么，死马要当活马医，这些人就又到茶棚沟找许先生。许先生对这些病人都用一种药，同时发两只塑料桶。服药后，一只桶是盛了山泉水不停地喝，然后不停地在另一只桶里吐或者泻。病人上吐下泻得呼天抢地，或许就软瘫在床上奄奄一息，或许就眼睛发亮，脸上退了灰气。能渡过第一关，软瘫在床上奄奄一息的再服一种药；眼睛发亮，脸上退了灰气的又再服另一种药，差不多十个疗程过后，该死的就死了，能活着的就身轻体健。

县上一位交通局局长来治疗了三个疗程，头一疗程结束，还批了款要扩建进沟的路，第三个疗程没完，人却死了。局长的儿子认为许先生的泻药太猛，导致了父亲去世，愤愤不平，向县卫生局上告，说是茶棚沟人发财致富，集体草菅人命，并且还附了一张当年死在茶棚沟十二个病人的明细表。县卫生局曾几次来人调查，八次被病人和病人家属围住不让进。最后一次是进去了，经过十天详细查证，最终认为许先生医疗方案没有问题，药草没有问题，所有人家的客舍也没有问题。风波算是过去了，茶棚沟又恢复了往常的景象。

又过了五年，村子前后已经绿树成林，林中百鸟鸣叫，春夏秋冬都有花开，许先生家大梁上的灵芝也有了盆子大，而许先生自己却病了。他病得不轻，但医不自治，浑身疼痛不止，关节里犹如无数的虫蚁在咬噬。六月初三入伏那天，许先生晚上吃过饭，对人说：把梁上灵芝摘下来吧。大家以为摘下灵芝要炮制药呀，许先生却让人叫村主任来，村主任赶来时，他交给村主任一个瓷罐儿，说：罐子里有钱，村口应该搭个棚了，把灵芝就挂在棚里。到了半夜，三间老屋起了火，等人们发现时火大得已不能救，整个屋顶塌了，四堵墙全部朝里倒下，许先生就死在了火里，埋在了墙土下。许先生一死，带走了病痛，带走了委屈，带走了医术，也带走了茶棚沟人的一部分。茶棚沟不再有病人来，所有的客舍全废了，没有了收入。村主任从瓷罐里取出了一万元，这是许先生的积蓄，还有一个纸条，写着祖传的茶配方。马上村口新建了茶棚又开始卖茶，但过往的行人太少了，茶一直要卖到日落。这一天，村主任在茶棚里看着日头渐渐落下，忽然醒悟：日落日还在天上啊！开始重新谋划起茶棚沟的未来。第二年冬季，茶棚沟联合县里一家制药厂就生产出了健字牌的“茶棚冲剂”，在市场上销售。

幸福三十五秒

李治邦

张益达喜欢收藏字画，这可能源于他是博物馆不起眼的库管，每天都能看到各朝各代的名人字画。他每个月工资六千多块，除去一般的开支他都存起来。父母都是普通工人，老婆是银行的一个小主管，比他的工资多。按说小日子还算过得去，张益达辛辛苦苦还存了四十多万。父母一直催着他要一个孩子，可他老婆说不想这么早就要，有了孩子就会增加很多负担。老婆对张益达这么从牙缝里存钱不理解，说，你干什么这么紧张自己，咱俩的钱虽不算多，但还可以宽裕地过呀。论起来，张益达收藏的字画都很一般，都是他平常捡漏得来的，小人物的，算起来也值不了几个钱。老婆嘲笑他就是穷人收藏，被他收藏的人查字典都查不出来。说来，张益达喜欢画家董寿平的梅花，觉得清新淡雅，他就一直想着收藏一幅，哪怕是一平尺也够幸福一辈子了。董寿平是山西洪洞人，他的画价不高，算不上什么大家，但张益达就是喜欢。也可能跟张益达也是洪洞人有关。老婆说，洪洞县没好人。张益达生气了，谁说的，我不是，人家董寿平先生不是啊？

恰巧，一家拍卖公司准备拍卖，在拍卖的画册里居然有一幅董寿平的画，画的正是绽放的梅花。张益达被这幅画深深吸引住了，觉得董寿平在两平尺的宣纸上，用大笔蘸焦墨画出主干及小枝，断断续续地留出花朵空白，又用稍有旋转的笔锋合着朱砂画出花瓣，水分掌握十分适当，透明鲜活，浓淡相宜，质感很强。他看了看底牌价格，34 万，觉得自己存的 40 万或许能买下来。他去看预展，越看越兴奋，竟然戳在那看了大半天。拍卖那天，来的人并不多，因为现在拍卖市场也不景气，但张益达却觉得是个好机会。那天的拍卖现场笼罩着撕心裂肺的氛围，随着此起彼伏的举牌，价格就开始滚动，然后由拍卖师一锤定音。张益达一直在等着董寿平那幅梅花出场，可是等了半天也没有叫出。他知道高潮还没有到来，以为高潮过后才可能出董寿平的梅花，毕竟董寿平还不算是一位特别叫响的画家。举牌过程中，张益达就这么拿着牌子，安静地看着别人厮杀。他觉得自己已经运筹帷幄，藏在隐蔽处。因为他坐在后面，也没有人关注他。他知道一般举牌的人都有背景，自己不被注意，是从来没有在拍卖场上出现过，就是一个小人物。果然，拍卖到了高潮，亮出来了从海外回流的清代宫廷绘画珍品《蜡梅流水图》。张益达也喜欢这幅画，但他知道根本买不起。这幅画在大屏上出现，张益达被它新颖的构图深深吸引住了，一轮明月下横生出一株蜡梅，树干苍老，但老树绽开新蕊，蜡梅下有清泉流动，滋润着蜡梅，画面上有轻风掠过，而风的感觉就是把蜡梅的新蕊吹动，摇曳出一种晴和。乾隆在上面题词："石角溪头月照渚，冰香珠影澹如如。遥知瘦似枯梅者，梅样精神未减初。"拍卖师咳了咳嗽，说，这幅画太难得，大家看到，这是清代宫廷画师邹一桂为乾隆六十大寿而专门创作的，又有乾隆亲笔题诗，印有乾隆御览之宝。拍卖公司出的参考价是220万元，现在开始举牌。话音未落，张益达就看见有人举牌，从200万元一直举到了280万元，此时，场内开始安静，没有人再举牌。拍卖师又在说着一、二，结果280万元成交。有人对拍卖师喊着，你喊得太快了，我还没举牌呢。拍卖师朝下面的人笑了，打着哈哈说，我还不知道你，你能有这么多钱吗？

拍卖会继续拍着，终于到了董寿平的这幅《梅花图》。底价一出来就是34万，张益达第一个举牌子。所有人都像看西洋景般地看着张益达这个生手。拍卖师继续叫价，一会儿就有人叫到了37万，张益达举起了41万。这是他的最后底牌，因为他就存了45万，不能全都花出去买这幅董寿平的《梅花图》。他要是这样，老婆估计会跟他拼了，父母也会骂死他。居然没有人再举牌，张益达的心在怦怦跳，所有的神经线都在亢奋。拍卖师不断地问还有没有更高的价格，下面无人回答。张益达觉得这幅董寿平的《梅花图》就是自己的了，他竟然流泪了。他觉得能拥有这幅画是他一辈子的幸福。拍卖师仍不甘心，继续问着，没有应声。他开始准备举槌了，张益达站了起来，就在拍卖师念到三的时候，突然有一个女人举起牌子，标价是 47 万。场内一下子骚动起来，大家看着张益达。张益达不甘心，他想自己还可以借钱，再借个五六万还是有可能的，于是举到了 50 万。又是一片沉寂，那个女人不慌不忙又举起了 55 万。张益达收下牌子，坐下来喘着粗气，他不能再举了。他看到那个举牌的女人边举着牌子，边和一个穿着阔气的男人谈笑风生。她没理睬张益达，好像举起 55 万的牌子就如小孩子玩耍一般。他看到女人穿着一身藕白色长裙，后面是空的，露出她光滑而泛着青光的皮肤，男人的手像是一条章鱼在上面爬行。董寿平的《梅花图》被这个女人或许那个男人拍走了。大家散去，张益达却迟迟没有走，拍卖师走过来对张益达说，这幅画不值这么多钱，人家是玩儿，我看你倒是很喜欢。张益达没有说话，拍卖师说，我对你不熟悉，以后你可以经常来。张益达站起来，轻轻地说，不管怎么样，那三十多秒，董寿平的《梅花图》是属于我的，我已经很幸福了。说完扭身走了。拍卖师被这句话惊住了，他的内心被什么深深地触动了一下。

玉兰探照

陈　毓

“张兰，你看，这是厨房。”

张兰在移动的手机屏幕里就看见那厨房。她看见一块小狗瓷砖，当即喊肖大佐把镜头转回去，却仍只看见一片瓷砖上有个小狗图案。

“这是啥讲究？”她问肖大佐。

肖大佐说，这叫不对称美。

自从进了城后，肖大佐说话跟在村里是很不一样了。

张兰现在也进了城，她往后也会和自己在村里不一样的。

为和张兰视频，肖大佐这一天等得心急。但心急没用，张兰一早就要赶到东城小区，接送那家的孩子去幼儿园。送过孩子后即刻返回，顺路买好粥铺的包子和豆芡饭，送到这家爷爷奶奶的餐桌。然后再赶紧下楼买菜，回来把午饭给二老做好。两位老人的午饭时间严格，十一点半准时开饭，这倒给张兰留下二十分钟，可以叫她赶回出租屋，弄好自己和儿子的午饭。匆匆吃过饭，她要再次返回，把两位老人吃过饭的厨房收拾干净，之后，去幼儿园接回孩子。晚饭她不用管，由年轻的女主人回来做，他们要在晚餐桌上团圆。

张兰收拾好厨房，下楼带走垃圾。把垃圾分类到垃圾桶后，她会伸个腰。脚步缓下来，目光缓下来，她的手臂、肩背、目光都是向下，她觉得这样舒服啊。

肖大佐就是在这时接通了张兰视频。早上出门的时候他就嘱咐过，必须在这个时间段，如错过就没机会看了。

昨儿下午，肖大佐遵照工长安排走进新苑小区，为一户人家铺地板。他走进房间，对照清点了木地板的型号和数目，准备干活儿。

他一抬头，看见一棵开花的树，其中一枝花，从敞开的窗子探进来，阳光打在洁白的花朵上，一朵朵花，像明亮的灯盏，把肖大佐的眼睛照亮。真是美呆了。肖大佐嘟哝。此刻，他还不认识玉兰花。但他确信张兰要是看见这花该有多高兴啊，要是张兰和他能在这座城里拥有一间这样的房子，多辛苦他都愿意，张兰也愿意。他骑上电动车回家的时候想的是，如何让张兰看到这些花。

尽管很细致，肖大佐还是在午后铺好了地板，只等和张兰视频完，他就能把钥匙交还给工头。

肖大佐给张兰看的，正是这家的厨房。肖大佐并不直接给张兰看那树花，他要酝酿高潮。但张兰却迷上了那块狗狗瓷砖。肖大佐把镜头移到那枝伸进来的花枝上，给张兰看每一朵花，张兰果真大喊小叫。张兰喊："玉兰花，多好看的玉兰花，你快闻闻，保准闻见荷花的香气。"肖大佐觉得张兰真好笑、真可爱，他把鼻子凑近花，闻了闻，还真闻到了荷花的香气。

张兰嘱咐肖大佐后退，她要看清那间有玉兰花的房子的整体模样。肖大佐于是向前向后，向左向右，把那间有玉兰探照的厨房呈在张兰眼前。张兰赞美女主人的眼光，说青色窗帘好看，尽管她叹息在厨房安窗帘实在是浪费钱。趁着这欢喜，张兰索性放开，她指挥肖大佐，把每间房子都照给她看看，于是张兰赞美地板，张兰赞美客厅，张兰赞美门廊，张兰赞美那个小小的房间。张兰和肖大佐争论，小房间会住这家人的儿子还是女儿。最后她索性说，这户人家肯定有个儿子，和他们的儿子一般大，都上三年级。肖大佐忍住笑，也不和张兰争，他想张兰也许是对的，张兰很多时候都能预测对一些事情，但愿张兰这次也对。就像他确信，这家的女主人既美丽，又会过日子。男主人长相也好，很爱家庭。这家有个儿子，正像他们的儿子一样，上三年级，没准还是一所学校呢。

肖大佐不由得和张兰一起在电话里笑。这一天，他们真是高兴啊。

肖大佐打点工具箱的时候忽然想到一枚钉子，他几次三番看见那枚细长的钉子，他想不清这枚钉子会在哪道工序里用。但此刻他却找不到那枚钉子了。他把垃圾袋打开查验，仍不见那枚钉子。他担心钉子被嵌进木板，他回忆最后看见钉子的时间段，恰是在他就要完工的时候。那，钉子去了哪里呢？他蹲下，检视最后铺的那几块地板。他轻轻叩击，用手掌一一地抚摸，看哪里有异样，之后他“嘿”了一声，当即出了一头细汗。他迅速揭起最后的一块地板，他看见，那枚细钉嵌在那块地板和墙的缝隙之间。肖大佐舒了口气。

留一枚钉子在不该有钉子的地方，多不完美。

幸好我找出来了，我纠正了错误。

肖大佐扣好那块被自己揭起来的地板后，心里那个美，那个舒坦，那个对自己满意啊。

他提着垃圾，倒退着出门，把门轻轻锁好。

格桑梅朵

何君华

我叫泽仁多吉，是川藏线上的一名邮车驾驶员，也是一名押运员。这种驾押合一的模式，在川藏线上是家常便饭。我总是这样一个人开着车来回跑。茫茫的青藏高原之上，白云朵朵的蓝天之下，几百公里范围内通常只有我一人。

那个时候，我们甘孜州全州共有邮车 27 辆，驾驶员 27 名，押运员却只有 8 名，平均每天在途邮车是 18 辆，因此大部分邮车只能驾押合一。也就是说，许多时候，我除了要开车外，还要当押运员。你一定觉得不可思议吧，但我们就是这么过来的。

我负责押运的邮件和机要文件，大部分发往西藏昌都。在那个年代，地球上所有发往西藏昌都的邮件，都要经过成都、雅安、康定、甘孜、德格五地中转。从成都到昌都，海拔从 500 米升到 5000 米，要途经二郎山、折多山、橡皮山、罗锅梁子、雀儿山等许多令过往司机胆寒的地方。

现在，虽然许多事情我都记不清了，但我仍然记得一个数字——5050。准确地说，是 5050 米。岂止是记得，应该说从来都不曾忘记。这是一个海拔高度，但它不是一座山的海拔，而是一段公路的海拔。这段公路就是雀儿山山顶的那段路。

雀儿山藏名叫“措拉”，意思是大鸟的羽翼。“爬上雀儿山，鞭子打着天。”每一名从此路过的驾驶员大概都熟悉这句谚语。那时候，我每个月都要翻越雀儿山十遍不止。

每次出行前，妻子洛绒卓玛都会为我准备几沓龙达。龙运是我们藏传佛教祭祀神灵的纸制品，上面印有六字真言，顺风撒放，可以保佑我们平安吉祥。

每当抵达雀儿山垭口时，我就会将这些龙达高高地撒向天空，同时高喊着祭神的祷语："哈索，哈索！" 做完了这些，我才感觉我可以平安翻越雀儿山了。尽管我对这里再熟悉不过，但为了在家中等我的洛绒卓玛，我总是这样一遍一遍虔诚地祈祷。

除了险峻的公路外，雀儿山另一个响亮的名号就是拥有漫山遍野的格桑梅朵。格桑梅朵，就是格桑花。生长在 5000 米高海拔地区的格桑花，其实是青藏高原上最普通的一种花。它在雪域高原简直太普通了，一到花季漫山遍野都是。但雀儿山的格桑梅朵却不普通。在我们藏区有一个美丽的传说：无论是谁，只要找到八片花瓣的格桑花他就会找到幸福。我就是在雀儿山找到了八瓣的格桑梅朵，并用它将美丽的洛绒卓玛变成了我的妻子。

我太喜欢这片美丽的格桑梅朵了，每次经过这里总是难免流连一番，一定要找到一朵八瓣的格桑梅朵才肯罢休。我将花连根刨出带给洛绒卓玛，她就将它们种在阳台上。我家的阳台简直要成为一片格桑梅朵的花海了。

常年穿行在川藏线上，危险时时会来。我们时常遇见狼，有时是孤狼，有时是群狼。但比狼更可怕的，是劫匪。那个日子我一生都不会忘记。那是个冬天，我们的邮车行至雀儿山时，突然发现公路上有乱石码起的路障。邮车还没停稳，枪声就响了。

事后我才知道，原来，是四个劫匪埋伏在山坡上，用改装的半自动步枪疯狂地向我们的邮车开火。我的左眼被车窗玻璃碎片击中了。好在这回车上有一名押运员次仁（那几年我们州局好不容易增加了押运员编制），我俩在一起有个照应，也算是不幸中的万幸了。让我们感到意外的是，歹徒抢了次仁身上的几百块钱后就逃走了，目标似乎不是车上的邮件，尤其是机要邮件。那也不能大意。我捂着汩汩流血的左眼眶让次仁赶快去报警，我在车上守着邮件。等救护车开到时，我早已经晕过去了，眼眶里流出的血凝结成了冰块，但我对此浑然不觉。

昏迷整整十天后，我醒了。我问身边的人："机要文件还在吗？"身边的人告诉我："都在。"这我就放心了，只要机要文件安全，我受点儿伤也无所谓了。

我们所有邮车押运员和驾驶员都知道，在每一车邮件中都有一个特别的邮袋，里面装的是机要邮件。"大件不离人，小件不离身。"这是对机要邮件的管理规定，那是比自己的生命还要珍贵的东西。

我捡回一条命，但我的左眼眶变得像藏区公路一样空荡荡了。更加残酷的是，我的右眼球下也有玻璃碎片。因紧邻大脑无法手术，视神经不断萎缩，我右眼的视力也慢慢消失了，我便成了废人一个。

怎么说呢，我现在连牙膏都不会挤了，有时挤在手上，有时掉在地上。可我曾是一名优秀的神枪手啊！我可以毫不谦虚地说，退伍成为邮车驾驶员之前，我是我们连队最优秀的狙击手，射击几百米远的目标从来不会浪费第二颗子弹，射击项目大比武我年年都是第一名，但是现在，一支小小的牙膏我都不能准确地把它挤到牙刷上。我还有什么用呢？这天，我万分沮丧，将牙膏狠狠地摔在地上。

洛绒卓玛听到动静，轻轻走进来拍了拍我的肩膀。她什么也没说，我知道她在流泪。

第二天，我在卧室里闻到了熟悉的格桑花香。我摸索着，摸到了一盆盛放的格桑梅朵。我用手指数了数花瓣，是八瓣。

我感觉我空荡荡的眼眶里有泪水涌出来。我哭了，像高原呜咽的北风一样失声痛哭。

后来我报名参加了盲人按摩培训班，在成都开了一家小小的按摩店，店名叫格桑梅朵。

我跟洛绒卓玛说，等我攒够了钱，我们再去一趟雀儿山，去漫山遍野的花海中寻找八瓣的格桑梅朵。只要我们仔细找，就一定能找到。

生活中的哲思

朱　宏

画家的杰作

沈阿婆做好了早饭，对二楼喊道，季老师，吃饭了！

楼上传来两三声咳嗽，算是季老师的回应。但这回，季老师并没有下楼，而是叫沈阿婆上来一趟。

沈阿婆撩起蓝布围裙擦了擦手，这才向楼梯走去。

被沈阿婆称为季老师的季墨是位画家，大约两年前来她家租房住。来之前，头戴市画院院长头衔的他在一次全国书画展上只得了个三等奖，顿觉颜面扫地，便托词年事已高，精力不济，辞了职，切断了与外界的联系。他想找个地方隐居起来潜心作画，画一幅能盖棺定论的杰作。

季墨到处寻找这样一个地方，但留在这个村子纯属偶然。

在那个“稻谷黄、蟹脚痒”的季节，他走不动了。不是因为体力，而是因为这个村庄或者这座房子。灰瓦白墙的房子前，收割过的稻丑一如腮边的胡茬，房子的侧面有河经过，河面比小溪宽阔平缓。一切都慢了下来，季墨仿佛找到了风水宝地，他知道，该留下来了。

沈阿婆不愿意随儿子去外地养老，乐在其中地守着这老房子，守着稻田，守着蝴蝶、猫和一院子的花草。当她听说这位文化人想租她房子的时候，当即就答应了。她心中窃喜，居然真的来了位画家啊。

房客季墨占了楼上两间房，一间当卧室，一间当画室。

沈阿婆住在楼下。当时并没有说管饭，看到季墨吃饭确实是个问题，沈阿婆就多盛了一碗，跟他说，乡下不比城里方便，季老师若不嫌弃的话就跟我一起吃吧。季老师感慨一声，真是求之不得啊。

季墨总是凌晨起床，一直画到沈阿婆喊他吃早饭，吃完早饭打个盹儿，接着看书或者揣摩画作。三个月下来，还是觉得无甚长进。这天，他打完盹儿正在看书，沈阿婆过来敲了敲门，其实画室的门是开着的。

季墨问，沈阿姐，有事吗？

沈阿婆忐忑地说，我想请老师看看我的画。

季墨这才注意到沈阿婆手里拿着几张画纸。季墨说，搁这儿吧，我抽空看。

沈阿婆赶紧把画放在案子上退出了画室。

画自然是沈阿婆画的，她并没有学过画画，但她身体里好像一直住着一个画家。一有空闲，身体里的画家就会活跃起来，让她不由自主地拿起画笔。

画送给季墨后就没了下文，沈阿婆等了三天。她也没敢催问，求人的事怎么能催呢，再说季老师那么忙，哪会顾得上。

沈阿婆家的灶房是靠院子西侧的单独一间。这天，沈阿婆正伏在桌上画画，季墨进灶房间来讨开水。看到沈阿婆在画画，一拍脑门儿说，哎哟，你的画我还没看呢。

沈阿婆忙站起身说，不急的。

季墨就在她身边看桌上的画。看完，季墨赞许地说，不错，不错，你有你的意境。

季墨回到画室一幅一幅端详起沈阿婆画的稻子、秋葵、牵牛花、鸡鸭、猫狗、柳树、蔷薇、辘轳。

这些画虽没有什么技法可言，但却充满生趣。季墨拿起笔，心里说这样添几笔构图会更好，这里加点儿颜色色彩会更协调。但是他愣了很久，终究还是把笔放下了。季墨问自己，你有啥资格涂改一个村妇的画呢?

季墨找到沈阿婆说，画得不错。

沈阿婆怯怯地说，季老师你教教我好吧?

季墨说，不能教，一教就没有你的意境了，你就这样画。

过了几天，季墨咳嗽了三两声，在楼上喊沈阿婆上来。沈阿婆边用围裙擦着手边跑上楼。季墨指着一个画架说，看，我给你做的画架。

沈阿婆欣喜过后，不好意思地说，我又不是正规画家，用不到吧?

季墨笑眯眯地说，要的，要的，在这上面画画省力点儿。再说了，画家哪分什么正规不正规的。

沈阿婆有了画架后画得更勤奋了，每次画完都交给季老师批阅。季墨在沈阿婆的画上不着一墨，只是挑出最好的让沈阿婆自己看。沈阿婆不懂什么叫意境，但她在季老师挑出的画里渐渐地悟出了一些道理。于是，被季老师挑出的画就越来越多了。

这天午饭时，季墨问沈阿婆愿不愿意把画拿给更多的人欣赏。“欣赏”这个词让沈阿婆吓了一跳，自己瞎画的东西哪配得上“欣赏”两个字呢。但是季老师说，怎么配不上，让那些得过一等奖的画家看看!

于是，季墨将沈阿婆的画分批次地发到朋友圈。沈阿婆这个村妇就这样成了网红。这天，当沈阿婆和慕名而来的新媒体记者在院子里聊天的时候，季墨正在画室里聚精会神地画着一幅画，画里的沈阿婆也在聚精会神地画画。

寻找倾听者

我几乎认识镇上所有已经死去的人。亲历了秀水河变成秀水路的过程，甚至知道每棵香樟树的栽种者。镇子所有的历史都在我的记忆中，老伴儿曾耐心地听我唠叨，可她走了以后，我再也找不到愿意倾听的人了。

我曾在县城的儿子家小住，跟他讲起镇上地下党的事。儿子说，你说的是徐烈士英勇牺牲、陈教员冒险为他收尸安葬的事吧，阿爸，书上写的比你讲的详细多了。

我哦了一声不再言语。

孙子从外面吃饭回来，我说你们现在吃的小河虾真是值钱了，那时候镇上的河里多得很，真是可惜啊，如今秀水河被填平了。

孙子说，还是修成路方便，你一迈腿就能到马路对过了，过去你得绕很远的路才能过河。

我说，镇上原来有六座桥，最早的建于元代……

孙子说，爷爷，你等一下再讲，我先洗个澡。可是，孙子上楼后就没再下来，这个龟孙子！

有一次，我把目光瞄向了一边画画一边吃零食的重孙女。我说，涵涵你晓得吧，你曾祖父我可是在镇上开过炒货店的，要是那店还在，你可就有口福了。

涵涵说，您说啥呢，您的话我都不太懂啊。

是啊，我十四岁从扬州来到这个镇上，乡音真是顽固啊。我闭嘴含笑，看这个小小人画楼房画汽车，我多么希望她能坐在我腿上，听我讲过去的辰光发生的事啊。可是，她与我没有那么多的亲近感。

因为没有说话的地方，我不顾他们的挽留，执意回到镇上，去守护那些故事的发生地，同时寻找倾听者。

我日出而作，在镇里兜一圈，日落而息，傍晚再兜一圈，一天只和太阳月亮照一次面。出门的时间虽然短暂，但也看到了很多新鲜的人和事，不过我的脑子已经没地方了，第二天就忘了，唯独过去的事情刻在了脑子里。我有一种紧迫感，希望早点儿发现倾听者。

然而，一直都没有。

除了出门兜圈外，其他时间我就待在老房子里，不开灯，在黑暗中等待，没准什么时候哪一位祖宗就会从墙壁里走出来。他们是一些黑白的人像，总是站在我的床边给我讲更久远的事。晚上八点半，我在隔壁牛肉汤馆飘来的阵阵香味儿中入睡。我出租给牛肉汤馆两间房子所获得的租金是我赖以生活的主要收入。

我虽食素，但天天去牛肉汤馆和女老板打个招呼。这天傍晚，我在牛肉汤馆碰到了一对中年夫妻。以我的人生经验来看，虽然面孔陌生，但他们不像是外来的打工者，因为那个男子隐约有这个镇上的人该有的气质。气质这东西，谁说得清呢。

当那个男子和我的目光碰在一起时，我问，你是谁家的？男子说，我父亲叫张铁文。

我说，啊，是很会写字的张铁文吗？

男子表现出万分的惊喜，立刻和我攀谈起来。

他给我讲述了张铁文年轻时离开家乡，把他生养在河南的经过。

我跟男子说，我跟你爷爷很熟的，因为我们是同行，都是开店的。你爷爷的父亲，是个裁缝，手艺不错。

男子兴奋地说，请您再多说点儿。我长长地呼出了一口气，呼出了淤积在心中的紧迫感，我终于找到了倾听者。

我接着说道，你奶奶是个大家闺秀，因为有点儿残疾才下嫁给了你爷爷，后来你爷爷想娶小，你奶奶的兄弟拿着火铳过来，就把你爷爷的念头镇压了。你爷爷家是三兄弟，老大爱上过一个渔家女。

男子感叹道，这好像一部民国连续剧啊。

我还想继续说，这时候，牛肉汤馆的女老板在后厨喊道，老爷子，八点半了！

我猛然想到，该回去睡觉了，再说人家是来吃饭的，我应该就此打住知趣地离开才对。

我说，你愿意听的话，下回再讲。

但是我没有等到下一次，一连数日，我都没再见到那对愿意倾听的夫妻。

这天上午，太阳升起老高，我并没有像往日那样日出而作。牛肉汤馆老板娘可能发现了不对劲，跑来喊我，然后惊呼了一声，赶紧去打电话。不久，孩子们都回来了，儿媳妇的哭声如歌一样悠扬婉转，歌词大意是还想听爸爸说说话。

晚了！我固执地离开人世，就像我上次固执地离开县城，把这个小镇的历史全部揣走了一样。

归　鸦

陈　敏

早上，我还没起床，就收到艾米的微信，说她小区的那个异人改邪归正，做了半年清洁工后回国自首了。这让我又惊讶了一次。

艾米是我中学时的同窗好友，远在大洋彼岸，多年来，她和我穿越时空，一直保持着联系。艾米很早就跟丈夫去了美国，成了一名美籍华人，但她说虽成了外国人但并不代表她不思念故土，那只是生活上的一种选择。艾米每过几天就会跟我在微信聊上一阵子，而多半都是细枝末节的生活琐事。

"我们小区，住了个从大陆来的异人！"三年前，她发来了这样一条信息。"异人"这个名字挺怪的，让我想起了秦始皇，秦始皇的爹不是叫异人吗，曾在赵国做过人质。"哎呀，你扯远了，我说的这个异人是个奇怪的人，都说他是从大陆逃过来的官员，据说是个贪官。'异人'是我们小区的华人同胞共同给他取的绰号，当然他不叫这个名字，他肯定有一个我们无法知道的大名。"这引起了我的好奇，我一直想了解那些逃亡国外的"老虎""苍蝇"到底过得怎样，是好还是不好。

艾米说，那人真是个怪人，单枪匹马地跑过来，一个人住在华人区，却从不跟华人往来。他看上去相当孤寂，皮肤松弛，脸上长了很多皱纹，头发白了一大半，背也驼了。那人见了白人，总是点头哈腰，笑脸相迎，像日本人一样彬彬有礼，可唯独不跟华人同胞讲话，见到黄皮肤的人就远远地躲开。艾米说她家孩子在路上用中文向他说爷爷好，他不搭理倒也罢了，还凶巴巴地瞪孩子一眼。真是个不懂礼貌的怪人。

人群集聚的地方，那人是不会去的，华人多的地方，他更不去，好吃好喝、热闹的华人大餐厅，他也不敢现身。他几乎不进中式餐馆，要吃也只吃西餐，黄油奶酪加生牛肉，那个难吃啊！估计百分之九十的华人都吃不惯。而他总是低着头，悄悄地来，悄悄地去，连进餐也不敢随便摘掉墨镜，生怕一不小心被人认出来。

尽管人们都不知道他的来历，但从他古怪的行为上可以猜出他的身份。艾米说，她是狗年生人，生性爱管闲事。她一直注视着那个异人的一举一动。

又过了些日子，艾米说，她终于和那个异人熟络起来了，是他先主动跟她搭讪的，估计是看出了艾米于他并无什么威胁。异人说他好久不曾跟人交流过，舌头不灵活，别说嘴巴变笨，有很多词都忘记了；整日猫在家里，打开电视看吧，不懂英文，发个微信吧，以前的好友统统都被他删了个精光，他多想跟人聊天，却又怕跟人聊；信用卡、银行账号，他不敢开，也不敢用，一开就会暴露身份，所以只能用现金；天天吃着难咽的饭，听着不懂的音乐，又没法跟人交流，真是生不如死啊！

艾米听后，深表同情，便邀请他去她家吃了一顿久违的饺子。其间，她家孩子不知怎么就突然放了段国歌，那异人顿时神色凝重，即刻起立，站得笔直，俨然变成了一尊雕塑。异人此刻眼睛里闪着光芒，灰色的脸颊因激动而涨得通红。艾米说，她完全能够理解异人此时此刻的心情，长期为官，很多公共仪式上都会奏唱国歌，或许他听得最多的就是国歌。国歌声让他情绪勃发，激起他对过往的记忆：那些参加过无数次的升旗仪式，那些庄严肃穆的场面，那冉冉升起的国旗，雄浑的国歌，可此时……

之后，异人改变了无所事事、提心吊胆的生活方式，他请求艾米为他找份工作。不久后的一天，他成了小区里的一名清洁工。清洁服遮掩了人们注视的目光，他藏在了阳光的背面，也就渐渐地被人淡忘了。

转眼到了春天。一个周末，艾米带着异人去海边散心。他们来到美丽的西雅图，一座三面环海、距离中国最近的海滨城。微风和煦，海天一色，美得让人沉醉。异人在闪烁着金黄色阳光的沙滩上突然驻足，他面朝大海，向前凝望，眼前就是烟波浩渺的太平洋，对岸就是自己曾经生活了几十年的祖国。突然他“咚”的一声双膝跪地，慢慢往前挪动，双手捂面，将头扎进沙滩，任涕泪恣意横流。茫茫大海，如同他此刻迷惘的情绪，将他带回到熟门熟路的故乡，他仿佛听到了浓浓的乡音，闻到了大葱卷煎饼的味道……

不久后，异人不见了。艾米说，他只留给她一张四个字的便条：我回国了。

向着阳光飞翔

冯继芳

走出客栈我才发现，大门两侧的石头墙下，开着许多五颜六色的小花，它们喜盈盈地开在晨光中，肆意蓬勃。

站在客栈外的石阶上，看到一条小河在崎岖的山路旁，弯转而下。远眺，重峦叠嶂，雾霭缭绕，深深浅浅的绿色，裹着漫天的水汽，无限张扬地伸向远方。顺着小河往山顶走，心是喜悦的，我很喜欢这样的感觉，在这舒适的环境里，放下心中所有的包袱和压力，一身轻松。

看到她的背影时，她正在画画，背对着我坐在一块平整的大石头上，右脚的大脚趾和食趾夹着画笔，在画纸上游走。

这到底是怎样的一个人呢？大清早，坐在这里用脚画画，她一定是个有故事的人。

职业的敏感，让我快速把挂在脖子上的相机盖打开，镜头悄悄地对准她，刚要按下快门，又犹豫起来。拍照时，单反相机会发出“咔嗒”声，会不会打扰到她？清晨的山林除去偶尔的几声鸟鸣外，很静，任何一点儿声响，都清晰入耳。

打断别人的创作思路，也是一种不礼貌行为。于是，我挪开快门上的手指，找一块大石头，轻轻坐下。

清晨的风，推着雾气在山间飘来飘去，乳白色的雾，精灵一般在山间翻滚跳跃，整座山被雾气弥漫得宛如人间仙境。置身其中，人似乎也沾染上了大山的灵气，变得飘逸起来。缓缓闭上眼，红尘琐事，人世繁杂，逐渐游离出我的身体，我第一次体会到完全放空自己是什么感觉。

不知过了多久，在一种“唰唰”的声响中，我睁开眼睛。

我看到她用脚趾夹着笔在画，不过不是背对着我，而是面对着我。

她画完一笔抬头时，正好碰上我探寻的目光。她不好意思地笑一下，对不起，打扰了，我在画您。

听到她说在画我，我起身走到画板前。画面是用铅笔勾出的简单轮廓，我坐在石头上，微闭双眼，风吹起我的长发和裙摆，露出光洁的脚踝。

你把我画得像仙女。我开心地笑道。

画得不好。她有些羞涩。

你学过画画？

上学时学过一些，但没系统地学过。

没系统地学过，还能画得这么好？我的惊讶没有水分，她用寥寥几笔已把我的神韵勾勒出来。

看过很多相关的书籍，还有，我很喜欢摩西奶奶。她朴实的笑容里，挂满真诚。

摩西奶奶算得上是个传奇，她说过，任何人都可以作画！

是，我希望自己也能成为那样的人。她抿着嘴笑。

会的，你一定会的，相信自己。我也笑。

谢谢您的鼓励。她开心得像个小孩子。

你的胳膊？看着她两侧的空袖筒，我小心翼翼地问道。

二十年前触碰到高压线。她的神情很平静。

看着她平静的眼神，职业的敏感终究还是发作起来。

可以采访你吗？我依然问得小心翼翼。

采访？您是？她有些疑惑地看着我。

记者，一名记者。不知为什么，我竟然有点儿羞涩。

可我没什么可采访的啊。她脸上的疑惑没了，露出灿烂的笑容。

用脚画画就是你的特别之处啊！

可我觉得自己和常人一样呀。她依然在笑，眼睛弯弯的。

我忽然明白她的意思，慌忙说，对不起，我没有别的意思。

我知道。她还在笑。

其实，我很好奇，你是怎么把脚变成“手”的？

为活命呀。她轻轻说完这几个字，静静地看着我。

活命？我睁大眼睛，看着她。

当食物摆在眼前，却无法吃到嘴里，知道那是一种什么样的感受吗？她收起笑容。

我知道那样的感受，我的双臂曾在汶川地震中受过伤。

对，就是那样的感受。她抬头看着远处云雾缭绕的山峰。

知道吗？第一次用脚趾夹着筷子把饭吃到嘴里，我开心了好久。

她收回望向远山的目光，停在画板上。

为了锻炼脚的灵活性，我做过很多事，手能做的，都尽量用脚尝试着去做，一遍又一遍地重复，直到能做为止。她淡淡的语气，听不出悲喜，像在讲别人的故事。

你吃过很多苦吧？

心里有活下去的信念，吃苦也就不觉得了，反而会生出许多幸福感。

嗯，明白。

刚出事的时候，我曾经不停地哭，直到有一天，我发现，哭解决不了任何问题。她停顿一下接着说，其实，您可以写写这里的山水，还有那个民宿客栈。笑容重新回到她脸上。

客栈？我指指自己住的仙客来客栈。

是的，那是我开的。她脸上的笑容，依然灿烂。

客栈是你开的？我怎么没在客栈见过你？我问得很直接，甚至有些鲁莽。

我开网店挣到第一桶金后，就开了这家客栈，平时由家人打理，大部分时间我不在客栈。她的右嘴角旋起一个小小的酒窝。

我有些震惊，又万分地惭愧，为自己的狭隘。她不是啃老一族，而是一个勤奋创业、靠“双手”养活自己的女孩儿。

回客栈的路上，我想起昨晚刚到客栈时，看到墙上有一幅画，一个翅膀受伤的天使，努力扇动着翅膀，向着阳光的方向飞翔。当时还不太明白客栈的墙上为什么要画一幅这样的画。

现在我全明白了。

抓　贼

阿明仔

市人武部部长到我爸爸管理的歌舞厅吃饭喝酒唱歌，他和我爸爸以前是战友，都是侦察兵出身。他和我爸爸说市里要搞民兵集训演习，到时候军分区司令要下来视察。去参加集训的民兵一天能拿五十块钱，包吃包住，为期三周。我爸爸当即便把我安排了过去。

那是 2001 年，我正在复习准备第三次高考，平时在爸爸管理的歌舞厅打工，每个月四百元，自己存钱去北京参加美术专业考试。歌舞厅暗房 DJ 总共有三个人，每次两个人上班。我们三个是师公、师傅和徒弟的关系，我是徒弟，舞厅里的灯光音乐轮不到我来控制，我专门负责给包厢里的客人放他们点的歌。

暗房是长方形的，宽两米，长六米，靠墙放着很多个架子，每个架子五层，架子上有三十二台 LD 唱片播放机，最下一排是唱片架，每张唱片就是一张专辑，分 A 面 B 面，总共有四百多张。每次客人点歌，相对应的那台播放机就会弹出唱片架并提示唱片 A 面或 B 面的编号和歌曲编号，最多的时候可能会有十来台机子同时弹出。我要做的就是取出里面原有的唱片，弯身放回对应的唱片夹，再拉开新点歌曲对应的唱片夹，用中指抠住唱片孔，确定好 AB 面，起身放进唱片播放机，然后按下歌曲对应的数字编号。这是一个特别适合八爪鱼做的工作。

在我工作的那些时间里，点播量最高的是伍佰的《挪威的森林》，有时会出现有好几个包厢同时点这首歌的情况，这问题始终没有得到有效解决，客人不时会因为迟迟等不到要唱的歌而发生冲突，电视常换常新。不过这个事不归我们处理，当时在我们这个场地看场的是“和尚帮”，是在全市排第二的帮派。

爸爸给我请了假，让我去武装部报到，那是我那两三年旦过得最快乐的一段时光，一日三餐，三菜一汤，有鱼有肉，每天黄昏时都有一场篮球赛，我是主力，隔三天还有一场露天电影，全是港片。

全市总共有一百多人参加这次集训，四个人一个房间，武装部部长给我安排了一个最轻松的班，也是唯一的炮班，都是六〇迫击炮，我是三炮手。此外还有两个四〇火箭筒班和很多个步枪班。

每天早上六点半起床，去食堂吃过早餐，集合，拿着各自负责的武器去市体育场演练。枪炮是真的，弹药是假的，全是空心弹。除此之外，每个班都有一箱没有装火药的手榴弹。我是三炮手，负责和四炮手一起抬一箱迫击炮弹，一炮手和二炮手负责扛迫击炮。

到了体育场之后，找到各自分配好的位置，用一个小时来演练全体的阵列，随后各就各位操练各自的武器。步枪班很麻烦，各种队列演习，枪械操练。火箭筒班不停地练习站式射击、蹲式射击和卧式射击，还要扛着火箭筒来回冲刺奔跑。炮班就是把迫击炮在固定位置一架，一炮手负责转动轮盘调准，四炮手负责从弹药箱里取出一颗炮弹递给我这个三炮手，我把这颗炮弹递给二炮手，二炮手把炮弹放进迫击炮炮筒。那颗炮弹放进去永远射不出去，如此三四遍之后，我们就可以原地休息了。我们的位置是在一排大树下，八月，荔枝正红，蝉鸣正烈，刚好打盹儿。

四炮手睡在我的下铺，个子小，头发花白，是个小老头儿，他是真正的退伍军人，总是笑眯眯的，话不多。一炮手和二炮手我不知道是干吗的，不过一看就知道是老相识，都是又高又壮，留着平头，两个人手臂上都有文身，一个文着一个狼头，一个文着一个“忍”字，他们不敢欺负我，却总是对小老头儿吆三喝四，小老头儿也从来不反抗。

一炮手和二炮手时常会在夜里熄灯后偷偷溜出去，大半夜才回来，每次都喝得醉醺醺的，大声说着话，或者以歌舞厅水准唱着“让我将你心儿摘下，试着将它慢慢融化……”一准会把我们吵醒。

集训的最后一周，一炮手和二炮手有天晚上再次偷溜出去，半夜回来时，门不知道为什么被反锁了，他们在外面小声敲门。我迷迷糊糊醒来，看了一下电子表，已经是夜里三点多，正想起身下去给他们开门，睡在下铺的小老头儿突然腾的一下坐起来，眼睛睁得滚圆，我以为他要去开门，再次躺下，一会儿后感觉不对劲儿，睁开眼睛，差点儿没有失声叫出来，只见他双手抓住我床铺的护栏，瞪着眼睛看着我。我刚想开口骂他，他松开双手，跳下去，走向房门处。

我的目光一直尾随着他，他把手放在门闩上，又放下，那两个人还在外面不停地敲门，越来越急促。

他松开手，沿着墙壁走到窗口，低下头，窗口放着那箱手榴弹，虽然没有装火药，但是那分量可不含糊。他一直低着头看着它们，我一下紧张起来，悄悄地坐起身，想要溜下床去开门。他突然转过身来，死死地瞪着我，我卡在上下铺之间，扭过头看着他，不敢再动。

窗帘没有拉严，露出一条缝，外面操场上的大照射灯苍白的光打在他的半边脸上，他慢慢地咧开嘴露出发黑的牙齿对我笑。

突然，他转过身去，拉开窗帘，推开窗户，双手趴在窗台上，大半个身子都探了出去。

“抓贼啊！”他凄厉的叫声响彻武装部。

第二天，他们三个都被武装部部长叫过去狠狠批了一上午，警告他们，要不是现在临时找不到人来顶替，非要严厉处罚他们不可，又特意交代让我们在军分区司令前来视察时要拿出最好的表现，不然别想拿到一分钱。

当天晚上，他们让小老头儿抱着那箱手榴弹在窗口处站了一整晚。

我也提心吊胆了好几天。

民兵演习那天，我们超常发挥，原本只有五十米射程不会爆炸的迫击炮弹被我们打出了六十几米的距离，弹头直接砸中了体育场中间的旗杆。

那天没有风。

一炮手就位！二炮手就位！三炮手就位！四炮手就位！我们都用吃奶的力气喊了出来。

然后是取弹，递弹，接弹，填弹，瞄准，“轰”的一声，那颗绿色的六〇迫击炮炮弹旋转着从炮口冲了出来，对着太阳所在的方向飞去。我们都不自觉地眯起眼睛，一条完美的抛物线，炮弹头正中红旗旗杆，旗杆不停地晃动，低垂的红旗展开到一半，又低垂下去。

所有的声音都消失了。

第三辑

鸡汤大师

垃　圾

刘国芳

男人住三楼，出门时会顺手将门口的垃圾提着，一步一步走下楼。别人家门口也放了垃圾，对门有，二楼一楼也有，男人瞥上一眼，走下楼去。楼下没有垃圾桶，但小区门口有，那儿放了一排垃圾桶。男人提着垃圾走出小区时，一伸手，把垃圾扔进垃圾桶。

几乎每天，这件事都会重复，出门带走垃圾，扔掉。

这天，男人出门，也提着垃圾。下到二楼时，男人看到二楼门口有一袋垃圾。可能是放久了，垃圾袋都流出了黄水儿，看着很不舒服。男人是个爱卫生的人，觉得放在楼道里的垃圾及时拎走会让楼道干净些。男人当时手里提着一袋垃圾，另一只手空着，觉得自己可以顺便提走一袋。这样想着，男人一弯腰，把二楼的垃圾提在手里。

到小区门口，男人一伸手，把垃圾扔了。

让男人没想到的是，当他弯腰拎起二楼垃圾时，住五楼的一个女人也在往下走，看见了男人拎起二楼的垃圾。随后不久，五楼女人碰到了二楼的女人，因为两个人熟，便说起话来。

五楼说：“三楼你楼上那个男人是做什么的？”

二楼说：“好像是在什么机关上班吧。”

五楼说：“不可能。”

二楼说：“为什么不可能呢？”

五楼说："我看见他拎走你家门口的垃圾。"

二楼说："他为什么拎走我家门口的垃圾？"

五楼说："他是捡垃圾的呀，拎走你门口的垃圾，是想看看你那包垃圾里有没有有用的东西。"

二楼说："对对对。"

男人并没听到这些话，扔了垃圾，往对面机关大楼走去。

男人在那儿上班。

这天，男人下楼时，看到一楼有一袋垃圾，男人也是弯腰把那袋垃圾拎在手上。

一楼开门时，发现垃圾不见了，觉得奇怪，跟自己说："哎，刚才放门口的垃圾呢？"

恰好五楼的走下来，说："有可能是三楼的拎走了。"

一楼说："他要垃圾做什么？"

五楼说："他是捡垃圾的，拿走垃圾，肯定是看看里面有没有有用的东西。"

一楼点头。

男人后来还会把自己对门或者二楼一楼门口的垃圾拎走，次数多了，楼里的人都以为男人是捡垃圾的。这天，男人开门，刚好对门提了垃圾开门，对门直接说："刚好，帮我把垃圾带出去。"

男人犹豫了一下，还是伸出手，接过对门的垃圾。

还有一次，男人提走了二楼放在门口的垃圾。这天傍晚，二楼那个女人嘭嘭地敲响了男人家的门。男人把门打开，问女人："有事吗？"

女人说："我放在门口的垃圾是不是你提走了？"

男人说："是呀。"

女人说："我家的垃圾你提走做什么？"

男人说："我顺手呀，这有什么不对吗？"

女人说："我家的垃圾里还有有用的东西，先前想扔掉，后来想想还有用，想捡回来，结果被你提走扔了。”

男人说：“是这样啊，那不好意思。”

女人说：“什么人啊，别人家的垃圾你也要。”

说完，女人气冲冲地走了。

男人傻在门口。

这天后，男人下楼时不再顺带拎走别人的垃圾了。

但事情还没完，楼里住着的人认定男人是捡垃圾的，那些住在六楼五楼四楼的人家，出门时也会拎着垃圾下来，有人手里东西多，他们下到三楼时，会一伸手，把手里的垃圾扔在三楼男人家的门口。

很多时候，三楼门口扔满了垃圾。

谜　底

刘国芳

1

草梅给表姐杨梅发微信：在吗？

杨梅回：在。

草梅说：你帮我圆个场。

杨梅问：圆什么场？

草梅说：有人给我买了一条项链，我老公怀疑是别的男人买给我的，我告诉他是你买的，等下他打你电话，你一定要说是你买给我的，不然，就会出大事。

杨梅回：好。

很快，杨梅电话就响了，草梅老公打来的，问她：草梅的项链是你买给她的？

杨梅答：是。

又问：怎么平白无故给草梅买那么贵重的东西？

杨梅答：过几天是草梅 30 岁生日，我们这么好，我给她买一件礼物不可以吗？

草梅老公说：可以可以。

这事就算过去了，但还没完，杨梅随后给草梅发微信：我对你太失望了，你怎么可以在外面找男人？

草梅回：他对我实在是太好了。

杨梅问：怎么好？

草梅回：我要什么他买什么。

杨梅发过去：要什么买什么，那好，我在这里卖车，他真对你好，让他到这里来给你买车。

草梅还没回，杨梅一口气发来好多条：你这样对得起你老公吗？对得起你儿子吗？对得起你父母吗？

做女人一定要自尊自爱，不然，所有的人都会瞧不起你。

不仅如此，好好的一个家也会破裂。

甚至弄得家破人亡。

因此，你必须立刻马上跟那个男的分手，不能有半点儿的拖泥带水。

2

草梅一向听杨梅的，过后草梅见到那男人，跟他说：我们分手吧。

男人问：为什么？

草梅说：我表姐让我一定要跟你分手。

男人问：我们的事你为什么要告诉你表姐？

草梅说：我老公发现你给我的这条项链，我让表姐帮我圆场，她那么聪明，会不知道项链是男人送的？所以，她让我一定要跟你分手。

男人说：你不会告诉她我对你很好？

草梅说：我说了，说我要什么，你都会给我买。

男人问：她怎么说？

草梅说：她说她在卖车，你如果真对我好，去她那里给我买车。

男人问：你表姐在哪里卖车？

草梅问：本田 4S 店。

男人问：她叫什么？

草梅答：杨梅。

3

这天，一个男人去找杨梅买车，看了一会儿，男人决定买一款 20 万元的 B 级车，交定金前，男人忽然看着杨梅说：我忽然发现你特别漂亮。

杨梅说：谢谢！

男人说：我听说买车可以送女孩儿。

杨梅说：老板真会开玩笑。

男人说：不是开玩笑，我先买车，再买你，可以吗？

杨梅说：老板好幽默哦。

男人说：不是幽默，你跟我好，我就买车，当然，我不会让你跟我白好，我给你一万块钱。

杨梅说：一万块钱就想买我？

男人说：那就两万。

杨梅说：真的还是假的？

男人说：真的。

4

男人后来交了定金，同时也给了杨梅两万块钱，然后，他们去开了房。在房间里，男人并没跟杨梅做什么，只是说：你觉得你现在是自尊自爱吗？

杨梅问：你什么意思？

男人说：没什么意思，我只是想告诉你，以后不要再管别人的闲事。

杨梅茫然：管别人的闲事？

男人说：以后你会明白的。

说完，男人走了。

5

几天后草梅出来见男人，男人说：我在本田 4S 店订了一台车，是给你的，现在我们去提车。

听说去本田 4S 店，草梅吓坏了，草梅说：我表姐在那儿，我不敢去。

男人说：没事，她不会管你。

随后，男人和草梅就出现在杨梅跟前，杨梅一点儿也不意外，杨梅跟男人说：我后来猜到了，你这车是给我表妹订的。

男人说：你不反对我们在一起吧？

杨梅说：我表妹又不是小孩子，她的事她做主。

男人说：谢谢！

6

回去的路上，草梅问男人：奇怪了，我表姐怎么就不反对了呢？那天她可是让我一定要跟你分手。

男人说：我让你猜个谜语吧，谜面是羊来了。

草梅摇头说：猜不到。

男人说：谜底是草没（草梅）。

草梅说：不懂。

男人说：还有一个谜语，谜面是狼来了。

草梅说：狼来了怎么啦？

男人说：谜底是羊没（杨梅）。

草梅忽然说：我知道了，你是狼。

男人说：对，但狼只吃羊，不吃草哦。

翻　鱼

陈小莲

他找了个靠窗的位子坐下，给发小打电话，没见接，又发了微信，也没见回。

他招手叫来服务生说要点菜，服务生指指桌角的二维码，说现在都扫码点菜了。他才发现桌角的二维码，奇怪自己怎么就没看到，便自嘲地笑了笑。

刚才下班走在路上，他又接到了电话，一时犹疑不决，不知不觉就走到了江边，抬眼就看到了这家店，门面装修还不错，便走了进来。店里人不多，零星坐了三四桌，空调温度适中，环境雅致。江边的好多店家都将桌椅支在路边，男人们光着膀子，满面油光，喷着酒气吹牛猜拳，闹哄哄的一片，看着就头胀。还是这地方好，他需要静一静。

他的旁边坐着一对年轻男女，看着像情侣。他扫了一眼他们桌上的菜，分量不大不小，也算得上精致。他拿起手机扫桌上的二维码，点了三个菜两瓶啤酒。点完又翻回看微信，发小还是没回。

点太多了，吃不完浪费。听女的这么说，他目光再次扫过他们的桌面，上了五个菜。他同意女人的意见。

男人给女人夹了块肉，说今天领到工资了，真的比原单位翻了一倍多，当然要庆祝一下。他不禁多看了男人两眼。

那也不能浪费啊。女人嗔怪道。

他把目光移向窗外，天已经全黑了。江对岸鳞次栉比的高楼霓虹闪烁，不时变幻着各种图案，那是全市最繁华的地段。他的收入在全市人均水平之上，不过那里的房价也只能仰望。小梅几次拉他去那边看房子，畅想着有朝一日能过上早上一睁眼在床上就能看见日出，傍晚在阳台上吹着风欣赏落日的日子。他的思绪便回到了之前的问题上。

您的菜上齐了。服务生说。这时手机响了一下，他想那小子终于回我了。不承想点开微信，却是师父的：方案看了，改了几个地方。不是说做两百万的单吗，怎么才三十万？没谈成？没关系，再谈谈，我相信你！对了，周末有空带小梅和孩子来家里吃饭，师娘给你们做好吃的。他有些脸红心热。

当年他大学毕业找工作时四处碰壁，是师父收留了他，师父说从他身上看到了当年的自己。师父其实也是他的领导。他后来时常跟人讲，当年如果不是师父一路领着他，自己也不可能走到现在。他盯着屏幕发呆，不知怎么回，这时手机振动了一下，发小回话了：发定位过来，马上到。

他让服务生开了啤酒，拿两个杯子放在面前，倒满，刚端起一杯准备放到对面，就听到有人说，唉，等等。他手缩了一下，朝四下里一看，才发现是那女人冲着男人说的。

鱼不能翻！鱼不能翻！说过多少回了。你不知道我们公司是做什么的吗？吃鱼是不能翻的，要不我们公司的船会翻的，那得损失多少钱呀。

真是迷信！照你那样说，天天都有人吃鱼翻鱼，你们公司的船都不够翻的。

呸呸呸！我们公司的人都这样说的，我们可不想让公司的船翻了。女人说的时候，眼睛快速将周边巡了一遍，扫过他的桌面时，冲他笑了笑，他却脸红了。

只见女人很熟练地用筷子夹住靠近鱼头的脊骨，轻轻一拗就断了，接着挑起鱼骨拉到鱼尾处，再轻轻一拗，整根骨头就被夹起来了。好了，可以吃了。女人对男人说。

在他看女人挑鱼骨时，发小到了。两人有一搭没一搭地聊了一阵，几杯酒下肚后，发小说，人往高处走，水往低处流，走是对的，以你的能力，去哪儿不行？那两百万啥时跟你新东家签，吱一声就行。

没有新东家。

怎么？又不走了？

他瞥了眼旁边，那盆鱼被他们吃得差不多了。鱼不能翻。他说。

啥？鱼？发小瞅一眼旁边，又瞅一眼他，似懂非懂。可以啊，那再点条鱼呗。

鸡汤大师

陈小莲

张扬年终绩效考核没有被评上优秀，觉得很憋屈，跟经理大吵了一架。如果能拿到今年的优秀，她可以凭三连优列入公司晋升人选。

部门的重活儿难活儿都丢给她，经常加班加点不说，年休假几乎没有，有时为了赶方案，她一个女性还在办公室里过夜，没想到优秀却给了行将退休的老杜。

经理说，老杜干了这么多年，从没有得过优秀，希望退休之前能有个优秀，为职业生涯画上圆满的句号，你说我能不满足她吗？她一位老同志，没有功劳也有苦劳。你还年轻，今后还有机会。

这是可以拿来当人情的吗？难道自己在经理眼里那么无足轻重？她为这个发现感到悲哀，为自己不值。她“啪”的一掌拍在经理办公桌上，拂袖而去。

真是越想越生气，越想越难过，她现在急需找人倾诉一下。她点开 QQ，看到赵永红的头像亮着，于是一股脑儿地把委屈都倒了出来。

赵永红发来难过的表情，回她：可能我们做得还不够好吧。

原本是想寻求安慰的，她们也算是同病相怜吧，没想到赵永红会这么说。失望之余，张扬心头涌出不被理解的难过。赵永红干这行的年限比她长，两人工作各有所长，备受上级领导好评，便有些惺惺相惜，每次上级组织培训，两人都要求安排同住，晚上相约逛街，私底下经常交换信息。她后来才知道，赵永红到基层锻炼过几年，在基层锻炼过的人基本都提拔了，可她一直到现在也没有。她就不信赵永红会保持这样的好心态。

你今年评上优秀了？

没有。

为什么？

没有业绩。

没有业绩？你今年拿了几个省级奖励呢，这不是业绩吗？你们领导太不是玩意了，你干这么好，不提拔也就算了，连个优秀都不给。

人家做得比我好。

扯吧。

真的，我还要向他们学习呢。

蓦地，张扬的脸红了。其实，冷静下来想想，经理的话也是有些道理的，犹豫了一会儿，她走进经理办公室，主动言和。

现在她觉得自己不仅工作比不上赵永红，连思想境界也比不上。人家都说赵永红心态好，看来一点儿没错。点开微信朋友圈，赵永红的心灵鸡汤扑面而来，有的直戳她内心，看得她面红耳赤，有的让她茅塞顿开，浑身像打了鸡血。看来赵永红这鸡汤大师果然是名不虚传啊。从此，从不看心灵鸡汤的她，成了赵永红朋友圈的粉丝，有时还会转发她的鸡汤文。

上级抽调人员组成检查组到基层检查工作，每年她们都会被选上。她迫不及待发微信问赵永红。赵永红回说自己有事不去了，换另一个同事去，还说欢迎她有空能来，到时请她喝小城有名的牛肉汤。

赵永红单位来的女同志叫小纪，比她小好几岁。她们在检查之余，晚上常在酒店旁边的林荫道上散步。

有天她听小纪接电话时，称对方马经理，不禁问道，你们换经理了？

没有，是新来的副经理，半年前刚从业务部门调过来的。

她有一丝难过，怎么没有听赵永红说过呢。但凡自己部门领导变动，都会第一时间告知她的。

你们永红工作做得那么好，又有才，怎么没有提拔她呢，真是太不公平了。

谁说不是呢，她还跟领导吵翻了，还说不想干了呢。为这连检查组都不肯参加。

她感到胸腔被一股气堵住了，半天说不出话来。躺在宾馆的床上，想着赵永红说的那些话，越想越觉得可笑。她打开朋友圈，将转发赵永红的鸡汤文全删除了，正准备发微信暗讽她，却见到赵永红新发的一条鸡汤文：你若盛开，蝴蝶自来。她一时百感交集，而后会心微笑，点了一个赞。

最后一天是啥日子

胡金洲

我告诉节约，这事我有经验，抬起脚尖，脚跟落地，一半的可能性能回家。但这样走路的姿势，鄙人不能保证轻盈优雅。

我的同学节约，正在街上走时旅游鞋突然脱帮，张开鲶鱼大嘴，前片露底，后脚跟连在一起，叭叭地唱着不着调的歌。引来一行路人注目，许多女孩子掩着嘴笑。

烟酒店跑出一位大妈，手抓红色塑料袋火急火燎地塞进节约手里说："娃儿，套上！"弯下腰给他系上，走开后还朝他看。

我对节约说，你小子肯定长得像她孙子。

行走复归原状。红塑料袋让节约的脸嫣红如花。乍一看，还以为是个标致的女娃儿。

我和节约同村，同一年上的技校。我分数不到本科线，他 567 分，上 211 还多一分。他爹说，爷爷当年可以上清华，但就图不收学费还管生活费，就上了师范。意思是你节约上个技校，早一年毕业，比别人多拿一年工资。别说，这话不无道理，我们农村人实在是活怕了。

自入校起，节约从不上学校的点餐厅，每天守着学生食堂过日子，两个大馍，一碗大钢桶里舀上来的免费蛋花汤。碎馍屑掉在桌子上，最后拿手掌斜着小心翼翼赶到碗里。他跟我说他娘拿的不是肉掌，是高粱穗子帚，把桌上的馍屑和着碎麦煮糊糊，可香呢！

节约的故事多，一天两天说不完。说眼下。节约的当务之急是赶快去买鞋。

眼前就有一家鞋店。大门四开，到处是破鞋盒，不仅重叠着黑乎乎的脚印，而且还有痰迹。大堂地面上，摆满了各式各样的鞋。两根柱子之间拉出一条大横幅：公司倒闭！大削价！最后一天啦！

节约张望了一会儿，退了出来，抬起脚，孤芳自赏地说，这双鞋就是这家买的——当初接待他的是个女孩儿，没开发票，给了一张便笺，上面写着：两年后以旧换新。

他附着我的耳朵说：我是冲着两个大酒窝去的。

我问，你没买两双？

再寻第二家。第二家也在大甩卖。门上一副对联：除人不处理，所有大处理。横幅：最后一天。也卖鞋，全是锃亮的皮鞋，一口价十五元。我拎了一双，掂掂，扒了扒鞋帮，是马粪纸壳做的。

没走多远，听到大喇叭吆喝：老板吸毒，走投无路，萝卜叶，白菜帮，不是假钞都拿光！卖瓷器的。门玻璃和墙上贴满“最后一天”的小广告。

我看中了一把长嘴小茶壶，嘴翘到天上去了。壶口插一张制壶大师乌红证书。正要开口问价，同学们把我架了出来。

节约哗啦啦拖着塑料袋，摇摇晃晃地走。塑料袋被石子硌破了，快不得慢不得，只有拖着走。

忽然，看见一群人围在一起争吵，声音亢奋，潦草一听，十之八九属于战斗前奏曲。

我们这儿的人跟北方人不同，北方人说打就打，打之前没有一句废话。我们这儿的人说打不会真就上手，光动嘴皮子，闹得水响，一根指头也不敢挺直使出来。

结果，北方人说我们只会骂人吵架，素质低。为这事，网上到今天还一直争论不休。

原来一家卖花圈的商店被围观。三个高高大大的汉子，一脸横肉，不停喝令店主搬家。店主一脸的无奈，往门楣上一指，你们看，我不是行动了吗？门楣上贴着白纸黑字：降价大处理！最后一天！汉子肚子快突破衬衫了，挥舞着毛乎乎的胳膊，气昂昂地说，中！最后一天就最后一天！看着两个同伙，明天记住带仨家伙来！

眼前的热闹说散就散了。

个个脸上悻悻然。我安慰说，别灰心！我保证明天一切照旧，让你们赏眼看个够！我看大家都没反应，不信咱们赌个啥？节约高兴地说，好啊，花圈店明天准时搬迁，不信，你请我们大家吃虾锅！其他几个家伙屎头日脑，只附和不表态。我估计节约就没见过虾锅，从谁口里学来的。

第二天，我们又在这条街上从头遛到尾。七家大处理的商铺，“最后一天”大横幅都加固了，在风中纹丝不动，只有花圈店消失得无影无踪。

我自掏腰包请大家吃了虾锅，花了我一个月的口粮银子。唉，这帮如狼似虎的家伙，吃得精光，都说咸，一人又要了一大团冰激凌，龇牙咧嘴，还说牙疼！我发现节约吃得不怎么凶，像个讲究先生，一只虾吃半天。我问他，咋，不好吃？他抹抹嘴巴，让他们吃！让他们吃！

路上，节约悄悄告诉我：哥！你就是个二货！那会儿你们进去凑耳朵，我找人一旁打听，知道那地方拆迁，开发商雇了一个班子，耀武扬威驱逐那些拆迁户。花圈店是最后一家，你说不该他倒霉该谁倒霉？没想到还附带上你！笑容灿烂如花。

我不仅想骂这小子，而且揍他的心都有了。

这时，有个同学不知趣地问：我有个问题搞不懂，最后一天时间，恁多花圈怎么打折处理呀？

我说：怎么？你想要吗？

节约赶紧说，不是开玩笑，我就想要，我大伯得肺癌在城里住院，快不行了，不知道公交车让不让上？说着，眼圈红了。

大家齐说，这有何难？再远，我们帮你抬去！

再看节约的鞋子，只有空帮没有底了。

恐龙切割机

关　山

“喂，是 A 总吗？我是小 B，了解一下工作进展。”

“你好，你好，B 秘书，有些日子没来喝酒了啊！”

“说正事，进展怎么样？马上要开观摩会，C 主管很关心。”

“哦，先说说吃饭的事儿吧。今天晚上吧，五洲海鲜大酒楼，务请赏光，C 主管那里，能一起请动那是最好了。”

“少来这一套，C 主管忙得很，我也没空，要准备现场。说说进展吧。”

“唉，有难度，不是我不想投资，实在是短时间内找不到这样的设备生产商。”

“你是要 C 主管亲自给你打电话吗？他还真的就在这里，这电话就是他安排我打的。”

“哦……哦。”

“听着呢，我是老 C。怎么了 A 总？说得好好的，到时看设备，怎么这会儿要拆台？”

“不敢不敢，刚才是和 B 秘书说着玩儿呢，答应的事哪能随便更改？不过，我到处打听了一下，几家供货商都没有这样的设备。”

“到另外的厂家打听啊！”

“国外的也都问过了，现在还没生产出这样的设备来。”

“所以，才要这设备。这样，我们的观摩才有亮点。”

“可是，到哪里去弄呢？”

“好了好了，那是你的事。我的事就是负责调度，确保进度。如果完不成，会承担什么后果，你是知道的。”

“知道，知道。”

“知道就好。”

C 主管挂了电话，对着 B 秘书皱了眉，说：“这些人，不给他点儿压力，就找各种借口，关键时候得抹下脸来才成。”

“对对，就得进行压力传导，”B 秘书想了想，“他说的那种设备，果真没有怎么办？”

“那是他要考虑的事，你需要考虑的是如何催办。”

“是……是。”

“晚上有个场，要不要一起来？”

“哦哦，主管，您安排。”

“一个闲场，愿意就来。”

“那……您觉得我去好，我就去；觉得不好，我就不去。”

“随你。”C 主管微微笑了一下。

“那设备，真没有。”D 说着，举起杯来，对着 C，“干了这杯，估计是你们的头儿弄错了。”

“呵呵。”C 笑着一饮而尽，脸色酡红。

一边，B 秘书暗暗看了他一眼，也将杯里的酒干了。

“真没有怎么办？”B 秘书悄声问。

“年轻人，什么时候能成熟？干好你自己的事。”

说完，C 站起来，端着酒走到 D 面前，身体弯曲，手中酒杯的上部轻轻一触 D 酒杯的下部，甜声道：“D 主任，小弟敬您一杯。我干了，您随意。”

B 秘书连忙也举起了杯，给身边的客人敬酒。

“那设备真没有，D 哥。”A 在电话里说。

“知道，都知道。老 C，还有他的主管老 E，老 E 的主管老 F，全都知道。”

“那怎么办？”

“那多好办！哪里都没有，就是哪里都有。”

“您的意思，是糊弄一下？”

“我这么说了吗？领悟！老弟，这碗水深着呢！深的时候，不见底，但也没什么，就是一碗水。”

“人在屋檐下啊！上回，我的车间都施工到一半了，硬要我加高两米，加大一倍面积，设计承重都达不到，一遇刮风下雨我就睡不着。”

“所以说，你太实在啊！这两米有人去量吗？好了，我这儿还有事。”

“好的，您忙 D 哥。”

“下面的现场，是本次观摩的亮点，请参观。”观摩讲解员说。

人们鱼贯进入大车间。

高，大，新，而且迎面站了一排漂亮的女子。

“这是什么？”站在中间的人抬头看着这台高耸至车间顶部的设备，所有的摄像机照相机全部向它聚集。

“这是一台当今世界上最大的切割机。”

“切割机？这么大，要切割什么？”

“哦，请 A 总来介绍一下。”

“哦，切割，肯定是非常大的物件，比如用于造船的设备。”

“那下一步，你们是要上造船厂了？”

“哦，这个……”A 抹了下额头。

这时，F 对着 E 点了点头，E 又对着 C 点了点头。C 于是说：“是的，这是我们下一步的发展方向。”

“能造飞船吗？”

“努力吧。”

“其实，这台设备，是用混凝土和木头制造的模具。”不知从哪里冒出个记者模样的人，他忽然这样说。

发问人似乎没有听见他的话。

“怎么回事？维护现场。”C 低声对 B 秘书说。

在 B 秘书安排保安将这人清理出场之前，这人又说话了：“我是说，这台设备其实是个超级切割机，适合……切割恐龙。”他的声音并不大。

这回，所有人都听得清清楚楚，想装作听不到也不可能。

“那你说说，怎么切割恐龙？”有人笑了。

“其实，就三步：第一步，制造这样一台设备；第二步，把恐龙赶来；第三步，切割。”

吃　饭

非　鱼

很久不联系的小武突然给李胜利打电话：吃个饭吧。

吃饭吃的不是饭。这李胜利知道，吃的是事，而且小武打电话的事，还不会是一般的事，一般的事小武自己就解决了，压根儿用不着吃饭。

约在星期四晚上六点，御宅。问都有谁，小武还卖关子，说去了就知道了。

于是，从星期二早上接到这个电话开始，李胜利就陷入了纠结之中。

不是特别重要的饭局，没有这么早就约的，自己不是饭局的主要人物，也不会提前两天就通知他。他想起之前饭桌上流传的那个笑话：提前几天约饭，是真心实意请你；当天早上约饭，是临时起意；当天下午约饭，你是陪客；快到点约饭，你就是凑桌填空的。很显然，小武既不是临时起意，也不是拿李胜利凑桌。

可是，小武会有什么事呢？

小武和李胜利是老同事，后来，小武的编制问题一直没解决，就辞职走人了。辞职以后的小武，彻底从大家的视线中消失了。有人说他去广西干传销去了，也有人说他去了海南，还有人说他开了好几家大公司，天天夹着包开着奔驰到处跑，手底下有一群业务员，买个鱼缸都要八九万。这些信息都没有得到过证实，因为大家谁都没见过小武本人。

过了好几年，小武突然就出现在大家面前，确实是夹着小包，但没有开奔驰。问他在忙乎啥呢，答：瞎混。

瞎混的小武偶尔会喊李胜利他们几个吃饭，饭桌上男男女女一大群，都是小武的哥和妹，这其中不乏一些重要岗位的重要人物。吃完饭好几天，单位里谈论的话题就是小武：牛皮，人脉广。

人脉资源很广的小武时不时会给李胜利说一点儿“小事”。这些“小事”常常让他很头疼。他自己工作范围内办不了，还需要打电话找别人，找了别人，就欠下人情。小武很懂得这一点，他总会在事成之后，把这些人约到一起，把他的网越织越大。

有两三年时间，小武出现在李胜利手机屏幕上的次数比他老婆都多，他是既烦恼，又有点儿乐在其中。为什么呢？饭桌之上，酒杯之间，他被小武捧得很高：这是我亲哥，我哥可不是一般人。我的事就是我哥的事，我哥的事就是大家的事。谁不给我面子，也不能不给我哥面子。

小武又消失了。等李胜利意识到他好久没有出现在他办公室，没有出现在他手机里时，仔细一算，已经有一两个月了。打他手机，一直是无法接通。

慢慢地，他就把小武给忘了，大家也把小武忘了。都这么忙，谁会一直惦记着谁呢？

一年多过去，猛一下又接到小武电话，提前两天约饭，而且还是在御宅，这让李胜利既上头又伤脑。御宅是啥地方？私房菜，主菜据说是佛跳墙，当然李胜利也只是听说过，既没去过，更没吃过。

这个飘忽不定的小武，在这个地方请客，会有什么事？

越想就越犯嘀咕。星期四晚上的这顿饭，成了李胜利的心事。早知道不答应就好了。

好不容易熬到星期四下午，李胜利在心里盘算了无数遍，最后还是开着他的小破车去了。开车的目的，是不打算喝酒，他怕酒喝到动情处，自己瞎应承能力范围之外的事。

御宅的门脸很小，一不小心就跑过了。两扇对开的老式木门，两只大门环，需要叩门环才有人从里面打开。穿旗袍的服务员领着他，穿过一个长长的过道，似乎进入了另一个院子。院子当中一棵硕大的香樟树，四周一圈两层的小木屋，小武约的是二楼一个房间。

一进门，已经有四五个人在沙发上聊天，小武不在。这就尴尬了，这几个人他都不认识。他装作接电话，重又走出房间，在门口扒拉着手机。

还好，有手机。

过了十多分钟，小武终于出现了。拎着两提酒，呼哧带喘。

哥，哥，不好意思，堵车，来晚了。他给李胜利说完，进了房间，又把同样的话给那几个哥说了一遍。

随意坐，随意坐。有人招呼大家落座。可李胜利依然没有看出来谁是主宾，他该坐哪儿。该死的小武。他只能根据年龄大小判断，找了一个不上不下的位置。

酒倒上了，他说不喝，要开车。居然也没人劝他，包括小武。

酒一杯一杯在喝，菜一道一道在上，眼前的杯盏换了一个又一个，聊天似乎也没有个主题，东一句西一句，无非是股票，基金，大小的八卦新闻。这些，他都不关心。他一直在想，今天为什么吃饭。秘制的私房菜，他吃得并不舒坦，就像等第二只掉下来的靴子一样，他一直在等小武的“事”。

没人说事。小武没有，任何人都没有，只有吃饭、喝酒、聊闲篇儿。李胜利更觉得累，吃得累。

饭局终于结束了。一个一个客人晃荡着走了，李胜利磨蹭到最后，拉住了小武：今儿啥事儿？

没事啊。就是想你们了，一起吃个饭。小武把脸凑到他跟前，满嘴酒气，满脸真诚。

真没事？

真没事。吃饭嘛就是吃饭。

那些人都是谁啊？你也不介绍。

你不认识？嗨，我想着你们都熟悉。

他真想踹小武一脚。扭头看看桌上的残羹狼藉，长舒口气，心说：可惜了啊——

专职会长

陈树龙

因单位对外的会议多，经人事部门研究，特设专职会长。这个职务的级别不能太低，如果低了，到兄弟单位开会，人家会说不够重视；这个职务的级别也不能太高，如果高了，人家会说小题大做摆官架子。

阿六破格荣任专职会长。同事们纷纷祝贺，主席台上一坐，会议结束就走人，多么轻松的美差啊！

阿六本不够资格当专职会长，但老会长张三极力推荐。张三斩钉截铁地对人事部门说，五年前他就开始物色他的接班人，阿六是最佳人选！

接着，老会长张三阐述三大理由：第一，阿六的颜值高、身材高大。大家都知道晏子使楚的故事，因为晏子身材矮小，才受到楚国国君的欺辱。第二，阿六的坐姿笔直，经考察，能端坐五个小时而纹丝不动。第三点，阿六有一张挂笑的脸，和蔼可亲，不卑不亢。这三点，全单位上下几千人再也找不出第二个！

任命书下达的当晚，阿六单独宴请老会长张三到潮香春酒楼喝酒。对于张三的知遇之恩，阿六感激涕零。

席上，阿六端起酒杯敬张三，忐忑地问，我文化水平不高，文字功底又差，可部门只有我一人，该怎么办？

张三仰起脖子，一口喝完酒，回答，这个太简单了！会议一般有通稿，找他们要就行了！

阿六紧接着问，如果没有呢？

张三夹住一只椒盐虾，说，不急！

阿六说，怎么能不急呢？

张三呵呵笑着说，我说的不急是，会议一结束马上就有公众号发出内容了，你修改一下不就行了吗？

阿六舒了一口气，又帮张三满上。

张三又喝了一杯，盯着阿六说，你没问到点子上！

阿六续上酒，说，请老会长赐教！

张三慢条斯理地说，以前啊，主席台上坐的没几个人，现在啊，越来越多喽！前后排的位置越来越紧了，连过人的地儿都没了！现在的会议越来越长。张三顿了顿又说，所以，会前绝不能多喝水，喝水多则尿多；会前绝不能多吃豆类，多吃豆类则屁多，又响又臭，太尴尬了！

阿六恍然大悟的样子，端起酒杯说，难怪啊，主席台上摆着的矿泉水，没见几个人喝！

阿六还想再请教，张三说，今晚我喝得差不多了，周末你到我家里来，我再传授一些秘籍给你！

阿六左等右等，终于到了周末，不敢上午过去，怕老会长张三昨晚有应酬起床晚，决定中午再打电话。

张三爽快地答应，下午两点钟可以过来，周末不午休。阿六提着礼物过去。

张三不停地泡茶，不停地请阿六喝茶，只字没提传授的事。阿六几次话到嘴边都硬生生地憋回去。

四点半，张三笑眯眯地对阿六说，阿六啊，果然我没看错你！

阿六一头雾水，不知怎么对答。

张三又说，喝了两个多小时的茶，你竟然中途不用上卫生间！我可是憋不住了，我要先上卫生间，一会儿带你去看看我的车！

阿六更是迷糊了，说是传授经验，怎么去看他的车呢？

阿六跟着张三去看他的车。张三打开车尾箱，指着里面的四个杂物箱说，你记好了，按照我的这个配备你也来一份！

阿六马上答，好！好！

张三打开第一个杂物箱，说，这是衣服箱。必须有西装一套和短袖长袖衬衣各一件！

阿六说，请老会长赐教！

张三答，你必须提前到会场，如果空调太冷，马上换上西装领带，要不然，坐在那里几个小时不动，非得冻感冒不可！如果没空调，开完会一身汗也得换衣服，或者不小心弄脏了也有备换的。

阿六赶紧说，好的好的！

张三打开第二个箱子，说，这是电动按摩棒、按摩垫！会议中间休息，抓紧时间放松一下，否则长时间坐，容易得腰肌劳损椎间盘突出等职业病。

阿六又说，受教了！

张三打开第三个箱子，说，这是医药箱。救心丹、活络油、驱蚊水，这些功效我就不多说了，最主要的是，必备黄连素片和腹泻丸，闹肚子拉稀最顶用！

阿六又说，受教了！

张三打开最后一个箱子，说，这些你或许用不到！

阿六看了一下，说，卫生纸怎么会用不到呢？我的车上也有！

张三翻开箱底，说，还有这个。

阿六问，这么大包是什么？

张三尴尬地说，成人尿不湿！

事出无因

陈位洲

大中午的，家良想不到阿崽会赶过来，一时不知道该说些什么。

就在刚才，他和妻子的争吵差一点儿就要升级。

什么都不会！妻子埋怨，怒气冲冲。

我什么都不会？家良吃痛这句话，气不打一处来，要不是我，你现在还在坡田村扒拉稗草呢！

不过，有一件事今天他确实没有做好。

家里锅碗瓢盆、箱囊行箧，大包小包的都已收拾好，堆满一屋子，他这才想起，还没跟搬家公司联系。昨天只是打听了一下，并没有讲好。电话打过去，对方说，现在预约，得排到三天以后。三天之后？他挂掉电话。

一边的妻子就埋怨了，昨天说好的事，天还没亮就起床，到现在竟然还没联系好搬家公司，搬什么搬，不搬了！说着一屁股坐到衣服包上。

他说，不搬就不搬，你以为我想搬吗？

其实他们说的都是气话。

几个月前，他就多方托人，四处打听，要找一间学区房。孩子眼看着就到了上学的年龄，这可是一件大事。但几经周折，直到昨天，这事才有了着落。房东告诉他，这两天校方会进行入户调查登记，可不要错过了。

他们今天必须搬！

他又拨通对方的电话，将情况说明。对方说，如果非得今天搬，就只能让工人加班，那要征得工人同意，还有就是费用要增加。他问具体是多少，对方说要一千元。他一听，觉得被宰了。

市面上又不是只你一个“郑屠夫”！这样一想，他再次把电话挂了。可是，除了这一家外，别的他都没有联系电话。妻子又开始埋怨，没完没了。他很烦躁，但不是吵架的时候，只好忍着。突然想起阿崽。对了，问问阿崽，他肯定知道。

小事一桩！电话里阿崽说，这事就交给我吧。

阿崽是几个月前才认识的一个朋友。一回生二回熟。要说熟，也不是很熟。别人都叫他阿崽，他也叫他阿崽。据说阿崽在物业公司当经理，所以有时也称他为经理。至于高姓大名，他还真不知道，好像也没必要知道。阿崽头脑活络，知道的东西多，又肯帮人，比如谁家的某件电器坏了，或者下水道堵了，打电话跟阿崽一说，阿崽会告诉你是哪里出了问题，怎么弄；非请人维修不可的话，阿崽就告诉你怎么找人，既不花冤枉钱，也省了很多麻烦。

他在等阿崽的电话，却没想到，阿崽亲自来了，开一辆小货车，还带着几个人。

找什么搬家公司，我家里现成几个吃闲饭的壮汉，乡下来的，正好帮忙。阿崽说。

他不想这样。他只想问个联系电话。可朋友和朋友的朋友，人已经来了，那么热心，还能怎么样。

他到楼下买了一箱水，几包烟。

阿崽他们几个已经干开了，抱的抱，扛的扛，大件则几人合力搬，嘿哟嘿哟，瞻前顾后，累得满头大汗。

小心点儿，不要碰坏了东西。阿崽不停地叮嘱。

尽管如此，还是出了一点儿问题，有个小柜门“咔嚓”一声就磕坏了。那个小柜子是祖上留下来的，说是黄花梨，好东西。原先他不怎么在意，待到黄花梨炒上了天，他就不再把它看作是一件普通家具，而是当成宝贝供起来。他心疼得不行，但也只是皱了一下眉头。人家好心帮忙，也不好责怪。

阿崽那个小货车太小，他们又没有经验，不够专业，拉了两趟还没完。

这要搬到什么时候呀？要是搬家公司早就弄好了。我还等着收拾呢！妻子望着西天的红霞，一脸的焦虑。

他心里也有些着急，但朋友已经尽力了，又不好催，只能劝妻子要耐心一些。

终于搬完了。他塞给阿崽八百元。这钱他心里掂量过，应该拿得出手。但阿崽不肯要。

是不是少了？他说。阿崽说不是，朋友之间，不兴这样的。他说这不是给你的，是给你那几位朋友的。阿崽说，我的朋友也是你的朋友。硬给时，阿崽变脸，说再这样就是不把他当朋友了。

阿崽不肯收钱，他更加过意不去。

那就一起去吃个饭。他说。

你还是先忙吧，我们自己解决。阿崽说。

这怎么行！帮了这么大的忙，不能就这么走了。他说。

阿崽还是推辞。他愀然作色，说阿崽你要这样就是看不起朋友了。

他们去了一家大排档。他点了羊肉火锅，还有红焖猪肘、炸牛排和剁椒鱼头，想了想，觉得好像还少了点儿什么，就说，喝两口吧。阿崽说，算了，不要破费；其他的人则说着闲话，不说喝，也不说不喝。他就知道，他们想喝，于是又要了瓶酒。

菜上齐了，他给他们一一满上。你的呢？阿崽说。他说他不会。阿崽说，不行，要不喝就都不喝吧。他不想让朋友扫兴，没办法，只好奉陪。

大家举杯。酒过三巡，自由发挥，你来我往，称兄道弟，互相说着好话，气氛开始活跃起来。不大一会儿，酒瓶见底。他知道他们没喝好，咬咬牙，再要一瓶酒，中间又添了两个下酒的菜……

喝到兴头上，他们干脆脱光膀子，蹲上椅子猜拳行令，大声吆喝，旁若无人，惹得邻桌的客人都看过来。

不知还要喝到什么时候！他心里嘀咕，又看了看表。他倒是希望能够早点儿曲终人散，但这时候已经由不得他了。

又过了大约半个时辰，终于酒足饭饱。服务员送上账单，他心里咯噔一下，想不到会是一千多元。

回到家，快十点了。妻子还忙着收拾。又喝上了？妻子说。他说，喝了。妻子说，花了不少吧？他说，五六百。妻子说，就知道喝，也不看是什么时候！他不吭声。妻子又说，那个柜门怎么办？花多少钱也修不回原样了！

他感到很无奈，也很累，不想动，可还是默默地和妻子一起继续收拾。

敬　酒

王大春

事发突然，让人猝不及防。一桌子人都没想到，老安更是没有想到。

老安给领导敬酒，领导，你喝完，我表示一下。言辞恳切，目光真挚令人不忍拒绝。领导是上级领导，下基层来检查工作，在单位食堂就餐。

其实，老安刚参加工作不久，本来没他陪领导的份儿，因其年轻，被指定斟茶倒水、端菜跑腿等工作。席间，几个负责陪同的小领导，为表尊重，个个都是“领导，你表示一下，我喝完”，只怕把领导喝醉，哪晓得这让领导很不高兴。关键是他们不知道领导酒量很大，属于那种“八两不倒，一斤正好”的主儿，下基层除了调研外，主要是想放开喝顿酒，喝他个天翻地覆。哪晓得这帮人太过拘谨，也不做功课了解了解“行情”，让领导仅“表示一下”，这让领导如何尽兴哩！这种话领导说不出口，败了酒兴，脸色木木地绷紧。

一桌人你看我，我看你，不知道是哪里做差了，场面显得凄凄惨惨戚戚。小领导们酒杯端在手里，手臂举得酸痛，大领导却不端杯不举箸不说话，气氛冷淡，眼看着冷场，刚好老安（其时应为小安）端菜进来，便没话找话，顺口让他“陪领导一杯”，既为挽救沉闷的气氛，也为助助酒兴，类似于“死马当作活马医”。这才有了老安“领导，你喝完，我表示一下”的说法脱口而出。

年轻人第一次陪酒，见了上面来的大领导，真有点儿手足无措，突然让他陪酒，不知道该说些啥好，顺口把平时听到的劝酒词照葫芦画瓢地说了出来，不想却把话说反了。

听得几个小领导面面相觑。这哪里是陪酒，这是让领导陪你吗！哪晓得，领导竟毫不在意，反问道：你说怎么喝来着？

老安尚未意识到自己说了错话，依然道：领导，你喝完，我表示一下。

领导哈哈一笑，这个年轻人有眼力见，让我喝完，干脆爽快，这才是喝酒嘛。高兴端杯，一饮而尽。

老安说是“表示”，又岂敢“表示”，况且他也没有“表示”的意思，只不过是说了错话，又没有意识到，赶紧也喝了个底朝天。

大家面面相觑。咋回事，劝了半天酒，领导都不端杯，老安这小子一句不恭的话，竟然扭转被动局面。个个不得其解。也顾不上去“解”，都让老安再敬领导几杯。

就这样，那顿酒后来喝得是风云突变，高潮迭起。喝到最后，领导是来者不拒，兴高采烈。事后领导说调研“收获很大”，希望基层的同志们好好总结，下次更上一层楼。

更有收获的是老安，没过多久，上面一纸调令，让他去了市局办公室工作。

这都是二十几年前的事了。偶尔想起这事，老安都觉得好笑，自己的官运竟然始于当年一句错话。

没想到还有后续。还是老安和领导之间的事。

领导还是那个领导，只不过领导早已退休。这天，老领导说是路过原单位，顺便进来看看当年“战斗”过的地方，和同志们聊聊天叙叙旧。这一聊就到了中午，办公室就安排了饭局。老领导嘛，岂敢马虎。都知道老安和领导当年“你喝完，我表示一下”的典故，便又让老安作陪。说到底，老安还是挺感激领导的，把自己从基层提拔到市里，不管是什么途径哪种方式，都是提拔啊！

自然少不了喝酒。领导依然豪情万丈：喝！他没有明说的是，自己的酒量早已今非昔比，前年，他还经历了一次脑卒中，要不是治疗及时，只怕命都丢了。

大家都怂恿老安打头阵。老安在某些场合，也爱表现自己的存在感。

老安端起酒杯：领导，你……

话刚出口，被领导伸手拦住。

领导：老安，你说怎么喝？有点儿叫板的架势。

现在的老安早已不是当年的老安，“酒文化”已浸润到骨髓中去，见什么人说什么话喝什么酒，他心里门儿清。

如果放到领导在位时，他自然是毕恭毕敬，即便领导让“表示一下”，他也是断然不敢也不肯的。即便他一言不慎，让领导喝完，自己“表示一下”，也不会不喝完，真的“表示一下”的。但现在不同了，领导已经退位，自己亦无进取之心，酒这东西，平时躲都躲不及，哪还想多喝呢？老安就一本正经地说：领导，你喝完，我表示一下。

一桌人都在笑。都知道这段子来历，当年没有在场见证，一直引为遗憾，今天是“原景重现”，等着看戏。

领导却似听错了，有点儿不敢相信：老安，你说什么来着？

老安入戏颇深，恰似看到领导当年风采，让他恍然回到青葱岁月。

老安重复，还是一本正经，他要的就是这种间离的戏剧性，反差越大，效果越好。

老安一本正经地说：领导，你喝完，我表示一下。

一桌人都在笑，等着看领导接下来的反应与配合，会掀起怎样的高潮。

没想到领导站起身，简直是愤怒地站起身，差点儿掀翻了桌子。他铁青着脸，伸手握住酒杯，啪，砸在地上，恨恨说道：老安，你以为你是谁呢？你以为我退了休，就可以这样说话吗，算什么东西啊你？

领导一摔门走了。

一桌人面面相觑，咋回事啊？大家都没有反应过来，只有老安像个神经病还在唠叨：领导，我这不是敬你酒吗？

第四辑

婚礼上的巧克力

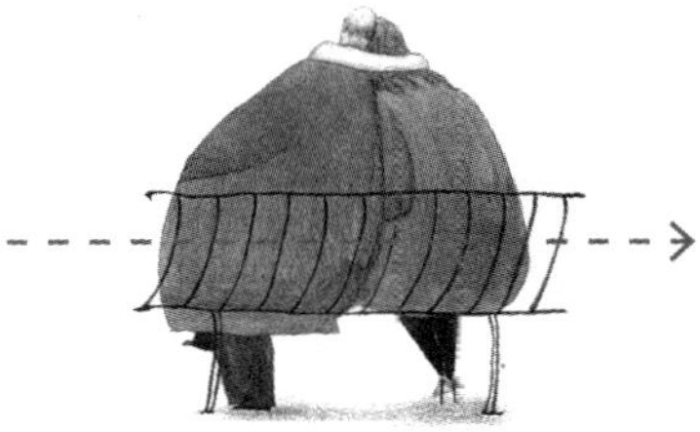

消失的丈夫

九峰云

“砰。”

又是轻轻的关门声，很干脆，不像平时关得那么慢，以至于还会发出吱吱呀呀的声音，看来丈夫今晚又要“消失”了。

她从不过问丈夫“消失”这件事，包括他去了哪里、做了什么、和谁在一起、为什么不辞而别，等等。这些都是他的自由，不是吗？她经常换位思考：如果她也经常“消失”，自己的丈夫能保持乐观，不大惊小怪、要死要活，难道不是理所当然的吗？家庭不是监狱，她也不是狱警，对吧？

鉴于丈夫“消失”一晚，第二天就会回来的惯例，她认为没有必要过分担心。

每当他“消失”后，她反而能沉下心来，睡一个绵绵长长的觉，醒来后伸个不限姿势的懒腰，起床或者不起床。若是起床，她会先打扫屋子，买菜、杀鱼、做饭，擦拭灶台、清理水槽，给垃圾干湿分离打包，然后放在门口，排列整齐，以便丈夫下一次出门带走扔掉（这已经成了默契，他从未忘记过）。这期间，她从未想起过丈夫，仿佛世界上不再有这个人，谁希望自己在做脏活儿时被别人围观呢？甚至还有可能要接受不公的评价，比如“抹布怎么那么湿？地板会不会弄坏？你的裙子被踩到了”。

接下来，她会稍作休息，给自己冲一杯咖啡，随手挑本书看。若是晴天，看到眼乏时就出去散会儿步；若是下雨，就直接打会儿盹儿。这期间，她也尽量不想起丈夫，除非书里的人物和他相像。她遇到过一次类似情况，解决的办法是立刻换一本书看。

简单吃过午饭，她洗衣服、叠衣服、打扫房间，把散落在各处的杂物归位，然后开始精心地做晚饭，做的都是她喜欢吃的。她似乎已经忘记了丈夫这个人，更别提是否见过他了，甚至可能在马路上遇到，都不一定认得他。万一，她想到，万一丈夫也没认出她来，她也绝对会理解。这一点儿都伤害不到她，反倒让她觉得更有意思，这样她就能对他说些没说过的话，做些不常做的动作，至少可以避免说“几点回家？晚饭吃吗？去哪儿了？”这类双方都知道但都不想听的话。如果互不相识，她就可以对他说：“附近有家 ×× 餐馆，他们的蟹粉豆腐好吃吗？”或者只是问他：“你好，我想买一盒牙膏，这附近哪里有超市？”而如果知道他是丈夫，他也知道她是妻子，同样的谈话就会变得很无趣。她说：“你回家的路上带一盒牙膏回来。”他什么也不打算说，但是他会带牙膏回来，且她心里清楚地知道他其实一点儿都不喜欢这么做。

独自做完晚饭，她先吃一些，剩下两人份放在餐桌上，用盖子盖好。临近八点，她开始洗澡。洗完澡，她将脱下来的衣服洗掉，它们闻起来有一股菜叶、鱼、咖啡等混杂在一起的味儿。为防止身上还有这种味儿，她从众多香水中拿出最浓烈的一瓶，给自己喷了好几下，穿上新买的漂亮衣服，把自己打扮得像个明星，叫了辆车，直奔 GG 酒吧。

酒吧尚在预热时段，她挑了个从未坐过的位子坐下，点了一杯从未喝过的酒，等待一个叫“WIFI”的新乐队表演，确切地说，是在等待一个叫“腰窝”的贝斯手。刚才，她在酒吧的洗手间门口，听见两个女人在谈论“腰窝”，谈他弹到节奏最快处，他背上的汗水会淌过腰窝，不停地往下淌，被 CK 内衣的松紧带吸收后，似乎还能往下流。其中一个指甲上绘有骷髅图的女人说“不知道最终流到哪里”，她也很想知道。

演出在午夜达到高潮后突然结束，她一直在研究“腰窝”汗水的最终去向。长时间思考的戛然而止让她不免想起了家，想起自己做的饭。她不想继续想下去，便将第三杯长岛冰茶的最后一口全部倒进喉咙里，就往酒吧后门走去。

出门后，“腰窝”正在街角打电话，由于长岛冰茶、丈夫的消失、饿、骷髅、垃圾分类等种种乱七八糟的因素，她耐心地等“腰窝”打完电话，一手抓过他的手机，输入了自己的电话号码，按下通话键。“通了。”她摇摇抓着自己手机的手，不知是示意他给她打电话，还是在说再见。他一把抓住她摇晃的手，叫了辆出租车径直来到她的家。他们先热烈缠绵了一番，实在饿得不行了，两人就起来把她做的饭全部吃掉。

他们一起迅速洗了澡，帮对方吹干头发，一起收拾垃圾，干湿分离。他铺床，她把垃圾并排放到门口。她回到卧室，“腰窝”已经沉沉地睡去，发出轻轻的鼾声，仿佛在说：“垃圾，明早我会去扔掉的。”

橡树先生与木棉太太

李群娟

橡树先生遇到木棉太太之前，曾经游历了大半个世界，这中间，也掺杂着两场伤筋动骨的爱情。第一场恋爱，她辜负了他；第二场恋爱，他辜负了她。每一次失恋后，他都会背起背包，出门游历。据说，走得越远的人，越想走得更远。游历世界，需要钱，更需要勇敢，多少比橡树先生有钱的人，只能一次次在自己家的窗台前，目送他出发。明明他们也是自由的，却活得像被线绳绑住腿的麻雀。直到有一天，颓老得坐到了轮椅上，被疾病绑住了双腿。

看的风景越多，内心越繁华也越苍凉。作为背包客，橡树先生吃过苦，历过险，有一回，亲眼看到旁边的游客掉到悬崖下摔死了。苍茫山间，那人最后的一声惊叫久久在他耳边回荡，然后是巨大的虚空。即便如此，他也没有想到后退，想到回家。

家不是他想要停留的地方。母亲抑郁而死，父亲迎娶了他相好了十年的情人。橡树先生大学没毕业就退学去游历世界了，他得到了母亲的那份遗产。说他想逃离那个家，不如说他是想逃离抑郁。继母给他生了个弟弟，他已不是父亲挂念的人。

也许你以为橡树先生是活泼爱动的人，其实不是的，恰恰他爱静又沉默，有时，一天到晚都说不了几句话。

他不爱大笑，也不爱狂欢的娱乐，所到之处，就是静静地住几天，大街小巷地逛逛，体验一下当地的风土人情。离开熟悉的生活圈子，他是放松的，自由的，每到一处，就像一个新的开始。他一次次地出发，就像一次次重生。所到之处，喜欢拍摄各种植物的照片，尤爱拍摄孩子。

这个世界上，他最爱植物，对于孩子，他喜欢他们纯洁的眼睛。有一次，他正在街上吃点心，被一个小孩子偷走了钱包，跑几步没追上，那棕色皮肤的小脏孩儿不见了。他竟然不怨，他觉得那小孩子的眼睛，像湖水一样清澈，那种美竟能消解他偷东西的恶。他坐回去，慢慢地把点心吃完，把饮料喝光。

直到回国后遇到木棉小姐，橡树先生才打算停下脚步，安居下来。

木棉小姐是一名幼儿园老师，皮肤白皙，有柔软曼妙的腰身。她笑的时候，眼睛弯成了小月牙儿，她跳舞的时候，粉红的手指，尖尖地向外翘着，像飞翔的翅儿，十分迷人。尤其让橡树先生着迷的是，木棉小姐说话总是很慢，比一般人要慢半拍。有时候，不需要说的，她就用眼神表达了。语速慢本来是木棉小姐自认为的缺点，当别人提到这个时，她都会羞红了脸，哪知，这恰好是橡树先生最欣赏的地方。会用眼神说话的女子，懂害羞的女子，慢条斯理的女子，在现代社会，都是稀缺资源了。

那天下午，他们在公园相遇。木棉小姐带着孩子们去游玩，橡树先生本来是要拍孩子们的，结果，大部分镜头对准了木棉小姐。一年后，木棉小姐定制了一件长长的白婚纱，戴着一枚心形的钻戒，笑吟吟地成了木棉太太。那时候，他 36 岁，她 26 岁。

木棉小姐的父母不和，终年吵架。她不喜欢这样的生活，早早地离开了家。她只想找一个好脾气的男人，一个不和女人吵架的男人过一生。

橡树先生那浓浓的眉毛，温和的像摊开的阳光般的笑容，像个老父亲，令她安心。橡树先生游历过半个世界的经历，化为了他沉静博厚的气质，在她眼中，他是一座富矿，丰富又神秘，像个传奇，像一本读不完的书，像她闺房窗边的那棵年轻的橡树。

橡树先生爱静，木棉太太也爱静。

他们都是理性的人，不追求轰轰烈烈的生活，唯愿平平淡淡过一生。

婚后，他们在一座翠绿的小山下，建了座木房子。在那里种花，种菜，喂鸟，依偎着看日出日落。他们回忆平生吃过的美味的食物，一样一样尝试着来做，还做出过几种特别的菜肴。有时，他们也会花小半天的时间，一起剥一篮豆子。或对着一盆正在开放的花，默默地看书，喝完一壶茶。彼此的话也不多，能用眼睛表达的，就不用嘴巴来说了。橡树先生认为，语言是有限的，而内心的丰富是无限的。语言的表达常常有歧义，而灵犀相通的时候更可靠。由于他们经常使用眼睛说美好的话，他们的眼睛也越来越好看，睫毛长长的，眼瞳越来越清澈，清澈得能看到对方的样子。

每年有一半时间，他们背起背包，走在远游的路上；一半时间，回到木房子，橡树先生开始坐下整理照片，写回忆录。他写，木棉太太阅读，并为他校对。读着读着，木棉太太被迷住了，她也开始写作。

木棉太太的字很漂亮。她喜欢在泛黄的纸上写字，又因为常常莳弄花草，指上的清香让写过的字也香了起来。橡树先生没想到木棉太太的文学天赋这么高，人又通透，略一指点，她就进步飞快。越写得快，就越入迷，越入迷，写出来的字就越有浓郁的香味儿。橡树先生能根据那香味儿的香型，读出她写作时的心情。

开始的时候，他俩一天吃三顿饭，后来为了节省时间写作，就吃两顿饭，最后，只吃一顿饭。精神越丰富，内心越专注，欲望越少的人，越感觉不到饥饿。

开始的时候，每天早饭后，木棉太太要弹钢琴；午睡后，橡树先生要做木工活儿，木棉太太要为自己缝裙子；晚饭后，他们一起要到小河边散步看星星。后来，写到入神的时候，琴也不弹了，木工活儿与针线活儿也不做了，散步也越来越少了。

橡树先生在东边屋子写，木棉太太在西边屋子写。每当写到高兴、写出精美的句子时，他们也会激动地跑到对面屋子，拥抱亲吻一下对方，一起分享那美丽的句子在内容与节奏上的美。

这样过了一年又一年，小木屋在慢慢变旧。某天，当他们放下笔，想起对方时，发现已经坐得太久而不能走路了。脚下慢慢生了根，并且已经牢牢地扎进泥土。是的，他们都变成了树，一株橡树，一株木棉树。撑破木屋，从屋顶上窗户中渐渐探出枝丫。后来，木屋倒了，化为灰尘。只有两棵树，枝叶交错地长在那座山下，肩并着肩，手挽着手。年年岁岁，她密密地开她红硕的花朵，他勤勉地结他累累的橡实。

米小兰

冷清秋

春日的上午，米小兰正要出门，远远看见门前小道上一个俏丽女子气喘吁吁跑过来。近了，才发现这女子不是别人，竟然是自己的发小李小芹。

惊喜不已的米小兰便赶着问：小芹小芹，你咋摸到这儿了？

汪着两眼泪的李小芹冲着米小兰喊：小兰，管借我五百块钱不？！过几天就还，保管不耽搁你使！

米小兰心里“咯噔”一下，想说没钱吧，自己的脸却发烫。好不该兜里正揣着整整五百大洋，是她辛辛苦苦攒起来的私房钱。米小兰正要搭大巴车去市医院瞧瞧身子。

她和江大全结婚两年多了，无论私下怎样掐着日子配合，无论丈夫江大全如何努力，米小兰却一直没有怀孕。心里发慌的米小兰就想赶在婆家人还没发风凉话之前，自己先去医院瞅瞅。可看到李小芹满额头的汗，米小兰犹豫了。

李小芹说：没有就算了，我再到别处看看！

不不不，我有！你拿去用吧！米小兰掏出那五百块钱就塞了过去。

这自然是前话了。很久很久之前的事情了。

多久呢？真要掐指头算的话，至少也有二十年了吧？

不，不止，毕竟米小兰家的二小子现在都十六七了。

那件事后没多久米小兰的丈夫江大全便和米小兰离婚了。究竟啥原因离婚米小兰不说，外人也不好胡乱猜测。好在这世间人和事原本就是分分合合，合合分分。米小兰也是在后来才得知，那天李小芹之所以着急借钱，是李小芹娘家唯一的弟弟那天被绞肉的机器绞住了手，幸好送医及时，断手再接，听说后来恢复得还不错。只是李小芹再没提起过还钱的事。

某年腊月，大病初愈的米小兰在街上碰巧遇到了李小芹，便拦截住追问。

李小芹却装疯卖傻打起了哈哈。米小兰问得急了，李小芹也恼了，她比米小兰还理直气壮，说：米小兰，米小兰，我看你这人疯了吧？我可没朝你借钱啊，你都是胡说，根本没有这回事！

无论米小兰如何绝望，如何流着眼泪再三将那天的借钱细节一再描述，李小芹只是死死咬住一句话：米小兰你这个人神经病吧！你男人就是因为这才和你离婚的吧。谁朝你借钱了？我犯得着吗？！

的确，人群前的米小兰憔悴不堪，嘴唇乌青，整个人在寒风中瑟瑟发抖，和穿着羊毛大衣的李小芹相比，米小兰倒更像是欠钱不还的那个人。

好气哦！回到家的米小兰流着眼泪暗暗发誓，再也不找李小芹讨要那五百块钱了，就当是五百块钱打了水漂喂了狗！

那之后，米小兰但凡想起李小芹就恨得要死，也不止一次在心里暗暗诅咒。

米小兰说：昧着良心借钱不还的人就不得好死！又说，这样的人就是死了到阎王殿，阎王爷也不会收！嗯，就是这样，从来不会骂人的米小兰翻来覆去的话也不会更新。

随着时光流逝，经历过离婚后艰难时光的米小兰渐渐走了出来。慢慢，就把这件事淡忘了。

三十六岁那年春季，经人说合，米小兰与邻村大她八岁的光棍儿李春生结了婚。

身无片瓦的李春生长相倒也端正，就是生性木讷。

结婚当夜，鱼水尽欢后，米小兰羞羞答答贴在春生怀里问：你咋不嫌我不会生养还娶我？李春生还未来得及回答，米小兰自己呜呜咽咽先哭了个昏天暗地。

世间事就是怪。那之后没多久米小兰就突然厌弃这腥那味儿的。某天，大口嚼着浆水酸菜的米小兰猛然就怔住了，她扔下浆水菜碗就朝院子里跑，冲着正在编箩筐的李春生使劲喊：有了！有了！春生，咱有了啊！

春生起初还不以为意，说：看把一地荆条踢得乱。

话毕，春生蓦然一怔，扔掉荆条就死死攥住了米小兰的手：啥，你说的是啥?！

米小兰戳戳肚子点点头，夫妻俩面面相觑又哭又笑。

那之后，米小兰就像变了一个人。

她喜欢傻呵呵地笑，热爱劳动，再苦再累的日子也要哼着歌。

那之后他们家的小日子竟渐渐好了起来。

我结婚的头天晚上，米小兰给我讲了这样的一个故事。

那时的我其实完全不懂米小兰讲这个干吗。

婚礼上的巧克力

阡麻香

是日晴朗，小尹结婚。

习俗把这一天排得满满当当。清早迎亲辞父母，上午新房拜公婆，中午草草吃完饭就奔往婚礼现场准备，傍晚婚宴开始，至夜里结束。

从前参加别人的婚礼，最让小尹感动的环节，是父亲牵着新娘进场交给新郎。这往往也是最尴尬的环节——父亲们总是穿着不合身的西装，身姿僵硬，泪光和油光交织，微笑时面部抽搐，走位、台词频繁出错，像是没有经验的群众演员。

会场门外，小尹挽着爸爸颤巍巍的手臂，大门缓缓地打开。

入场音乐是新郎特地为新娘挑选的青春舞曲《当》。动力火车的“啊”声一出，满堂哄笑。

随后的交接环节，过度紧张的老尹把自己的手递给了新郎，全场又大笑。

今日多亏《还珠格格》和发挥不佳的老尹，小尹才没有哭到妆花，得以轻松体面地完成结婚仪式。

不擅长婚庆表演的老尹最擅长的事，刻在他从远古外出狩猎的祖先那里继承来的基因里，那就是喂饱妻儿。

比如在食物还不充沛的年代，出差回家的老尹会在一大早来到小尹教室门口，唤她出来，递给她一个稀奇的奶油夹心面包，嘱咐她在课间吃掉。

又比如有一次放学时下暴雨，小尹在车站躲了很久，爸爸骑车来寻，从雨披下掏出一个苹果。小尹坐上后座，将雨水泪水混着香甜的苹果汁液一起咽下，颇感安慰。

还比如周末小尹懒洋洋地起床时，餐桌上一定有爸爸早起买回来的可可牛奶和生煎锅贴。平时放学回家，家里常常有爸爸从熟食店带回的白斩鸡或是其他凉拌菜。

即便小尹成年后，老尹的投喂习惯仍在延续。

租住在外的小尹偶尔回家吃晚餐，老尹就会打包单位食堂里女儿小时候爱吃的酸辣汤。

有时两人在地铁站碰头交接物品，老尹一定会拿个香蕉萨其马之类塞到女儿的包里。

婚礼这天，早上拍新郎新娘互喂莲子羹的画面，老尹都要准备好扎实的一碗，让女儿一定吃饱肚子。

喜宴末尾，敬酒环节。

一群人来到主桌的父母面前。

新郎新娘端起酒杯，说："谢谢爸爸妈妈。"

老尹忽然想起来什么，剥开一块喜糖盒里的巧克力，塞到小尹嘴里说："今天这么忙，不要饿着肚子。"

随后大家干了杯。

小尹咀嚼着巧克力，在乌泱泱的人群面前，张开黑漆漆黏糊糊的嘴，呜哇哭了起来。

她想起从前爸爸每一次去参加别人的婚礼，一定会把喜糖原封不动地带回家，有时是费列罗，有时是好时，有时是德芙。不管是哪一种，都让她开心不已。

我们多久没买沃柑了

金晓磊

孙三今年 40 岁，中学语文老师。这么多年了，他不烟不酒，没啥特别的爱好。闲暇时，喜欢嗑几颗瓜子，吃点儿水果。说到水果，孙三倒是稍稍有点儿偏爱一种叫沃柑的水果。据说，它起源于以色列，系坦普尔橘橙与丹西红橘的杂交种。孙三还专门上网搜索过。

话说某个休息日，孙三窝在沙发里，正边吃沃柑边看肥皂剧。刚上初中的女儿屁股都没坐热，就从书房里晃悠出来了。孙三赶紧关了电视，假装专心吃沃柑。女儿赌气似的一屁股砸进沙发里，顺手拿起茶几上的一个沃柑吃了起来，嘴巴里还故意发出怪异的咀嚼声。孙三暗自发笑，并不去搭理她。

尚未嚼完，女儿就把一整袋沃柑拿在了手上。她好似怕孙三来抢，用目光连袋带果嚼了一遍！突然，她像是发现了新大陆一般尖叫起来："老爸，我们吃的沃柑是冒牌货吗？"说完，她手指着包装袋给孙三看。孙三凑过身子，仔细一瞧，袋子上明晃晃地印着一行黄底白字：厉志要种一款能超越进口的国产水果。凭着职业敏感性，孙三一眼就揪出这个"厉"字在此句中应该是个错别字。

"要不我们打个电话提醒他们一下，"女儿说，"错别字这么刺眼，多少也影响沃柑的口感。"

"说得有道理。"孙三半开玩笑半认真地加了一句，"运气好点儿，兴许老板一高兴，还奖励我们成为他们终身免费的品尝师呢！"

女儿立马来了劲儿，忙着在包装袋上翻找起来。可惜，除了一张贴在上面的电商平台的打印单子以外，并没有这家沃柑品牌商的有效信息。“要不打这个客服电话试试？”女儿指着一串 400 开头的数字说道。

孙三拨通电话，三言两语把事情说清了。手机话筒里沉默了几秒。孙三估计客服小姐是蒙了。有投诉商品质量问题的，有反映货物数量短缺的，这种来纠正包装袋上错别字的，大概还是破天荒第一回吧！

“谢谢您，先生！”听筒里传来甜美的女声，“我们会把情况向厂家反映的，让他们和你联系。请问您贵姓？”

“姓孙，子小孙。”孙三没等她再问，就报了自己的电话号码。

一周很快过去了。

吃晚饭时，女儿冷不丁冒出一句话来：“老爸，那个错别字有消息了吗？”

孙三说，还没有。

“办事效率可真低啊，”女儿说，“要不再打一次试试？”

拗不过女儿，孙三再一次拨通了那个客服电话。这次接线的，是个男的。孙三只好把情况复述了一遍。男客服的回答和上次的那个女客服几乎一模一样，这让孙三有种复制粘贴的错觉。

又一个星期过去了。孙三一个不落地接到过房产中介的、卖保险的、推荐股票的电话，唯独没有接到那家沃柑厂商的电话。孙三就在电商平台上又下单了那个品牌的沃柑。傍晚的时候，快递员将商品送到了家门口。孙三打开塑料袋一看，沃柑包装袋上的那个“厉”字，正冲着自己扮鬼脸呢！孙三赶紧把包装袋塞到了垃圾桶底，免得女儿看到后又要哪壶不开提哪壶。

但俗话说得好，怕什么，来什么，孙三以为女儿早忘了这一茬，哪料到她还一直记挂着，时不时冒出那句同样的问话来。次数一多，孙三都有了那个错别字好像就是自己写的负罪感。他想，得想个法子解决一下，否则，这个“厉”字就会这样莫名其妙地成了父女俩的心病。

三天后，孙三的一个快递到了。孙三特意当着女儿的面把它拆开来。

女儿看到满满的一箱沃柑，以及躺在它们中间的一个信封，扫了一眼孙三，然后以迅雷不及掩耳之势将信封拿了过来。只读了个开头，女儿就大声惊叫起来：“老爸，他们真来感谢我们啦？”她忙着在孙三脸上找确定的答案。孙三挠挠头，含混地“嗯”了一声，不敢去看女儿的脸。好在女儿只顾着兴奋，没留意到孙三的不自在。

头是钻出来了，尾巴却被夹在了门缝里——从此，孙三不敢再买那个品牌的沃柑了，尽管它是同类水果中优质的一种。

有一天，孙三接到一个陌生的电话。对方说，你有一个大件快递，楼道的对讲门铃坏了，麻烦你下楼来拿一下。

于是，孙三就醒了。

新的一天又开始了。送女儿上学的路上，女儿突然冒出来一句：

“老爸，他们还会给我们寄沃柑吗？”

“不清楚。”

“那我们多久没买沃柑了？”

住在沣西的爷爷

陈 毓

大雨刚下，小明就把一个绿色塑料盆拿到院中接雨。雨滴最初发出一片嘈杂声，随着雨水不断聚积，喧哗声渐渐变成雨落深潭的深沉响动了。小明真想即刻出发，到雨幕那边的沣西新城，去看爷爷。

爷爷住的沣西新城是省首批海绵城市示范区，小明用盆子接雨，完全就是和爷爷参观过示范区的雨水循环工程后得到的启发。海绵城市，顾名思义，就是让城市能像海绵一样具有吸收和蓄存水的能力，雨水渗入土壤深层，再在缺水的时节将蓄存的水释放利用，让雨水在城市中自由迁移。难怪小明觉得那天呼吸的空气香，润润的，叫他感受到空气中负氧离子含量很高的舒爽。那天回来，小明作文写得轻松，完全是有话要说。高老师给小明打了九分，夸小明写得细节生动，能听见鸟叫的声音，能闻见水的气息，能看到鼠尾草的颜色。小明看着高老师的评语，怀疑那天高老师也在参观的人流中。

那天起，每逢下雨，小明都会用盆子去接雨水，接满后，他把雨水倒进墙角的大缸里，储备着供妈妈浇花用。

爷爷退休后被西安交大创新港返聘。小明很为爷爷骄傲。上一周，爷爷带小明拜访了一位姓刘的爷爷，刘爷爷有个收藏馆，里面放着各式各样的老电影放映机，刘爷爷当过三十八年的电影放映员，收藏着四十一台电影放映机和五百六十多部故事片、纪录片的胶片。讲起那些放映电影的岁月，刘爷爷可真是话多，他说当年进南山、村子放映电影，就是凭着一辆自行车驮着全套沉重的放映设备，行头虽然沉重，但刘爷爷走到哪里，都会被人山人海地簇拥着，那些眼巴巴盼他来放映的人，简直把他当成英雄。

刘爷爷告诉小明，黑白胶片可保存150到200年，彩色胶片的寿命短点儿。一本胶片电影能放映六百场，但常常超过六百场了还在放映，因为想看电影的人实在是太多。

刘爷爷叫刘公信，他那天用电影招待小明，给小明播放《小兵张嘎》，小明特别喜欢电影中的嘎子，尽管看电影的房子有些闷、有一股酸酸的怪味，但他比在环幕电影院看电影还激动，勇敢智慧的嘎子叫他眼睛发光、脸通红，出了一头的汗。电影中嘎子用拳头擂开西瓜的一幕叫他无比神往，他还想，那西瓜一定比妈妈从超市买来的西瓜甜、好吃。他真想混到他们当中，一起打鬼子，一起擂西瓜。后来，爷爷点名要看一盘1972年的《新闻简报》，于是，刘爷爷找出来，熟练地装片开机，一束圆柱光从放映机前面的圆镜头投射出来，黑白影像显现在前面小小的银幕上，遥远而陌生的一群人、一些往事出现在小明和爷爷眼前。小明算了算，1972年，距离现在可是五十年了。那一瞬间，小明有一种坐在时光机里穿越的恍惚感。刘爷爷告诉小明，他播放最多的一部电影是秦腔电影《三滴血》，当年在县城各单位播放，在一个个村子的打谷场播放，在一所所学校播放，算起来，有五百多场。刘爷爷说，他现在都能背下电影中的每句台词、每声唱腔。

刘爷爷给小明说他的愿望，就是早点儿为陪伴自己几十年的老伙计找到一个舒适的存放地，他想建一个小小的博物馆，好让那些关于电影的历史和记忆被小明这一代人了解。

上周离开的时候，爷爷告诉小明，下周阴历四月初八，是沣西南凿齿村的庙会，爷爷要带小明去庙会上看民俗演出。爷爷说，最精彩的要数崔氏龟兹鼓乐的演出。小明问过爷爷，龟兹鼓乐是不是在电视剧《西游记》里出现过。爷爷说，等小明见了崔氏龟兹鼓乐的第七代传承人再问。爷爷说，崔氏龟兹鼓乐有西域龟兹音乐的特点，又有秦地音乐的特点，演奏的乐器多，有唢呐、笙、管、笛、箫、三弦、大中小阮、经鼓、堂鼓、干鼓、燥鼓、大铙、大镲、铙钹、大小锣，可以数十人演，也可以七个人、十一个人演。

爷爷说，崔氏龟兹鼓乐的很多曲目是从明清传下来的古工尺曲谱，那时候曲牌传下来，常是口授心记，很是不易。这次爷爷打听过，演出的五个曲目中，有他最喜欢的《百鸟朝凤》，爷爷喜欢《百鸟朝凤》有一个理由，就是崔氏龟兹鼓乐的《百鸟朝凤》在爷爷的另一个好朋友、电影导演吴天明的电影《百鸟朝凤》中闪现过。

想起那个已经不在人世的吴天明爷爷，小明这会儿还有点儿想念，他喜欢听他和爷爷在一起大声互相嘲讽，又互相吹捧的样子，真像两个小孩儿，比他和他的同学还小孩子气。

想到这儿，小明拿起电话，他要给爷爷打个电话，告诉爷爷他用盆子接雨水，告诉爷爷他盼望周末赶紧到来。

摘把星星送给你

韦如辉

暑假作业写完了，眼看就到了开学的日子，母亲还是没有做一顿像样的吃食。

之前，母亲不止一次地许下诺言，孩子，好好写作业，妈妈给你做顿好吃的。

做什么好吃的呢？我挠着脑袋，把一头的雪花挠得满院子飞，也只想到过年的老三样：冻豆腐、焦馓子和绿豆丸子。

母亲迟迟不做好吃的，似乎在跟日子闹别扭。他等得好烦心，便问母亲。母亲把一棵坏了一半的青菜扔给在院子里叫饿的大鹅，转身翻着白眼，露出一口黄牙说，快了快了。母亲的白眼真好看，跟明晃晃的太阳一样有魅力。

其实，我根本不想写什么狗屁作业，只想跟伙伴们在一块疯、一块玩。

伙伴们玩得真开心，疯得有品位。他们下河洗澡，上树掏鸟，连睡在树荫下纳凉的小病狗，也要用木棍捣一捣。田野里，蝴蝶啊，蜻蜓啊，咕咕叫的蛤蟆啊，都比那枯燥的语文和数学有趣得多。

母亲嘴里说的好吃的，到底在哪儿呢？

太阳滚落到西边的壕沟里，一会儿便见不到影子，天空即刻暗了下来，渐渐又明亮起来。一个又一个的星星眨巴着迷人的小眼睛，似乎刚刚睡醒准备闹吃的小娃娃。

热闹在墙头外面吹着口哨，黑蛋猫在树林里学着小狗叫……我自然知道，他们在邀我到晒场上玩水炮。

母亲在锅屋里忙活着，灶膛里生起旺盛的柴火，铁锅里的开水沸腾起来。趁她埋在一片迷蒙的雾气里，我悄悄合上书本，向他们远去的声音追去。

老天爷一个多月没流一滴泪了，只用满天的星星填补干涸的日子。池塘的底泥露出来，开裂了，鸭子在岸上拍着翅膀干嚷嚷。没有水，怎么打水炮仗呢？愁死人哩。

天上的星星密密麻麻，像撒在案板上的白芝麻。热闹说，咱们数星星吧，看谁数得多。

好哇好哇，我们高兴得蹦起来，青蛙一样咕咕叫着。似乎再蹦得高一些，就能摘下一大把眨眼的星星。

伙伴们把天空划成几大块，谁谁谁数这一块，谁谁谁数那一块。数快数慢，都不允许偷数别人的那一块。

数啊数，数啊数，眼睛瞅疼了，指头也点到酸困。怎么这么多的星星？怎么能数得过来哟。

母亲的一只手冷不丁从黑暗处伸过来，揪住我的耳朵，把我拽到晒场边的小道上。

我疼得嗷嗷叫，母亲却小声训斥，小声点儿，别让他们听见，我做了好吃的。

我不再作声，忘记了疼痛，一路小跑，跟母亲回了家。

母亲掀开锅盖，一股浓浓的饭香扑面而来。我猛抽了几下鼻子，生怕那种香味儿浪费到空气中。

母亲做了白面条，青青的几片菜叶漂在上面。咦，真香啊，过年也吃不到的好东西哩。

我捧着碗，来到院子里，舍不得吃下第一口，只用尖尖的鼻子，在碗沿处使劲抽啊抽。一抬头，看到天上无数个眨眼的星星。心想，它们这些馋家伙，会不会掉在碗里，抢吃我的白面条呢？

大鹅晃荡着白白的身子，小跑着冲过来。接着是鸡和鸭，等小黑狗龇牙咧嘴凶起来，它们才知趣地闪开一条缝。我把碗举过头顶，真的害怕它们这些贪吃的畜生。

母亲半蹲在院子里，挑一筷子白面条甩出去，白白的面条落在明晃晃的硬地上。鸡跑过去，鸭跑过去，大鹅要多笨有多笨，等它跑过去的时候，面条不见了，都拱进了鸡鸭的肚子里。母亲觉得不忍心，又挑起一筷子白面条甩出去。狗一步登先，用强势的声音和动作，把它们统统挡在身外。

铁锅里并没有多余的面条。此时，母亲为什么这么慷慨大方呢？

正想着这个问题的时候，母亲向我走过来，一把夺下我手中的碗，将一碗白白的面条，倒扣在明晃晃的地面上。

由不得自己，我哇哇哇地哭起来，好像死了父亲。那一碗白白的面条，我只闻了闻，一口还没舍得吃哩。

我滚到地上哭，拧在母亲怀里哭，睡倒床上还是哭。不知哭睡了多少颗眨眼的星星，我也睡着了。

第二天醒来，母亲坐在床边，眼睛红肿，眼角风干的泪痕还没有擦净。见我睁开眼睛，母亲慌了眼神，她捋了捋顺到脸颊上的几根乱发。说，孩子，别怪妈，面条不能吃，因为面发霉了。白面是准备过年用的，袋口没扎牢，进了空气，还钻进去老鼠，留下几粒黑色的干屎粒。

我听不懂母亲的话儿，心里想，狗、鸡、鸭，还有白鹅怎么可以吃？

母亲说，孩子，晚上妈妈给你摘把星星吧。

我的脑海里，闪现出满天的繁星。妈妈真的能够摘到星星吗？

我咧开嘴，笑了笑。

母亲也咧开嘴，笑了笑。一丝愁容，不经意间，从眼角爬到额头，蛰伏在她的眉宇里。

奶奶的小鸡崽

白　秋

奶奶是村子里最后一代裹脚的人。每当冬天夜长、夏日乘凉时，我们总能从她嘴里听到好多意味深长的故事。

那个年代，每到青黄不接的时节，村里都会来一个赊小鸡的。小时候，我总搞不懂，为什么小鸡儿只赊不卖？去问奶奶，她说赊小鸡这营生不知道传了多少年了。喂鸡的大都是庄户人家，这个季节正是缺粮少米的时候，哪有闲钱买鸡，只能赊。

常来我们村赊小鸡的那人姓李，高密城南人。一到村口，他就用一股悠扬沧桑的腔调喊起来："小鸡儿喽，赊小鸡儿嘞……"那声音到结尾时余音未了，还要翻上个八度再转两圈，传得很远，听起来别有一番味道。听村里老人说，这是"叫场儿"，潍水谣的调儿，是沿街叫卖人必备的功夫。做这门生意，必须先学叫场儿。有的学了几年也学不会，干不下去，就只能改行了。

老太太婆娘们直接叫他老李，不知道他真实名字。老李挑着担子进村，总会在村头我家那棵梧桐树旁停下，把苇筐盖儿小心地揭开，在小鸡的"叽叽叽叽"叫声中，一边摘下草帽，一边喊："小鸡儿喽，赊小鸡儿嘞……"

听到老李唱赊鸡小调儿，不一会儿，三大娘二婶子们就三三两两从家里出来了，一边品评着小鸡，一边与老李交涉："哪时孵的？""旺相吗？便宜点儿吧。"嘴里说着，手已经伸进了筐里，追着那些个头大、活泼精神的小鸡，如捞饺子般捞几只放到地上或苇筐的盖子上，看着它们赛跑。老李也不着急应答，一手抃腰，一手摇草帽，不慌不忙，笑容可掬。

很快，婆娘们都挑好了自己的小鸡儿，跟老李记上账：几个公的，几个母的，保证几个活下来。她们心满意足地回家了。苇筐里空了，老李悠然地盖上盖子，挑起担子，最后再喊一声："赊小鸡儿喽……"人随声去了。

秋风起，秋意渐凉。母鸡开始下蛋的时候，有人开始唠叨，老李该来收账了。

果然，不几天，老李就拿着皱巴巴的小本子，挨家挨户"秋后算账"。村里人都是满脸笑容，端水递烟，把赊账的钱如数还上。家里钱不凑手的，也会借钱或用鸡蛋来顶账，不让老李再跑第二趟。

我好奇，问奶奶，假如有人赖账怎么办？奶奶说："不会的。多少年了，咱村从没有这样的人。真要赖账，经不住人们戳脊梁骨。"

那一年，奶奶挑了三十只小鸡，可养了没几天就死了十几只。等老李收款时，按规矩是可以扣除死去几只的，奶奶竟然按约定的数付了钱。

我在旁边忍不住说："死了的小鸡也收钱？"

老李睁大眼睛问："真事儿？"奶奶瞪我一眼："别听孩子瞎说。"

事后，奶奶说，赊小鸡的走南闯北不容易，不能让人家吃亏。小鸡没病没灾一般都能长大，免不了有被黄鼠狼叼了、被猫吃了，也有得鸡瘟"全军覆没"的。那都是不可预料的事，一般都会按当初谈好的价格，把钱给赊小鸡的人，从不跟人家计较。

那次，老李到底还是少算了几只鸡的钱。落得奶奶埋怨了我好长时间。想想这事，真稀罕。那时的人，咋就跟现在不一样呢。

有天我去早市，猛然看见一个貌似老李的人在卖粽子。他在唱歌，歌唱得很特别："粽子来，卖粽子喽……"就是小时候听到的那个赊小鸡的调儿，他的模样也跟记忆中的老李一等一地像。

鼓了半天勇气，我走上前问："你老家是高密的吧？"看他一脸惊诧，我连忙解释，简单跟他说了说奶奶赊小鸡的那段经历。

听我说完，他哈哈大笑："调儿是那个调儿，人还是那样的人。咱现在不赊小鸡了，但老习惯还在。假如今天你没带钱，照样耽误不了吃粽子！"

背着妈妈来洗脚

邱红根

这天，豪爵足道的足道师小琪刚上班，便遇到了一件奇事。经常光顾洗脚店照顾自己的蒋哥，居然背着妈妈来洗脚。

蒋哥身高一米九八，嗓门儿洪亮，说话风趣，中气十足。第一次接待他，就给小琪留下了深刻的印象。

小琪还记得蒋哥第一次光顾豪爵的情景。那是豪爵开业当天，蒋哥买了一个大大的花篮，老板请前来祝贺的朋友洗脚，就是小琪为他服务的。小琪工号288，吉利；和他又同是枝江人；加之洗脚手法专业，人又长得漂亮。在洗脚的时候蒋哥就说："我们是老乡，有缘！"蒋哥一句掏心窝子的话，差点儿让小琪热泪盈眶。

后来蒋哥每次到豪爵自然都要点小琪。

接触多了，小琪对蒋哥有了了解。蒋哥18岁参军，在宜昌武警一支队服兵役。当兵期间，因身高体壮，震慑了不少地痞流氓和犯罪分子。因平时工作很努力，又不怕吃苦，第一年新兵考核就得了优秀。一支队王政委见蒋哥是个可塑之才，等到第二年"七一"建党节就推荐他入了党，后来还提了干。三年后在部队转成了志愿兵。

足道师这个行业，一个字：累——人累、心累。足道师地位也不高，做这行时间长了，个中冷暖，小琪是深有体会的。

夜班经常加班到十一二点，这且不说，还经常有人喝多了来洗脚。有的人来了要么呼呼大睡，既叫不醒，又搬不动。要么有人借着酒劲，拿言语挑逗她，甚至动手动脚。这让小琪觉得很委屈，关键是这些王八蛋还不能得罪。小琪内心里叫这些人“王八蛋”，心想，这些人不就是钱多吗？老娘要不是为了你们的荷包，才不为你们服务呢！这样想就释怀了。

豪爵足道规定，不同的服务有不同的价位——普通的中药足疗 58 元，中药足疗加拔罐 188 元，中药足疗加泰式按摩 288 元，全套 388 元。服务时间都是一个半小时。

每次蒋哥来都是只点最普通的中医足疗。虽然自己得的少，但蒋哥来了小琪也蛮开心。因为来豪爵消费的，只有蒋哥尊重自己，从不动手动脚。来豪爵消费的，只有蒋哥是个谦谦君子。

给蒋哥洗脚，小琪发现他身上腿上到处都是瘢痕。

见小琪满腹狐疑，蒋哥说：“我身上每道疤，都有一个精彩的故事！两只小腿肚上密密麻麻的瘢痕，是 1998 年夏天在枝江百里洲抗洪抢险时留下的。那年你还没有出生吧？那年长江涨大水，江水直逼大堤，枝江最富裕的江心小岛百里洲江堤岌岌可危，岛上居住的数万人民生命财产安全随时受到威胁。我们支队奉命奔赴枝江百里洲抗洪抢险。”

小琪早就注意到了，蒋哥两只小腿都是瘢痕，好几处已沉淀为青紫色。

“那时年轻，身体好，个子高，修筑堤坝时我一次可以扛四个沙袋。抗洪抢险取得胜利后，著名歌星祖海在枝江百里洲大堤上慰问演出，唱了一支歌《为了谁》，后来拍成了 MV，其中还有我一次扛四个沙袋的镜头呢！那时，我们支队所有的战士，都轻伤不下火线，硬是在堤上撑了两个多月。这腿上的伤都是抗洪抢险的纪念。现在年纪大了，每每变天，两条小腿肚都会疼痛难忍。这就是我隔一段时间，要过来洗脚的原因。”

面前和蔼可亲的大个子，原来是位英雄。小琪不由得对蒋哥肃然起敬。

“看看我这块疤！”蒋哥掀起衣角。小肚上卧着一个弯弯的瘢痕，像一张没有合拢的嘴。“这是 2003 年一栋居民楼因煤气燃烧爆炸，抢救受伤居民时留下的……”

今天蒋哥来洗脚，却背着一个八十多岁的老太太，这在豪爵历史上还是第一次。

蒋哥把老太太安顿好，说：“小琪，这是我妈。前年得了老年痴呆症。不认得人，也不记得以前的事，今天我把她从枝江老家接来了。她是第一次到宜昌。我小时候，妈妈经常给我洗脚。但作为儿子，我还从来没有给妈妈洗过一次脚。今天，我要借你们的宝地，亲自给我妈妈洗一次脚，希望她能记起以前的事。你是位专业的足道师，你教教我吧！”

“嗯！”小琪使劲地点了点头。

等小琪手把手教蒋哥洗脚时，她脸上挂着的泪水，怎么也流不干。

他养了一只蚂蚁

王文一

吃喝不愁以后，他养了一只蚂蚁。

他在一个父亲吃剩的空罐头瓶里灌了些土，又用铁钉在土里精心插了几个洞，蚂蚁就生活在罐头瓶里，出不去。

他每天趴在罐头瓶边观察蚂蚁，心里充满了喜悦。他会去网上搜和蚂蚁相关的新闻和知识，悉心料理蚂蚁的生活起居，看到别人发的关于蚂蚁的视频都会莫名感动。这时候的他，对蚂蚁充满了新鲜感。他知道这蚂蚁对于整个世界来说微不足道，可这蚂蚁现在就仿佛他的整个世界。

“德行！”父亲每次来他家，都会乜他几眼。父亲仿佛一只生病了的大虫，虎威仍在，他却已经不怎么害怕了，不再像小时候那般噤若寒蝉。

这天醒来，他突然发现自己的蚂蚁不见了，罐头瓶里只有一只横行的螃蟹，他有些惊讶，随即又释然。其实他对蚂蚁的关注度已经少了很多，除了那些必备的吃喝拉撒，他甚至都懒得观察蚂蚁的那些细小变化。螃蟹带来的新鲜感又持续了一阵，他逗弄螃蟹舞动双钳，牵着螃蟹的脚在床上横冲直撞。没错，父亲传给他的罐头瓶已经容不下螃蟹，他在自己的床边给螃蟹做了一个新家。

父亲又来了，这次是和他商量买药的事情。父亲努力把脸上刀刻般的褶子挤成一朵花，他却只在这张脸上看到自己幼时的那些威严与责骂。他的语气缓和了一些，却又有一种不可置疑的味道：别信电视上那些卖药的广告，骗的就是你们这种老人。缺啥了直接跟我说，我抽空就给你买过去了。父亲连连点头，有些巴结地赔着笑脸。那一刻，他忽然感觉到了父亲的弱小。父亲已经不是从前那个说一不二的硬汉了，开始变得柔软。

时间似砂轮，磨薄了人的耐性。他开始因螃蟹做不到某些事情而发脾气，开始失去耐心。螃蟹眨着透明的眼睑，不会说话。他又捡起了养蚂蚁之前的那些爱好，打牌喝酒，吸烟旅游。螃蟹被他彻底忘在了脑后，偶尔回到家看见张牙舞爪的小螃蟹，都是一脸不耐烦的表情。不知道从什么时候起，他发现螃蟹又不见了，家里多了一条狗。

那小狗细嫩嫩的绒毛，奶汪汪的叫声，时刻都在向他摇着尾巴。他沉浸在自己的世界里，对小狗的示好大多不理不睬。父亲来他家的次数更多了，带小狗遛弯，给小狗剪毛，小狗喜欢骨头，父亲买回来炖好给它吃，小狗喜欢玩具，父亲翻出一大箱来陪它玩。父亲和小狗玩得蛮好，他也乐得自在。有时候他有些羡慕小狗，因为此时的父亲仿佛猫一样温顺，这是他从未感受过的。

父亲老了，他不知道这个过程是瞬间还是渐渐，就像他不知道自家的那条小狗什么时候变成了一只老虎一般。

那一天，苍老的父亲因为忘了一些小事，被他高声呵斥，小老虎仿佛离弦的箭一般将他扑倒，挡在了父亲的身前。父亲喝住老虎，他看到父亲眼中的愧疚与失落，也看到老虎眼里那种陌生与隔阂。

有一瞬间他感觉他错了，可是愤怒让他转眼就忘却了这些，摔门离去。

从那以后，他和父亲的沟通更少，小老虎也从他家里搬走了。他知道小老虎在哪儿，也开始想念这个自己从小养大的生灵，却不好意思去找它了。他仿佛回到养蚂蚁的那个阶段，收集老虎的一切信息，观察他的生活起居，可是老虎对他却从来没有好脾气。

岁月是一名刀客，趁着在他脸上刻印皱纹的时候，带走了他父亲的生命。葬礼那天，他看着那个方盒子慢慢埋进土里，想起了多年以前的罐头瓶和蚂蚁。

一阵秋风吹来，他突然打了个冷战，仿佛一只生病的老虎。

第五辑

另一个我

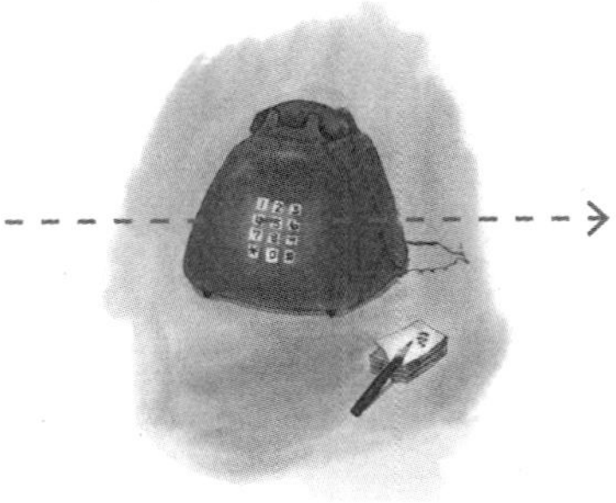

扭头就跑

大 解

只要是不怕疼，不怕死，捅了马蜂窝也无所谓，大不了被蜇死就是。一般情况下，只要捅完之后快速奔跑，并且穿戴严实，也蜇不了几下，顶多是整个脸肿起来，比往常大一倍而已。

铁蛋出现在人们面前时，像一个大头娃娃，人们就知道他被马蜂蜇了。他曾经上树掏鸟蛋，去悬崖上掏鹰蛋，甚至抱住旋风的后腰，要把旋风摔倒，曾有过不错的战绩。但是，他在捅马蜂窝时，不慎失手了，被蜇了好几下。被蜇一天后，疼痛逐渐减弱，这时候往往肿得最厉害，他的整个脸又大又鼓，里面像是吹了气，眼睛肿成了一道缝，目光已经被肿胀的上下眼皮挤死，被彻底封住了，什么也看不见了。他站在胡同里，只能听人们说话，却看不见人。他在笑，人们从他的声音中感知他在笑，但是他的脸上已经无法做出任何表情，他的脸上全是鼓胀胀的肉，已经无法表达笑容。

三婶看见铁蛋，说，哎哟哟，这是谁家的胖娃娃，长得这么有福气呀！

铁蛋一听是三婶在说话，就知道她的嘴里没有好话，肯定会奚落他，就说，三婶啊，是我，铁蛋。我吃了蜂蜜，就胖起来了，要不三婶也去吃点儿？

三婶知道是铁蛋，故意说，原来是铁蛋呀，几天不见，就胖成这样了，这是吃了多少蜂蜜呀？告诉三婶，哪里有蜂蜜呀？

铁蛋说，三婶若喜欢吃，我告诉你，北山的悬崖下面，有一棵大松树你知道吧？松树边上有一片红荆你知道吧？红荆上面有一个大马蜂窝你知道吧？蜜蜂正在那里造蜜呢。

三婶说，蜂蜜那么好吃，还是留给铁蛋吃吧，你吃得再胖一点儿，更招人喜欢。

铁蛋说，三婶喜欢胖的，那我以后就多吃点儿，胖起来给三婶看。

三婶说，这样胖，怕是还有点儿疼吧？说吧，脸上被蜇了几下？

铁蛋说，不多，也就三下。

三婶说，要不再抓几只马蜂来，再蜇几下？

铁蛋说，不劳三婶了，等我眼睛能睁开了，能看见路了，我自己去。

三婶说，我摸摸你的脸，看看肉瓷实不？

铁蛋一听三婶要摸他的脸，本能地后退了几步，赶忙说，不劳三婶了，我自己摸，自己摸。挺瓷实的。

三婶看见铁蛋害怕的样子，哈哈大笑，挎着篮子扬长而去。

三婶已经约好了二丫，一起去北山采桑叶，因此不会跟铁蛋纠缠得太久，但也不会轻易放过铁蛋。因为平时铁蛋干的坏事太多了，不嘲弄他几句就会觉得缺少点儿什么。

三婶和二丫去采桑叶，总是挎着一个篮子，一次每人只采一篮子，因为养的蚕不多，桑叶采多了吃不了，浪费掉怪可惜。另外，蚕喜欢吃新鲜的桑叶，因此养蚕的人每天都要去山上采桑叶。三婶采桑叶时也曾遇到过马蜂窝，惹不起就躲开，马蜂不会轻易蜇人。

二丫说，这个时节，马蜂窝里根本就没有蜜，铁蛋说采蜜，那是瞎说，他一定是招惹了马蜂窝，被蜇了，脸肿了，还假装是个胖子。

铁蛋在一天之内变成了一个胖子，而且只是脸胖，别处都没变，看上去像个大头娃娃，非常滑稽好笑。村里所有的人，见了铁蛋肿胀的脸，都想笑。不只是三婶想摸铁蛋的脸，二丫也想摸一下，许多人都想摸一下，铁蛋就嘿嘿笑，仿佛自己是个可爱的玩具。

木匠看见铁蛋如此可爱，就动了心思，回到家里，很快就用木头做出一个胖脸娃娃样的面具。木匠以前也做过面具，因为河湾村人过年的时候都要组织秧歌队，扭秧歌的人都戴面具。由于那些面具都是用纸糊的，非常难看，村里有一个识字的人就把这种面具称为傩：人字旁，加上一个难看的难字，意思是非常难看。

木匠做的面具几乎与铁蛋肿胀的脸完全一样。当木匠戴着自己制作的面具站在铁蛋身边时，人们几乎分不出哪个是木匠，哪个是铁蛋。当三婶和二丫采桑叶回来，看见两个铁蛋时，笑得直不起腰来。三婶说，铁蛋啊，你怎么成精了？不到半天的工夫，你就变成了两个人？木匠戴着面具，听见三婶和二丫说话也不吭声，只要他不吭声，三婶就不知道他是木匠。

三婶是个大嗓门儿，由于笑声过于响亮，引得围观铁蛋和木匠的人渐渐增多，大家正在猜测哪一个是真正的铁蛋时，又一个大头娃娃出现在胡同口，人们一下子愣住了，怎么会有这么多的大头人？

在人们的惊呼中，木匠摘下了面具，铁蛋勉强把眼睛睁开了一道缝，人们都惊讶地望着胡同口。人们发现，这个新出现的大头娃娃并不是一个真人，而是一个草人，它的脸是怎么肿胀起来的无人知晓。当它走近时，人们看到有几只马蜂围着它的头在飞，其中一只马蜂落在了木匠的面具上。人们只顾看草人了，没有注意到木匠雕刻的面具也被马蜂蜇了，面具突然间肿胀起来，比原来胖了一倍。

三婶看见木匠的面具突然肿大，吓得扭头就跑，逃跑时还没忘记拽着二丫一起跑。

影　子

大　解

长老坐在村口的大石头上，用手捋着自己的白胡须。木匠站在长老的对面，讲述自己的经历，说，那天我去小镇上赶集，过了青龙河以后，恍惚感到有人在后面贴身跟随，我猛一回头，看见自己的身影忽然从地上站起来，直挺挺地站在我的对面。我虽然经历过许多事情，但是还从来没有遇到过这样的情况，当时真的把我吓晕了，一下子倒在地上。不知过了多久，当我醒过来时，发现那个身影还在地上站着，一动不动地注视着我。我一骨碌从地上爬起来，拔腿就跑，没想到这个身影看见我奔跑，也跟着我奔跑，紧追不舍。我累得气喘吁吁，实在是跑不动了，坐在路边的一块石头上喘息，影子随后也来到我的身边。当时我坐着，对，就像现在你这样坐着，而影子却站在我对面，看着我，比我高出好多。我实在忍不住了，就问他，你是谁？你到底想干什么？可是，他既不走开，也不回答，就那么站着。我感到非常害怕，不知该如何应对。你说，我这是怎么了？我是不是遇到鬼了？

长老说，他没打你吧？

木匠说，没打我，他就那么站在我对面，比打我还吓人。长老说，以后再遇到这种情况，不要怕，也不要跑。你越跑，他越来劲，无论你跑多快，他都能追上你。有一次铁匠也遇到过这种情况。铁匠你知道吧？他举起那个打铁的拳头，一拳就把影子给打倒了，从此那个影子再也没有站起来过。

木匠说，我没敢打他。当时我就想，我是不是做了什么亏心事？可是我无论如何也没有想起我做过什么对不起人的事情。你说他追我到底想干什么?

长老说，也许是跟你闹着玩儿呢，不用怕。你若跑到阴凉的地方，他就消失了。但是你回到阳光下，他还会跟踪你。影子就是这么一个赖皮鬼，并不坏，一般情况下，他不会伤害你。

木匠跟长老讲述的时候，三婶从此路过，听到故事的尾巴，就搭话说，你的身上阴气太重，应该多晒晒太阳。

木匠听见三婶这么说，觉得是在嘲弄他，就笑着回话说，我身上要是有阴气，我就会变成女人，生个孩子给你看。

木匠说完，长老和三婶都笑了。三婶说，你个没正经的，人家跟你说真格的，你却拿人家开玩笑，真应该让影子追死你。

三婶说完就笑着走了。长老说，三婶说的有道理，多晒晒太阳有好处。你看地里的庄稼，还有荒野上的青草，一晒太阳就会长高。

正在木匠和长老说话的时候，只见从远处走来一个清晰的阴影，这个身影逆着风，克服着空气的阻力，费力地一步一步走过来。当他走到村口大石头附近时，停下来，并没有参与长老与木匠之间的交谈，而是伸手拉住木匠的身影，向远处走去。这个身影，仿佛是专程来接木匠的身影的。木匠眼睁睁地看见自己的身影离他而去，跟那个身影走了。两个身影并肩而行，好像还在边走边聊。直到绕过山弯，再也看不见了，木匠才回过神来。看到眼前发生的一切，长老和木匠面面相觑，不知该说些什么。等到三婶回来路过村口时，长老和木匠还在说话，但是木匠已经没有了身影。三婶看见木匠站在长老面前，光秃秃的一个人，没有身影，就取笑他说，木匠，你别生孩子了，就生一个身影让我看看呗?

木匠笑着说，你等着，不出几天，我就生出一个几丈高的身影给你看看。

三婶说，好，你说话要算数。

木匠说，算数。

几天后，不出所料，那个领走木匠身影的影子又回来了，领回来一个巨大的身影。人们发现，这个巨大的身影，正是几天前出走的木匠的身影，没想到几天的时间，竟然长得如此高大，足有五丈高。这两个身影在夕阳的映衬下，向河湾村走来。最先发现这两个身影的不是三婶，而是木匠本人。木匠好像事先有所感觉，一直站在村口等待着，当他看见自己的身影出现在远方时，不顾一切地急速奔过去。在他和影子相互接近的一刹那，是木匠主动地向影子靠近，一下贴在影子身上。那一刻，仿佛影子才是一个真正的人，而木匠不过是身影的一个附属品。三婶看见木匠与自己的身影合一了，身影确实非常高大，她当场就伸出了大拇指。她发现自己的大拇指被夕阳的光线穿透，通红而且完全透明。

当木匠带着自己高大的身影返回到河湾村时，人们看见他的身影里长出了纹路清晰的血管，在影子的左上部，还有一颗模糊的心在均匀地跳动。

两个宇宙

陈凯誉

“早——安——”

清晨，大概是清晨吧。七号仰头看着天空，感受着刚刚结束的梦以及刚被“开机”的迷茫。他是 309 区 07 号思考者，被赋予了特殊权利的他们，同时获得了古人类的生活作息。夜晚，系统会强行让七号的意识陷入沉睡，清晨则会立刻将他唤醒。自己究竟是怎样入睡的，又是怎样醒来的，他说不清。甚至连做梦都是千篇一律的天空，除了有助于精神放松的月亮和星星，梦里空无一物。

“我们的任务就是继续推动人类社会的进步！”他的脑海里又浮现出那只锦鸡的样子，并不是他在回忆，而是每天醒来这只鸡都会被系统强行送进他的思想里。说实话，七号实在是没法理解——为什么他们的领导要在系统里选择这么一个没有威慑感的外貌。每天清晨这锦鸡都会通过思维的传输侃侃而谈，告知他们思考者的存在有多么重要，对人类的未来有多么重要。七号虽已经能把每一句话都背下来了，但这并不能改变什么。

“你们也知道，我们如今已经步入全员数据化的后元宇宙时代了。”七号尽可能不去理会脑中的声音，漫步在数据纤维丛中，浏览着周遭闪烁的各类思维。这里每一根数据纤维都是一个人类意识，而这些意识的尽头便是中央庭院。用古人类的思维打个比方，这里每根线就是每个人的家，远方的中央庭院就是家门外的世界。

“大部分公民都沉浸在自己的意识海中，无须关心外界，毕竟维持系统的能源在聚变中心和维修机器人的自循环下不是问题。”七号感受着这些纤维，内心浮现出一丝悲哀。有些纤维虽与世隔绝，但更多纤维并不在乎有无外人参观。他看到了光怪陆离的创世场景，看到了惊涛骇浪中翻腾起伏的海怪，还看到了身为人类个体已经难以理解的奇异画面。有些人上一秒还在拯救世界，下一秒就变成了灭世的魔王。每个人在这里都能得到一切，也能毁灭一切。有些人甚至已经变得无欲无求，但也舍不得离开，而是创造了一方小小的空间，在里面沉思打坐，变成一尊塑像。纤维丛远比中央庭院活跃，人类正在逐渐沦陷进虚无的自我世界里，除了自己外，其他都无关紧要。

“社会失去了存在的意义，科技发展也被锁死。如果找不到解决方法，这将会是思维层面的闭关锁国。”解决方法？七号当然知道，解决方法就是不让人全天 24 小时都待在元宇宙里。但是然后呢？回到现实又会有什么结果呢？大家只会无所事事，毕竟枯燥的现实可没有虚拟世界一般丰富多彩。如果不找到一个值得全人类为之努力的方向，哪怕是限制了进入虚拟世界的时间，现实中的人类也只会漫无目的地消耗这个星球的资源。

“你们正是在这个时代背景下诞生的催化剂。”锦鸡义愤填膺的发言被七号嗤之以鼻。开玩笑，他们根本不是为了人类社会发展进步而诞生的催化剂。以前人类的什么宏图大志，早就变成了历史的笑话。他们现在只是在找可能让人类未来起死回生的灵丹妙药。

七号静静听完了锦鸡的唠叨，切进了中央庭院的序列。他根本不需要排队，带宽毫无压力。模拟的街道上空无一人，花草树木虽栩栩如生，却依然显得死气沉沉。不过他感觉自己抓住了一点儿线索，目光也顺势落在了远处雕梁画栋的主厅上。那里有一道天梯直冲云霄，而他的潜意识似乎也催促着自己抓紧时间登上去看看。反正从一些想不到的地方下手也不会有坏处，说不定还能有意外收获。

他鬼使神差地通过天梯来到了中央庭院云端之上的大厅里，看着空空荡荡的四周沉默不语。这里是什么地方七号再清楚不过。中央灰黑色的圆盘就是离开世界的通道，只要站在上面并产生离开的意愿，便能立刻脱离这个世界。元宇宙刚建成时，这里人满为患，每天出入世界的用户络绎不绝。好笑的是，当初为了维持系统稳定而不得不对这里的人流量加以限制，如今却已经无人到访。几十年后的今天，别说来人了，就连这方空间都因为长久的闲置宕机而区块加载卡顿，通道闪烁了数秒后才能稳定下来。

七号象征性地整了整衣领，踏足而上，闭上了双眼。他想通了一件事，那就是在虚拟世界中寻找真实世界的未来没有任何意义，就好像身处极夜的生物永远也想象不出每天的日出有多么耀眼。

等他再度睁眼，已然回到了温暖的培养舱中。他按照古旧的指示书沐浴更衣，来到出口，终于推开了重返现实世界的最后一扇大门。

他本以为能看到少量抵触数据化的人在外面怡然自乐，然而街道上空空荡荡，暗无灯光，除了维护机器人时不时穿过道路，七号竟找不到一丝生命留下的痕迹。这里没有居民，印象中的飞鸟走兽、流浪猫狗，如今在这银灰色的城市中也毫无踪迹。维护机器人将这里变成了一座窗明几净的死城，方圆几十里内仅存的生命大概就是这处元宇宙大厅下埋藏的数千万人类吧。七号莫名想起来很久很久以前看到的一篇作品，里面也是讲述了人类全部电子化的世界，而那个世界的末日居然是一只老鼠咬断了最为关键的电源线。虽然很荒谬，很讽刺，但七号很喜欢。

元宇宙是诞生于人类手中最无瑕的系统，而人类却也正是这个系统最大的瑕疵。欲望和私心已经让这个完美的设计变成了禁锢未来的囚笼，偌大的世界却只有冰冷的机器在行傀儡之事，这样活着的人类，和死去有什么区别呢？

果然，美好至极的愿望总会将事情领向最漆黑的深渊。

此刻正值盛夏的夜幕降临，七号仰望着天空，眼中倒映着漫天星光。没有路灯，没有照明，夜空是唯一的光源。没有人类的污染后，天空也变得清澈起来了啊。想到这，七号笑了。他感觉自己真的很蠢，明明每晚的梦境都会见到，身为思考者怎么就没注意到呢？又或者说，只有真真切切地全身心沐浴在苍穹之下，才可能感受到这种未知与无边的广阔吧。

他终于找到人类应该去的地方了。

明天是新的一天

李莎莎

明天就是新世界感恩节了，可是我还没有准备好。准备不准备没有那么重要，该感谢的感谢了，该赞扬的赞扬了，剩下的就是跟平日没有区别的玩乐，仿佛要陷入一片填满牛奶和糖浆的湖泊，腻歪得很。

聊天框弹出乔松的视频邀请，我还没同意他就直接开启了——VIP 权限就是不一样，我不得不停下斩向第九关炎龙恶魔的右手。

乔松的形象比初见时还英俊，身体上流动着七彩的星光。

"昔望！"他的虚拟投影站在我眼前痴笑，我怀疑他是来炫耀新皮肤的，上面的星光险些刺瞎我的黄金瞳。

"请叫我用户名。"

"柳侠客！明天有大行动！回归现实组织要示威了！"

"噢，那个啊，据说宁可要现实的丑陋，也不要虚拟的美好，实在是闲出病了。"我躺下的瞬间，纯棉沙发接住了我，质感很好，两百新币不亏。

"嘿！"他也顺势往沙发上一挤，我的胳膊一阵冰凉，乔松把投影的体温调到了零下五摄氏度，我怀疑他是故意的，"你言行不一啊，组织的'负面现实体验'我看到你参加了。"

极端美好的生活过得多了，饥饿和寒冷成为新的奢侈。我也只是忆甜思苦的傻子之一，当饥饿的痉挛和肠胃的疼痛一起袭来时，我的眼泪不受控制地涌出，我感觉自己被真实的幸福感包围了。但体验之后又觉得羞耻，明明生活已经这么好了，我却像个小偷一样舔食昔日的痛苦，甚至还在夜间回味。

“没想到这点儿隐私都没有。”我看到他得意的笑，不知道该说什么。

“当你一出生就被扔到新世界，你就没有隐私啦！”

“狗屁的新世界。”

“当初在‘新世界’‘第二世界’‘元宇宙世界’三个选项里非要投‘新世界’的可是你啊。”他笑得几乎要把嘴角咧到天上。

“那时候我太小，没有判断力……”我无力地辩解道。

“等着吧，明天会有很多场‘回归现实’的示威，到时中心说不定能给我们这些永久居民解锁设备权，我们一起去看看那个世界。”

“那个……世界？”

“那个真实的世界。”

接下来他高谈阔论，话里带着寒气，在十一次消音后我好不容易听懂他在说什么，他在骂新世界，他想回现实世界找妈妈。

“世上只有妈妈好！”最后一句没有消音。

我微微一笑，拍了拍炎龙恶魔的肚脐，它继续张牙舞爪毁天灭地起来……

“感谢新世界创始人伊先生，感谢提供肉体托管的公司，感谢为新世界提供资金支持的家人，感谢……”碧蓝的苍穹顶端，滴下了一颗一颗雨滴般的文字，那是来自中心的文字雨，可以发出悦耳的说话声。在场的任何人都无法将它关闭。

大多数人都带着复制体来到广场，脸上凝固着冷漠僵硬的笑容。我和乔松躺在一堆溢出甜味的文字雨上，静待组织降临。

广告弹出，洗脑伴奏涌进我的大脑。我清理垃圾广告的时候示威活动就开始了，清理完也就结束了，之后我看到乔松失望地转过脸，低声对我说：“你要看吗？”

“什么？”

“结束了，主页和广场都有他们的标语和动画。”

“人呢？”

“追溯终端，行动前就被强制禁闭。而那些不是终身体验的真人被强制下线了。”

“然后呢？”

“没有然后。”

他身上倔强的星光慢慢暗了下去，如一支风中求饶的火炬，之后，他低下头，用 VIP 权限号召了看热闹的五个黑 VIP 和七个红 VIP，他们在广场的悬浮屏上共同发布了回归现实的号召，那样的号召，放出尊贵用户的流光，穹顶一如既往地配合着落下金色的文字雨，我站在中央，像陷入一场奢侈的梦。

客服在五秒后浮现，礼貌而温和：“尊贵的永久用户，解锁权已发放，最高可解锁五天……”

乔松的眼中既没有欣喜，也没有期待，他倚在我身上，温度故意调到零下，我没有心情臭骂他。

“如果你再也看不见我，请找到我的妈妈，告诉她我爱她，虽然我没有见过她。”他轻声说。

我不明所以地点点头，和他一同解锁设备，白光瞬间充斥周围的一切。

车水马龙，霓虹流光，尽是美好的景象。已是深夜，我孤独地走在街上，却感到一阵强烈的眩晕感，几乎要呕吐。

真冷啊，原来这就是真实的冷，也是真实的夜晚。

我想告诉乔松我看到了现实的夜晚，目视可见的星星是零散地挂在天上的，不是密集得跟芝麻一样。我找不到他了。

身后传来沙哑的女声，我转过头，却看不到她，眩晕感越来越强烈。

“孩子，醒来吧。”

一声温柔的呼唤后，我从设备中睁眼，头顶是低矮的灰色屋顶，滴着乌黑的机油。

坐在纸盒子上的老阿姨认真地盯着我，脸上雕刻着道道刀痕般的皱纹。她和我有些相像，但我不敢确定。

“对不起啊，把你从肉体托管公司接来，妈妈实在……实在没有钱啦。”

“妈妈……”

她含泪指了指墙角的冰棺，说：“去看看你哥哥吧，都怪妈妈没有及时付款，我实在没有办法……”

我被她扶着走过去，却看到乔松安静微笑的脸庞。

外面的天空正沉淀着黑色的浓云，这才是真实的天空。

食　梦

王　洁

我是在妈妈的自行车后座上第一次看见它的。

妈妈在杂货商店当售货员，每天下午五点半下班。她骑着一辆吱吱嘎嘎的红色自行车，载着我穿过喧闹的小城街市回家。爸爸厂里的职工宿舍在市郊，那里是我们一家三口的家，骑自行车有二十分钟的路程。对我来说，这是一天里最无聊的时刻。

我坐在自行车后座上，睡眼蒙眬，头贴在妈妈的背上。绿灯亮起，妈妈跟随着汹涌的自行车大潮穿过十字路口，就在街角转弯处，我突然坐直了身子。“妈，你看！那是什么东西啊？”我惊呼起来。只见紧挨百货大楼矗立着一团巨大阴影，那是一头我从来也没有见过的生物，个头比百货大楼的钟楼都要高。那怪兽长着一只弯弯的长鼻子，犹如山峦浸在晚霞中。此刻它正低垂着眼眸俯视着我，目光像湖水一样沉静。

“什么？”妈妈被我吓了一跳。她顺着我手指的方向望过去，在金红色的漫天晚霞中，百货大楼后面只有一团层层叠叠的火烧云——那里并没有什么巨型怪兽。难道是我眼花了吗？我揉了揉眼睛，那团火烧云突然闪烁了几下雪花点，就像是信号不好的电视画面，随后又恢复了原状。

我还想喊妈妈再看，可是身后传来了别人的车铃催促声。妈妈没有再理会我，跟随着自行车大潮驶过路口。我坐在自行车后座上频频回望，可是那团火烧云再也没有任何变化。

等回到家时天已经黑了，爸爸出差了，家里只有我和妈妈。妈妈正忙着做晚饭，我趴在爸爸的书桌前，摆弄着他那台半导体收音机。我转着机器上的大旋钮，收音机里传出沙沙沙的噪音。突然，收音机里的杂音消失了，一个僵硬的机械音在嗡嗡嘶鸣："神经接驳装置退出故障，虚拟场景渲染系统超载30%。响应超时，请重试！"房间里暖黄色的白炽灯剧烈闪烁起来。在忽明忽暗间，我看见房间的墙壁和地板中流淌着一股股绿光荧荧的数据涓流。我吓得大叫一声，夺门逃了出去。

我站在门口瑟瑟发抖，不理解刚刚看到的一切。是幻觉吗？就和我在街口看到的怪兽一样？我愣在原地，直到妈妈喊我吃饭时，我才回过神来。我小心翼翼地将房门打开一条缝，朝里面瞄了一眼：房间恢复了原状，收音机里传来歌声，好像什么也没有发生。

我心里隐隐感到一丝不安。

当天晚上，我从噩梦中尖叫着惊醒，妈妈急忙从隔壁房间跑到我的床前，打开床头的台灯。"我做了一个梦。"我啜泣着说，"我梦见我长大了，躺在一台冷冰冰的机器里，头上戴着奇怪的头盔。一个穿白大褂的女人站在我面前，捧着一块玻璃面板在上面点点画画。那个时代好像非常遥远。"

妈妈指着五斗橱上方的挂历给我看。挂历上波浪鬈发的时髦女郎笑靥如花，旁边鲜红的字体印着1987年和生肖兔的图案。这才让我安心下来，那只是一个梦境。

"我今晚能和你睡吗？"我问妈妈，"我害怕又要做噩梦。"

"可以啊。"妈妈说，"等你长大了，你就不会怕噩梦了。"

暖黄色的灯光给一切都蒙上毛茸茸的质感。"等我长大了，这一切都会改变吗？"我想起梦中那个冷冰冰的未来，"我不想长大，我想永远待在这里。"

"一切都不会改变，永远都不会改变。"妈妈的眼睛闪烁了一下。

不知过了多久，我被窗外一阵沉重的脚步声吵醒了。我揉着眼睛坐起来，发现妈妈并不在身边。隔着飘动的窗帘，我发现有一头巨型生物伫立在窗外。

它比整栋宿舍楼都要高大，在黑夜中瞪着一双发光的眼睛。

这是我在百货大楼后面看到的那头长鼻怪兽！我吓得从床上一跃而起，冲出了家门。我想去敲邻居家的门求助，可是走近一看才发现，所有的门窗和灯火都变成了印在墙壁上的马赛克图案，所有的人都不见了。

我冲下楼，慌张地跑到大街上。街道上空旷无人，一盏盏昏黄的灯光延伸至远方的黑暗中。巨大的怪兽就屹立在街道中央，身披厚重的黑色皮毛，与无边的夜幕融为一体。它居高临下俯视着我，双目犹如明焰一样在熊熊燃烧。“别害怕。”它耸动着长长的鼻子，用醇厚如夜的嗓音说道，“我不会伤害你的。”

“你是什么？”我怔怔地说，“我……我这是在做梦吗？”

“是的，人造的长梦。”怪兽沉沉低语，“我是貘，我以梦为食。”

我听不懂它的话。

“跟我来。”貘转过身去，沿着长街缓步走远，街灯在它巨大身躯上留下斑驳的光影。它带着我穿过星夜下的城市，一块块灯光凝固在夜色里，如同剔透的黄琥珀；群星也定格在天空中，不再闪烁，也不再游移。一路上的楼房、巷道和小桥都泛起荧荧绿光，无数股数据涓流在建筑物的缝隙间汩汩流淌着。一个机械音在云层中嘶鸣：“神经接驳装置退出故障，虚拟场景渲染系统超载75%。响应超时，请重试！”

我被周围的景象吓到了，仰头问巨貘：“你要带我去干吗？”

“醒来。”它答道。

我们来到了市郊，爸爸在周末时常带我来这里玩。这里的外墙上绘着卡通图案，它突然朝我眨了眨眼睛，贴着墙壁往前飞奔而去。“就是这里。”貘俯首望着我，它的目光深沉而温柔，“这里是梦境的源头，一切问题的答案。”

我走进大门，前方是一条走廊。四周笼罩着幽蓝色的光影，就好像是在深邃的水底。我往前走去，各种物件在我身边漂过：彩漆的儿童三轮车、装饼干和装宝塔糖的方形彩色铁盒、哒哒作响的发条玩具青蛙……在奔涌的数据涓流中，无数的物件突然生成，又突然消失。

“这是怎么回事？”我环顾着四周。

“这座小城并不存在，是程序模拟出来的。”貘的声音响起，仿佛在远方又仿佛在耳边，“这是一套 AI 支配下的虚拟现实系统，它读取了你记忆深处的内容，并以此模拟出了这座 20 世纪 80 年代的小城。你沉浸得越深，AI 对记忆的读取就越细致，这座城市得以不断生长。我们已经不能关掉它了，除非是你从这场数字长梦中主动醒来。”

此刻，我走到了走廊尽头，一面哈哈镜耸立在眼前。镜中我的面孔不再是孩童，而是一个满脸胡茬儿、面容憔悴的男人。我下意识地抬手摸了摸自己的脸，却触碰到一个冰冷坚硬的东西：那是扣在我头上的 VR 头盔。

AI 可以模拟出无限接近真实的世界，我们埋藏在记忆中的一切都能以二进制代码的形式重塑出来。但那些幸福和温暖，那些感受到的爱，虽然也是人造的幻影，却有着别样真实的意义。

我摘下头盔，那个机械音提示道：“神经接驳装置退出成功。”

我睁开双眼，发现自己躺在冷冰冰的沉眠舱里。一个穿白大褂的女人站在我的面前，捧着一块平板电脑在操控着。“你终于醒了，欢迎回来。”她微笑着说。

她的眼睛沉浸而温柔，一如穿行于梦境中的貘。

失控观众

杨安楠

待量子刑警王水和李小刀追踪到阴气最重的西南部编号 K22 的街道时，两人发现这里竟然是一家名为“FJ”的电子电影院。

通往影厅的幽暗通道里，在全息液晶屏的映照下，一列列看起来像电极贴片的义脑在光影中闪烁着。通道一旁的长椅上，并排坐满了紧盯着屏幕的客人，他们正期待着影厅开门营业。

电子电影院是元宇宙 1.0 时代兴起的最庞大的娱乐场所，在这里人们可以租借义脑。通过义脑和本体大脑的联通，选择自己心仪的电影剧情进行体验，即可实现“一心二用”。由于近些年全覆盖量子 WiFi 的快速发展，有些人也会偷偷租借，并带着义脑去上班，企图浑水摸鱼。

“好痛！”李小刀感觉到后脑勺似乎被棒槌敲了一下。他猛地回头，目光穿过人声鼎沸的走廊，看见远处一个黑影迅速闪进角落。

王水脸色怔了怔。“怎么了？”

“脑壳好像被人敲了一下，痛死我了。”李小刀一边摸着脑袋一边回头张望着，“刚刚我一回头，”他指了指走廊尽头，“感觉那边好像有人盯着我们似的。”

“哪有什么人啊！”王水左瞅右望，啥也没看到，“我们赶快去抓 BUG 通缉犯吧。”他推着李小刀往里走。

李小刀看见进入影厅的通道门口，有一名检票员走出厅旁的储物间，手里举着一块暂停营业的牌子。观众涌上前去，争着领取预约好的义脑。检票员透过电磁广播告示大家，FJ 影城从今天开始歇业。顿时人群乌泱泱作鸟兽散了，但还有一些不死心的观众仍然在门口不肯散去。

“老李，你定的位到底准不准啊？数据漏洞最大的地方，就这？”王水开启 BUG 数据标记仪，四下搜寻却一无所获。

“按照我的推断，确实是这里没错。”李小刀纳闷，好端端的影城为什么会突然歇业了呢？

“阿肆，你今天迟到了！”检票员对着门口喊道。只见一个身材瘦小的男人紧抱一个木箱小步跑着，一阵强风随他从敞开的门口飞进来。王水一把抓住长椅扶手，李小刀一把抓住王水。

名叫阿肆的男人站定，放下木箱，拿过检票员手中的工牌。李小刀看到工牌上写着“电子电影修复工，阿肆 010”。他打开通缉犯名录信息终端卷轴，搜索“阿肆”，一片空白。竟然查无此人？李小刀心中生出一丝疑惑。

“这里要修复一下！”大厅里，一名男观众低吼，接着念念有词，对着空气摸索着什么。标记仪幽幽地闪起来，显示人群有异常，李小刀拉着王水走了过去，标记仪悬空在他们身后，只见虚空中，“异常”的血红字体赫然显现。

“我们是量子刑警。”王水亮明身份，“供职于元宇宙 B-4 分区数据修正所。”

男观众喉咙里的声音变得嘶哑，而且越发混沌，接着他双膝跪倒在地。李小刀蹲下，想凑近看清男人的面孔。

只一刹那，男观众怒目圆瞪，面部青筋暴起，后颈咔嗒咔嗒地响着。他抬起机械义体的双臂，一把掐住了李小刀的脖子。

“糟了，是元病毒！”王水一个箭步朝元病毒扑去，蓄力的左拳疾速落下。男观众咯咯笑起来，身上的人皮猛地撕裂，机械义体露出，闪着尖利的锋芒——他已完全恢复元病毒的本貌。

惊魂未定的李小刀爬起来，熟练地疏散周围的观众。元病毒的速度到底是快过王水，他低身冲向阿肆。

李小刀拿起标记仪，苍白的光越发闪耀刺眼。

再明亮的光，若是经过了义体金属冰冷的反射，也会生出利刃来，在人的心尖上挑起一道浅痕。

王水瞄定元病毒，在他身后，踏步跃起，左腿微曲扣膝，扭身，碾动重心，一个勾拳捶在元病毒的后颈。元病毒低声呜咽，却没有转身再攻击王水，而是死死擒住阿肆的腰，要将他高高举起。

“把我的身体，我的灵魂，还给我，阿肆！”

李小刀的头上冒出细密的汗珠，他终于改好信息终端，封锁了周围的网络，起码在终端的控制范围内，元病毒是逃不出去了。眼下，只等着修正哨兵收到信息赶来。

“我劝你放下这个执念吧。”阿肆竟然笑了起来，“自打在这里工作开始，这身体，这灵魂，早已不是你我的了。”阿肆转而神情黯淡，似乎一切都在他的意料之中。

元病毒愕然，松开了手。“你什么意思？”

阿肆指了指转角墙面上的员工名单。“你自己看。”

王水绕在元病毒侧身，一起跟了过去。这里的员工，名字只有阿叁和阿肆，跟在后面的编号是工作等级，数字越高，级别权力越大。

“所以，你根本就不叫阿肆？”王水看着瘦小的男人，“你到底是谁？”

“我也不知道。”阿肆眼神低垂，“我们的名字早就被抹去了，留下的是花名和层级。我知道，你们是来修正元病毒的，他就是我们这里聚成的乱码，或许，这也是我的未来吧。”

“这……这里不是看电子电影的地方吗，怎么会生成元病毒呢？”王水丈二和尚摸不着头脑。

“王水！”李小刀冲着量子对讲机着急地呼唤，“我知道了！”

见王水一脸不解，李小刀将修正哨兵发送的资料传到王水的全息计算手环上。

…………

大脑不过是某种线路，用合适的方式造出的一台机器，即意识。通过义脑和大脑胼胝体进行人机融合，植入模拟式信号进行脑际通信，慢慢替换原宿主的灵魂，将原宿主培养成合适的容器。

下一步，建立电子电影院，以免费租借义脑观影的福利诱惑将合适的容器收编为员工，长年累月重复同一种传统的机械劳动，让他们逐渐分离自己的人格，失去自我的意识。

被分离出的人格再进一步分化，编写“无情理性人格”的程序代码植入。在这里，容器将舍弃原宿主的名字，被赋予新的身份，接受新的价值观、规矩和法则。

…………

“所以，整个电子电影院就是元病毒的源代码？”

“快跑！”王水和李小刀紧急疏散人群。

待至FJ影城的出口处，李小刀智能眼镜的显示屏竟然弹出了熟悉的旋转蓝色骷髅头，旁边还有“Welcome...”

“我等很久了，可爱的刑警们。”元病毒低沉的嗓音从高大的阴影中扩散开来。

另一个我

张倩玉

这一切发生得如此突然，当我打开信箱时，锈迹斑斑的铁皮盒子里躺着一副泛着青光的黑色眼镜。

“或许是快递员送错了？我可没买过墨镜。”我这样想着，顺手戴上了这副墨镜。霎时间，我眼前的光景变了副样子：路边的灌木变成了绿色的像素格，路过的行人变成了积木垒起来的滑稽形象，比如邻居张太太，她卷曲的头发在墨镜的扭曲重组后，变成了一片未煮的泡面……而这一切仅仅只是开始。

正当我兴致勃勃地观察着全新的世界时，眼前弹出了一个浮动的通知框，系统显示我开通了新的功能，随着我的手指的移动，选中的物体出现了三个选项：升级、删除、恢复。这使我更加确信一件事：这个墨镜或许是一款全新 VR 游戏的体验版。

于是我抱着试一试的心态，随手选中了路边的一株幼苗，点击“升级”，没想到这株幼苗立刻长成了蒲公英，被一阵风吹散在我的身边。我摘下墨镜，没想到刚刚的幼苗真的只剩下光秃秃的枝干。

母亲将晚饭端到我面前，我看着餐盘里讨厌的西兰花，突然产生了一个有趣的主意，趁母亲转身的瞬间，我戴上墨镜，选择“删除”。果然，西兰花立马消失了。母亲看着空餐盘以为我都吃光了，露出了欣慰的笑容。

老师说“能力越大、责任越大”，拥有了这副眼镜，我将会成为英雄！

一位女士的衣服被钩破了洞，我用“恢复”功能使她的着装变得崭新；一只流浪猫正在捕捉池塘里的小鱼，我用“升级”功能使手掌般大的鱼变得手臂一般粗……可是，这些小事并不能满足我。“即使没有这副墨镜，我也可以帮助别人，这还不够。”我这样想着。

正当我对着镜子中的自己发愣时，突然有了一个大胆的想法，随着我的手指指向镜子中的自己，点击“升级”，我仔细感受着自己身体的变化，但并没有什么特殊之处。

我失落地走出家门，看到一个中年男人正在拉扯一个女孩儿。男人蓬头垢面，油腻的头发遮住了半张脸。他的手指粗糙有力，死死地握住女孩儿的胳膊，女孩儿拼命地挣扎。“这个男人是不是在绑架女孩儿！”有人喊“快报警”。此言一出，人群骚动，男人也愣住了。我趁机选中男人，点击“删除”。这个大汉突然消失，只剩下了满地的破旧衣物。人群立刻炸了锅，没人知道发生了什么，受惊的女孩儿愣在原地，眼泪还挂在脸上。

这是我第一次将眼镜的“删除”功能对人使用，惊魂未定，可在心悸之余竟然隐藏着对强大力量的满足，我感受到体内仿佛有什么东西正在积攒，等待爆发。

晚上，邻居张太太又在跟丈夫吵架。我透过窗户看到她哭红了的眼睛和正在挥舞拳头的男人，当男人准备对她施暴时，我再次用“删除”功能解决了这场纠纷。

我能越来越早地发现问题，一旦对方面露凶相或者表情怪异，也许下一秒就会伤害他人，我会立刻用“删除”解决一场未发生的灾难。我躲在眼镜背后，似乎做着正义的事。

这天我又遇到一个凶神恶煞的壮汉，他凶狠地瞪着每一个路人，正当我打算“删除”他时，不料被路边的石礅绊倒，墨镜摔了出去。再看那个壮汉时，他分明是个斯文和善的男人，对每个路过的人都报以微笑。

我感到前所未有的恐惧，这是不是代表我曾误删了许多生命！在像素的世界里，没有红色的血液，没有残忍的画面，一切都在沉默中爆发，在沉默中消亡。我对着镜中的自己“升级”，原来升级的是我的戾气和麻木。

我将墨镜放回生锈的信箱，将它尘封起来，我不知道什么时候才能洗清自己的罪恶，挽回被我武断“删除”的生命。我的生活逐渐步入正轨，也许承认自己平凡并不可怕，我学会了靠自己的力量帮助别人。

“快看那朵小黄花，一眨眼它就长成了蒲公英。”一个孩子激动地指着草坪，对身旁的母亲说。

这似曾相识的场景，将我从陈旧的记忆里唤醒，当我冲回家中打开尘封的信箱时，除了一片铁锈外，什么也没有……

竞技场

黄超鹏

在模糊的记忆中，我不知道从什么时候开始，就已经是这个竞技场里的一名角斗士。每次，当我想极力回忆过往时，头就疼得厉害，继而一片空白。

“不要想太多！好好战斗，伙计！”同伴巨石对我说。

“对，我们只是演员，天赋异禀，为战斗而生！”另一个角斗士小丑狞笑着说道。

“倒不如说，我们一生下来就是取悦别人的命。”巨石冷冷地答道。

“别这样，老石头，兴奋点儿！不然等会儿上场你会被我打败的。”小丑说。

“孰胜孰负，一切自有定数！”

“你会押谁赢，暴龙？”小丑转头问我。

我愣了愣，没有答话。暴龙是我的名号，在椭圆形的建筑物上空，曾无数次响起我的名字。观众们坐在四周逐排升起的座位上呐喊吼叫，为各自看好或投注的角斗士助威。

竞技场数年如一日，也不知道这里有多少位角斗士。我们的任务不是与猛兽们对抗就是角斗士之间的比试。

最开始的时候，我也像其他角斗士一样热血，期待每一次上场、每一次厮杀，为每一次战斗而兴奋。但时间久了，我就感到麻木。最近，我又觉得自己的脑子有了一点点不同的变化，可是我不知道是什么。

每一场比赛，以一方倒下为止。

每位角斗士都受过不少伤。记得第一次出战，对战恶龙，我被打败，倒在地上昏迷过去。当我醒来时，发现躺在自己的床上，身体奇迹般地恢复，没有一点儿伤痕。医生告诉我，他们能治疗所有的伤痛，甚至能起死回生，可以保证每次比赛，赛场上出现的角斗士都健康强壮。

我们的生活似乎除了打斗，就是等待，等待出场。室旦的大喇叭响起，主人选中谁，谁就必须出场！

我很想知道在幕后操纵一切的主人到底是谁。问过主管，问过医生，可他们也一无所知，回应机械且空洞。

“上场！上场！打斗！打斗！”主管说。

“满血恢复！祝你好运！战斗吧，勇士！”医生说。

劈、砍、刺、躲、闪、腾、挪、跳、跃、挡、斩，这些技能已经镌刻到我的骨头之中，流进我的血液里。在中央的平地表演区，猛兽从圈中放出，我的身体就被调动起来，仿佛下意识知道如何应对。

今天，我走进竞技场的表演区，惊讶地发现，这一场的对手居然是巨石和小丑。

“一对二！挺好！”我讪笑道。巨石和小丑没有任何表情，冷冷地望着我。

“老伙计们，咱们可以不打吗？”我说。我们彼此已经打了上千回，我已感到厌倦，不想重复这样的生活。

“打啊！上啊！杀啊！”看台上的人们仍在大喊大叫。

巨石凶神恶煞地挥舞起流星锤。小丑的两只手上下抛接着飞刀。

我看了下手中的砍刀，脸上逐渐露出痛苦的表情，刀不沉重，只是我的心有些沉重。哐当一声，砍刀从我手中跌落。我站着伸开双手，面向两个对手，一动不动。“来吧！你们砍我吧！”我说。

他们如同耳聋，似乎在等待什么指令，又像在等待我出手去触发指令。

我依然站着，一动不动，内心抵抗着无形的压力。竞技场突然安静了下来，所有人都停止了动作和声响，如同一幅静止的油画。一个声音告诉我，该改变了！该停手了！

——透过电子屏幕看到这一幕的年轻人很错愕，他捶了几下屏幕，按了几下按键，画面依旧静止不动。

年轻人抬了下头，大声喊："老板，机子又坏啦，暴龙这个角色又不动了，快过来看看！"

老板急匆匆跑来，讨好道："软件老化，是有点儿问题。你放心，这局我退钱给你。明天新版的竞技场 2.0 就送过来，升级后就没有问题啦，会是另一批全新的角色……"

角 色

张大愚

我路过一个院子，大门口飘着纸幡儿，又有唢呐的声音传出来，冷得像冰。我知道这家死了人，决定进去哭一回。我已好久没哭过了，眼前的机会不容错过。

一进院子，我就迫不及待地哭起来。我的哭声很特别，像戏曲演员的发声，板眼分明，尾音还带着类似恐怖音乐的那种颤音，正符合眼下的场景。

刚哭了一分钟，有人提醒说：错了错了，灵堂在另一边。我尴尬地爬起来，跟着来人走，确认看到了棺材后，这才跪下来继续哭。灵堂里人很多，但他们都没有哭，也可能是哭完了，总之场面有些冷清。既然如此，我不妨认认真真地哭一回，把气氛搞活。于是我放开了喉咙。

我的哭声一泻千里，瞬间就把灵堂给淹没了。开始是为了哭而哭，随着哭的进一步深入，我被自己感动了，是真哭了。我的肺活量很充足，哭声甚至盖过了唢呐的声音。

这个人是谁？旁边的人诧异地对望着，余光偷偷瞥向我。但我没注意到这些，现在的我哭得昏天黑地，已经刹不住车了。有穿重孝的人过来劝我搀我，我倔强地拧了一下身子。他们面面相觑。

我就这样一直哭。一个小时之后，他们的脸色不好看了。换句话说，对我有了意见——像我这样一个素不相识的外人这样哭，而作为亲人的他们却不哭，这算怎么回事呢？他们只好也跪下来，干巴巴地号着。中间又有人拉了拉我，我更加粗鲁地甩了一下胳膊。他们狠狠剜了我一眼，快速站起来，躲到后院去了。

我索性伏在地上，边哭边用头咣咣撞地。眼看要哭昏（撞晕）时，有人拍我的肩膀。我抬起头一看，面前站着一个穿寿衣的老人。

你是谁呀？因为哭得太过投入，我的意识还不太清醒。

是你哭的人啊！老人说。本来我死得透透的，你却把我哭动了心。既然这么有诚意，我就不能死了，否则对不住你。不过……他迟疑了一下，继续讲，不过有点儿麻烦，我已经死了，你却把我哭活了，这有点儿不好交代——我得和儿女们讲明白，不能让他们误会我。

好吧……那当然。我说。

老人领着我去后院见他的儿女们。他的出现像一只狼闯进羊群里，所有的人全哄的一下散开了。

怕什么？活人还怕死人吗？况且我现在又活了。老人说。

这句话还是很管用的，大家停止了逃跑，几个穿重孝的人随着老人回到灵堂。老人坐在棺头上，向他们着重讲了讲又活过来的原因。我则在一旁静静地听着看着。

在老人讲解的过程中，儿女们彼此碰了碰眼神，发出当的一声，像几把剑撞在一起；但回到父亲脸上时，又软得像绸布。他们对父亲的复活表示强烈的祝贺，脸上现出惊喜的神情。但目光转到我身上时，又变成了一把把剑。我觉得身上开始嗞嗞地喷血。这时边上一个眼睛像鹰的人（是他们的大哥？）及时扫了他们一眼，把他们的剑击落了。

非常感谢你！鹰眼笑眯眯地说，同时用力摇着我的手。我受宠若惊，刚想说几句客套话，他却一把揽住我的肩膀说：到后面喝几杯吧！

他把我拥到酒桌的上首位子，自己坐在下首。被击落剑的几位则站在旁边看着我们。我俩便开始喝酒，当我喝完鹰眼敬过来的第六杯酒时，感觉两人的心已经合成一体了。

你是我最好的朋友！我说。

同感。作为好朋友，有一句话不知当讲不当讲？他使劲地眨着眼睛。

讲，必须要讲。

你以后能不能别哭了？

为什么？

首先，你这么爱哭，若是再有人死了，肯定还得哭，对不对？要死和该死的人多了去了，你哭得过来吗？

对。我点点头。

其次，以你现在的水平，一哭就会把死人哭活，活了以后还要死，死了以后你又要哭，啥时候是个头？你总这样哭，一定会哭死，死了以后，你的亲人肯定也会像你哭别人一样哭你，万一你被感动了，又得活过来。活了又要哭别人，哎呀，麻烦不麻烦？

对对，越说越对。我有些佩服他了。

再者，更重要的一条：谁也没权力随意决定别人的生死，你哭活了人，就是破坏了规律和规矩，是不是得付出点儿代价？

对对对，太对了！我对他几乎是顶礼膜拜了。

好，那么回到现在，本来举行的是葬礼，突然变成了眼前这种局面，该怎样收场呢？鹰眼说完，眼睛有意无意地扫了一下窗外的空棺材，最后目光落到我身上。

这个……很好办，我有主意！我跑出屋子，跳进棺材里。

葬礼照常举行！我大声说。

鹰眼和他的弟弟妹妹们追出来，互相对了对眼神，大声说：不行不行，这样不合适吧？

怎么不合适？正合适！我的声音压过他们的声音。

他们点了点头，齐声说：那好吧，只好如此了。

我动作麻利地躺好，有人盖好棺盖，抬着我出发了。哭声响了起来，比刚才丰沛浑厚多了。我敲了敲棺板：别哭了，再哭我就挺不住了！真想感谢我，赶紧把我送到坟地吧。话音刚落，哭声顿时消失了，只剩下抬棺者急匆匆的脚步声。

我忽然想起了老人，半天没见人了，哪儿去了呢？正想着，一个声音贴着棺板说：没想到你今天成了主角，我倒成了跑龙套的！正是那老人带着醋意的声音。我忍不住扑哧一声笑了。

我想对老人说一切都是最好的安排，但张了张嘴，又咽回去了。棺椁快速前行，离坟地越来越近了，我赶紧闭上眼睛，努力让自己一点点接近死亡。

陀螺人

丁迎新

女孩上班的第一天，就得了个雅号，其实不雅，叫“陀螺人”。那天下雪，本就胖乎乎的女孩身着像充了气的蓬松羽绒服，脚下是钉子一样的高跟鞋，一进门，不知哪位同事张嘴就冒了出来：陀螺人！

听到的人唰地把目光汇聚过去，别说，还真的形象准确。待到女孩发觉周围的异常时，众人赶紧恢复各自的状态，装作跟没事一样，这才蒙混过去。女孩自己也就蒙在了鼓里。好在大家心中有数，并不曾有人再这样叫。毕竟，人家是初到公司的职场新人，又是一个女孩子，可别伤害了人家。

没想到，女孩却讨人喜欢。

办公室是所有部门共用一个巨大的办公空间，一个个方块形的办公隔断各成一块区域，几个区域合成一个部门，部门之间并没有明显的界线，畅通无阻，无论哪个角落喊一嗓子，所有人都能听见。另一边是洗手间、开水房、会议室和两间会客室。女孩的办公桌在一进办公区的正对面，也是办公区的中间位置，进门时谁手里吃力地提着什么东西，叫嚷着快帮忙，女孩便连忙站起来，迎上去，接过来，送到位。送快递的来了，站在门口喊，女孩也当作是喊自己，过去签字接收，再送到收件人跟前。有要寄快递的，为图省事，也放在女孩那儿，让她代劳。哪个老总带着客人进来，顺嘴一句倒点儿水，并没明确的对象，也是女孩义不容辞地完成。

公司是有前台的，在一楼大门口处，负责整个公司的人员进出和联络，到这个楼层的普通办公区，就不再跟踪引导。因为有了女孩，不再成为问题，女孩成了本楼层的义务前台，且有求必应，随叫随应。难得的是，女孩从无怨言，憨憨地也是淡淡地笑，好像从来不懂得拒绝和推辞。女孩真的像个陀螺了，胖乎乎的身形转过来转过去，很少有歇的时候。

为提高效益，公司实施裁员，把决定权下放到各个部门，自己定人员定编制，压缩出来的工资额的三分之一，作为本部门的减员增效奖励。这一下，大家都积极起来，挖空心思整合人员和工作内容。

女孩所在的客服部撤销，合并到业务部。照说，女孩顺理成章成为业务部的人，可业务部拒收，理由是单纯的客服岗位是浪费，兼做业务的话，女孩又欠缺公关能力，也不懂业务。原客服部经理是个负责任的人，不忍心女孩被淘汰，又推荐她到行政部，行政部最普通的文员要求有一定的文字组织能力，熟练使用办公软件，就是没什么技术要求的前台岗位，外表又是主要考量。其他的工程部、财务部、人事部等更要有专业技能，没人要的女孩只有被裁的份儿。

女孩不在了，再有快递员站在门口呼叫，无人应答。不时有同事从一团乱麻的工作堆里抬起头，就在自己座位上站起来，向着女孩所在的方位刚发出一声哎，才意识到那人已经走了。再有领导领客人进来时，随口一说，并不产生后续效应，只好自己提着暖水瓶到开水房灌水，自己倒水给客人。

大半年过去，为应对企业发展需要和增加人才储备，公司又开始加大招聘力度，增加了一些岗位和人员。其实，员工始终在不停地走，也在不断地来，公司像是开水房的热水器，水路中的一个环节罢了，走和来都正常不过。

三年后的一天，女孩再一次应聘到了这家公司，所有的员工竟然没有一个是当年的，全都不认识。仅有一个面熟的，是公司的保洁员，近五旬的阿姨。女孩还是胖乎乎的，阿姨竟然还有一点点印象，主要原因是其他员工私底下给她起的陀螺人雅号。两人攀谈起来，围绕着陀螺人雅号，笑成了一团。

正值夏天，女孩穿的是蓬松的纱裙，下面是大大的裙摆。女孩说自己从这里出来后，已经走过了五家公司，真的像陀螺一样，转着转着又转了回来。说着话，女孩站在原地旋转起来，裙摆旋成了一朵偌大的绽放的花，旋转的花。

保洁阿姨微微叹息了一声，说，我们都是陀螺，不停地转，像我一样转到老了，没力气转了，也就该回家待着了。

生活也得转。已经结婚成家生孩子的女孩跟了一句。

女孩突然联想到一个问题，我们都是陀螺，可谁是抽打我们的鞭子呢？

手语部落

朱红娜

这是Y国的一个原始部落，部落在原始森林里，森林里的树木比水缸还粗，部落里的人穿树叶，住树屋，吃野味。每天傍晚，部落的男男女女，跳进河里清洗自己，然后将野味架在河边的草地上烧烤，吃饱喝足了，大家围着火堆跳起舞蹈。

这是人类研究学家约翰逊拍到的视频，画面里男人威猛高大，女人健硕俊美，他们的舞蹈奔放自由，有一种野性之美。但他们都不会说话，只用手语交流。

约翰逊是在考察途中无意发现这个部落的，他判断只要视频发出去，这里很快会成为网红打卡地。他清楚现代人已经厌倦了灯红酒绿的城市生活，渴望回归自然宁静的生活状态。他甚至读过钱钟书的英文版《围城》，他认为钱钟书的“里面的人想出去，外面的人想进来”简直就把人的欲念赤裸裸地呈现出来。

部落里的人也许感到新奇，也许觉得他一人赤手空拳没什么可怕，他们对约翰逊的到来并不抵抗，但他们保持着警惕。他们喊来族长，族长是一个长发白须的老者，身体铁塔般硬朗，面容闪着光亮，古铜色的皮肤绷紧，眼睛透出一股杀气，令人不寒而栗。约翰逊用手语说明来意，将带来的食物、衣服、用品呈上。族长用手一挥，表示拒绝，不容商量。约翰逊要求在此暂住一段，族长并不为难他，点点头，指着远处一块空地。

约翰逊住了下来，他伺机与部落里的人交流，部落里的人起初都躲着他，但渐渐地，一些好奇的小孩走了过来，吃他的食物，玩他的用具，很快与他打成一片。

约翰逊发现，他们并不聋，只是不懂发音，他决定从小孩子入手，教他们语言。

他的行为被族长发现，族长大为震怒，不准小孩再靠近约翰逊，并要将他驱逐出去。小孩子们刚刚尝到甜头，纷纷哭喊抗议。族长无奈，只好留下约翰逊。但族长规定，部落是手语部落，族人不准学习语言，千百年来祖宗的规矩，不能在他手里破了。

小孩在父母的严管下，承诺不再学习语言。但种子一旦种下，有些必将发芽。十五岁的埃特有着很高的语言天赋，几天的学习让他发出了简单的语音，他正兴奋着，期待着，怎么能半途而废。夜深人静的时候，他悄悄溜出来，找到约翰逊，要求继续学习语言。太好了！只要一颗种子发芽长大，就会蔓延出一片绿来。

就这样，埃特偷偷学了一个月，已经可以和约翰逊用语言交流了。可天下没有不透风的墙，况且部落还没有墙，埃特被人举报到了族长那里，族长忍无可忍，将埃特鞭打得皮开肉绽，囚禁挨饿一周，并勒令约翰逊立马走人。

饱尝了皮肉之苦的埃特很快忘记了疼痛，反而是说话的快乐让他念念不忘。约翰逊曾经告诉他，语言一定要常用，不然会前功尽弃，丧失功能。他一个人的时候，常常会自言自语。但这并不是办法，语言是一种交流工具，需要不断和人交流。他决定偷偷教他弟弟，弟弟也很有语言天赋，一学就会。后来弟弟又偷偷教了同伴，很快，部落学说话的人越来越多，只要族长不在面前，他们就用语言交流，不再使用手语。

约翰逊将视频发布出去，各个平台争相转播，手语部落一夜之间人尽皆知，一拨儿一拨儿的游客从天而降，埃特成了部落的导游，族人分享游客带来的美食和衣服，分享形形色色好用好玩的东西。

族长的家人羡慕会说话的人，也偷偷学起了说话。只要族长不在家，家里就会嘻嘻哈哈，用语言交流，和谐而喜庆。

一天，族长跟老婆子手语，你也教我说话吧，大家都学会说话了，只有我不会不好。

老婆子惊讶不已，你知道大家会说话了？

你以为我是傻子吗？

但你为什么不制止大家呢？

人心所向，是禁止不来的，看来祖宗的规矩要毁在我手里了。族长慨叹，不过我想通了，有些规矩，不破不立。

族长也学会了说话，在家里用语言交流，但在族人面前，他依然用手语交流，族人也用手语。族长的老婆非常不解，问他，你为什么还要用手语？

族长笑了笑，并未回答。

高跷表演者

蒋静波

当同伴们小心翼翼地一步一步挪动脚步时，他在大步前行中，一会儿翻个跟头，一会儿跳个舞。人们被他精湛的表演吸引，奔跑着跟上他，纷纷议论着：

“他怎么会踏得这样好？是不是天生就长得高？”

“你看到过长这么高的人吗？”

他掩饰不住满脸的笑容和骄傲，在心里说：“我就长这么高嘛。”

其实，他生来十分矮小，一走进人群，就像水珠滴进河中，瞬间就被淹没了。自从学习踏高跷技艺后，一切发生了改变。在两只脚上各绑一根硬邦邦的长木跷进行表演，看似简单，其实非常难。许多人踏上高跷后，连走路也学不会。他庆幸自己与木跷有缘，学得那么顺利。踏上高跷，他比全市那个人称“电线杆”的最高个儿，还高出了一大截。

为了将这项技艺练得炉火纯青，他下了苦功，与木跷形影不离，连晚上睡觉也不例外。床的长度不够，他蜷缩着睡；浴室水龙头太低，他蹲着洗澡；乘公交车时，他趴着爬上车。渐渐地，他将木跷视作他身体的一部分，再也不想卸下。他将木跷制成脚和腿的形状，连脚指头和小腿后面的青筋也雕得惟妙惟肖，漆上跟肤色一样的油漆，顶端穿上袜子鞋子，木跷的外表与真腿几乎一模一样。一年四季，他赤着脚踏在木跷上，脚与木跷融为一体。他才不像其他人那样，穿上袜子和鞋子后才踏上木跷呢。他特制了许多条长腿裤，晾晒的时候，裤子从二楼的阳台一直拖到一楼的窗户边，可威风了。

对门的那个大眼睛姑娘，一遇见他，就仰视着他。以前，她连正眼也懒得瞧他一下。如今他将头一扭，不想搭理她。他经过的地方，身后总是跟满了人，人们向他问长问短，甚至对他的一日三餐也颇感兴趣。高高在上的他，觉得自己就像一位国王在慰问民众。他常常弯下腰，和他们亲切地握手。一天，一个小伙子为了表示对他的尊重，央求路旁的吊车司机将自己吊起来，与他对话。还有一天，在一个男孩儿的恳求下，他将屋顶上的风筝和足球拿了下来，递给男孩儿。男孩儿的爸爸拉他到家里，请他喝酒吃饭，好多人拥进来，用羡慕的眼光看着幸运的主人。他想，如果你们诚意够的话，总有一天，这份幸运也会降临到你们头上。

现在，他无比同情那些矮个子（当然也包括寻常人），同情他们因身高影响了视野，他们看不清树梢上的叶子怎样活泼地随风摆动，鸟窝中的鸟儿如何闭着眼睛孵蛋，阳光如何透过屋顶的玻璃直射进来，天花板上是否长着霉斑，电线杆上是否粘着鸟屎，更别说会够到高处。他觉得，用“站得高望得远”来形容高个子的好处，远远不够。他在看《动物世界》时，常生发联想，他将一般人比作山羊兔子，个子高一点儿的，最多也只能算牛马，自己则是长颈鹿，能吃上别的动物够不着的鲜美的嫩叶。

一段时间后，他几乎忘记了没有木跷行走时的感觉。出于好奇，有一天，他卸下了木跷，突然，身子一下降低下来，他大吃一惊。更让他吃惊的是，两只脚底猛地疼痛起来，还出了一点儿血，原来木跷粘走了脚底的一层皮。跨出门槛时，他习惯性地弯一下腰，头差点儿碰到地上。他一瘸一拐迈开双腿，发现脚步那么小，简直像蚂蚁在爬。他一下子失去了往日的自信和气势。本来可以俯视的东西和人，现在却要仰视。这时，偏偏遇到了那个大眼睛姑娘，她又恢复了从前对他的态度。路上行人匆匆，谁也顾不着瞟他一眼。他像灰尘般独自飘来飘去，无人理睬。他慌忙回到家，直到又绑上木跷，才算安下心来。

有一天，他在表演节目时，没看清地面，被一颗小石头绊了一跤，重重地摔倒在地，右腿骨节断裂了。他忍着剧痛，先仔细检查了那对木跷，谢天谢地，完好无损。当主办方派人抬着担架要送他上医院时，他却执意要回家——到了医院，如果医生坚持将木跷卸下来，他该如何是好？此后，他闭门谢客，钻研起骨科来。一次，他看见电视里重播着他的节目，在成千上万的人群中，他鹤立鸡群，人们都仰视着他。他热血沸腾。他终于等到腿骨节康复的那一天，踏着高跷，迫不及待地走出了家门。

第六辑

大汉脸谱

一辈子的风光

侯德云

光绪二十五年正月初二，荣儿一大早就起床了。那天是个要紧的日子，她要好好地打扮自己。

宫里的规矩，只有在正月和老佛爷万寿节那个月份，宫女才可以穿红抹胭脂。平常她们都是淡妆淡抹，讲究个珠圆玉润。

荣儿用半个时辰打扮自己，打扮得像新嫁娘一样。紫红色丝绸棉袄，青缎子沿边，金线绦子，抵到耳垂的高领。外罩葱心绿大背心，绣万字图案，蝴蝶式的青绒纽袢，雕花的铜纽扣。

荣儿梳着油光的大辫子，辫根是二寸长的红绒绳，辫梢垂在大背心下面，红蝴蝶的辫坠。头上插一朵剪绒花，两耳黄澄澄的金坠子。两颊是微红的酒晕。上下唇正中，点上比黄豆稍大的两粒胭脂，这叫樱桃口，是宫廷秀女的标志性妆饰。

最打眼的是荣儿的那双鞋。鞋帮两边，绣着同样大小两两对称的四只蝙蝠，鞋尖正中绣着最大的一只。都是用大红丝线绣成。鞋面正中有个圆形的寿字。大蝙蝠张着翅膀捧着这个寿字，眼睛盯着寿字中间镶嵌的一颗珍珠。这是皇太后贴身大丫头的金字招牌。没侍候过老佛爷的宫女，谁都没资格穿这种鞋。这鞋她们穿到哪儿红到哪儿。宫里的下人个个势利眼，你稍微有点儿特权，他们就苍蝇一样围你乱转。

在乐寿堂大总管李连英的关照下，荣儿可以去神武门外会见家人。她很久没见他们了。她想他们。她还有礼品要送给他们，都是老佛爷平日里的赏赐，市井中难得一见的稀罕物。

李连英曾对荣儿她们说："你们都是老太后的人，受老太后的教导，都是通情知礼的。不用说是你们，就是老太后屋里院里的一条狗、一只猫、一棵树，也都应该受到尊重。"

话虽是这样说，可荣儿总觉得李连英对她的关照更多些，连掌事大丫头娟子都没有她受到的关照多。李连英经常派人给荣儿家送东西，让荣儿很是过意不去。

正月初一老佛爷吃夜宵的时候，李连英把荣儿叫到殿廊下的铜鹿边上说话。这地方光线稍暗，别人从远处不容易看清楚。

李连英问荣儿："今天见到你干阿玛了？"

荣儿的干阿玛姓刘，是老佛爷的梳头太监，跟李连英是从小一起提扫帚的兄弟。小丫头们背后都叫他梳头刘，当面又叫他刘大叔。荣儿十三岁进宫，不到一年，由李连英做主，认了梳头刘为干阿玛。宫里流行找靠山，新来的下人，一般都要找个年长的太监认干阿玛，以便遇事关照。

梳头刘很得宠。他做事不急不躁，眼角的皱纹里永远渗着笑意。嘴还巧，常在梳头的时候，自编些龙凤呈祥、风调雨顺的故事逗老佛爷开心。

荣儿闻言赶紧回复李连英："见到了。今天我干阿玛进宫，我迎面给他磕了三个头。干阿玛给了我一锭银子。"

李连英说："荣儿真懂事。今天老太后赏菜，我分给你干阿玛一碗，还给你干阿玛留了两碗。我给你干阿玛捎信去了，让他明天上午带家人来看你。明早起来，赏你半天假，不用当差了。"

荣儿流着眼泪给李连英请了跪安。

荣儿对自己的打扮很满意。她拿上包裹出门，随一个小太监先到永寿宫西配殿，这是李连英平常歇脚的地方。在这里她遇见了老太监陈全福。

陈全福对她说："荣姑娘，咱俩一起走。"

荣儿立刻明白是咋回事。陈全福是想借她这条小水沟，往外边流点儿脏水。宫里的规矩，太监进出神武门得空着手才行，护军有权对他们搜身。老佛爷的贴身大丫头却不一样，谁敢对她们摸摸索索。

荣儿走在石子铺成的甬道上，前面有老太监带路，后边有小太监跟班，心里那叫一个得意。五九天气，仍然属于严寒季节，她感受到一阵阵的冷，脚趾像猫抓似的疼。但她一路摇摇摆摆，恨不得把“五福捧寿鞋”踢到别人的鼻子底下，叫他们一个个都看清她的身份。

荣儿这边正在卖弄，蓦然听见有人在长春宫门口高喊：“土地爷放屁呀——神气！”

接着又有人喊：“在外头摇断膀子，回宫里饿断嗓子。”

荣儿扭头一看，乐了，原来是隆裕皇后的贴身大丫头小宽子和秀玉。她们是一起进宫的好朋友，每次见面都要嬉闹一回。

三个花枝招展的大姑娘在一起纵情笑谑，引来无数关注的目光。

从顺贞门到神武门那一段路，叫西二街。那是一段很长的甬道。在这条路上，每个老太监见到荣儿都鞠躬行礼。他们站在路边，腰一弯，说：“姑娘新禧。”

这是在给荣儿拜年哪。

荣儿一路听到几十声“姑娘新禧”，心里美极了。

对老太监，荣儿随便说句什么就过去了，嗯一声也行。对小太监可就不同了。小太监离她一丈多远就两手下垂站好，低头等着。荣儿走到近前，小太监恭恭敬敬地请安，她哼都不哼一声就过去了。

没想到那次会见家人不久，老佛爷指婚，竟然让荣儿嫁给梳头刘。荣儿心里一万个不愿意。他是我干阿玛呀，这怎么行。但她不敢说。在别人面前怎么风光都可以，在老佛爷面前，她就是个物件，老佛爷想给谁就给谁。

出嫁那年，荣儿十八岁。

荣儿问梳头刘：“干阿玛，你一个假男人，要女人有何用？”

梳头刘说："你长得好看，我娶来留着看。"

荣儿的眼泪唰唰而下。

梳头刘说："你流泪的时候更好看。"

老佛爷破例给了荣儿八副抬的嫁妆，可荣儿一点儿也高兴不起来。荣儿有时会梦见她走在西二街上的风光，醒来枕边全是湿的。

荣儿对人说那是她一辈子的风光。

荣儿嫁给梳头刘不久，那位老太监的差事就变了，每天去给光绪梳头，再把所见所闻向老佛爷细细禀告。

荣儿知道这一切都是李连英的主意。她恨他。

大汉脸谱

郑俊甫

来了个家伙叫田叔

田叔一踏上鲁国的土地，我就明白父王的用意了。但我没有在意，谁都不能阻挡我一颗向往自由的心。

那天，侍臣小声问我："大王，孔庙还拆吗？"哦，忘了告诉你们，我喜欢建筑，没事的时候就自己动手设计，然后把图纸上的线条变成美轮美奂的房子。孔庙就在我的宫殿隔壁，占卜师唾星飞溅，信誓旦旦，说那是一块风水宝地。那就拆喽，盖成我刚刚设计的样子。

一群儒生跪在宫门前，又是罢学绝食，又是痛哭流涕，觉得我冒犯了圣人。笑话！我是鲁国的封王，普鲁国之天下，莫非王土，何况一个死去多年的教书先生。

侍臣见我旧事重提，赶紧提醒说："这次不是儒生的事，儒生的事早就被前相国平息了。这次，是费用，国库眼见就要空了。"这帮蠢材，以前又不是没有空过。鲁国食邑万户，多征点儿税不就行了？实在不行，打些白条，都先欠着。

侍臣有点儿着急，咳嗽了一声，提高了音量："大王，征税的事归相国管，现在田叔是相国，很多人都跑到他那儿告状去了。"

告就告呗。父王派来的相国，也是我的臣民，他能翻起多大的浪来？

没想到，第二天中午，我的午膳还没有用完，侍臣神色慌张地跑进来。“大王，不好了，宫门外黑压压全是人，把大门都快堵死了。”

“谁这么大胆？”我吼了一嗓子。堵宫门，这是不要脑袋了呀！

“是田叔。”侍臣应道。

“他想造反？”我拍了下桌子，顿时杯盘狼藉。

“那倒不是。”侍臣定了定神，慌忙解释，“听说是一百多个小百姓闹到相府，指责大王增加税赋的事情。田叔把这些闹事的家伙都给抓了起来，张贴告示说，为首的二十人，每人笞打五十大板，其余的人各打手心二十板。现在就要在宫门外行刑呢。”

这倒是件有趣的事情。看来，田叔也算识趣，知道鲁国谁是主人。那就去瞧瞧吧，父王派来的能人，戏一准会唱得别样精彩。

我更了衣，率着一众好热闹的妃子，登上了宫殿的城墙。宫门外，熙熙攘攘，一百多号平头百姓，被举着棍棒的兵士团团围住，像是一群待宰的羔羊。侍臣眼尖，一下就发现了人群中的田叔，他激动地跳着脚。“大王快看，田叔在训那帮不懂事儿的家伙呢。”我斜了侍臣一眼，田叔那么大嗓门，我能不知道他在训话吗。

田叔举着马鞭，对低眉顺眼瑟瑟发抖的小百姓发着怒火：“你们这帮刁民，大王不就是多收了你们几次税吗？不就是给你们打了几张白条吗？那又怎样？大王是你们的君主，你们的一切都是大王的，损失了一点儿饭钱，居然就敢到处毁谤君主，该当何罪？！”接下来就是噼里啪啦的棍棒声和野猪般的哀嚎，招引的围观民众密密麻麻，呼声震天。

老实说，开始我对田叔还是抱有好感的。虽说在宫门外行刑过分了些，但是杀鸡儆猴，场所总得有点轰动效应，这事我懂。可如是者三，我终于坐不住了。那只被儆的猴子，不会是我吧？这个田叔，弄一出活广告，是要让我在鲁国臭大街呀！

我召来田叔，二话不说，吩咐人从内库中取出钱来，让他偿还那些挨打或者即将挨打的百姓。

田叔摇头，说："大王自己征收来的，让臣去偿还，这是让大王落个坏名声而成就臣下。臣万万不敢！"

我想想也是。凭什么我出钱，他落好呀。于是，我亲自出面，把多收的税赋尽数偿还给百姓。

没了钱，画再多的图纸也没了用。我索性放弃盖房子的嗜好，转而开始打猎。锦衣貂裘，宝马良弓，倾城随寡人，千骑卷平冈。挺好。

唯一让人郁闷的是，每次打猎，田叔都要跟随我们进入狩猎的苑囿。来就来吧，这么些随从，也不多他一个。可田叔从不打猎，也许这家伙根本就不会骑射。那也没关系，苑囿有的是馆舍，装饰华丽，有酒有肉，你只管休息便是。可他不，他非要走出馆舍，坐在苑囿大路边，在露天地里等着。仲夏时节，烈日当空，钻进馆舍都能把人热出一身臭汗，田叔这是想做甚？

我一次次派人想请田叔回去休息。毕竟年龄也不小了，中了暑，出了意外，我跟父王也不好交代。田叔不肯，每次还都回得振振有词："我们大王暴露在苑囿中，风吹日晒，风餐露宿。作为他的臣子，怎能独自到馆舍中苟安呢？"

这个，我是不是又错啦？错不错暂且不提，为了不再听到田叔酸溜溜的滥调，我决定，猎也不打了。

从此相安无事。

几年后，田叔在鲁国国相的任上死去。为表心意，也为了彰显我的爱才之心，我送去一百斤黄金给他作为祭礼。没想到，田叔的小儿子田仁坚辞不受。他说："臣不能因为一百斤黄金损害了先父的名声。"

话说得既恭恭敬敬，又不卑不亢。好像我这个当王的，是个多大的小人。

哼！

龚胜应诏

高晖进来的时候，龚胜正在客厅里喝茶。夏日的午后，天干气燥，稍微一动弹，浑身就要冒火。龚胜习惯了在这样的午后，一个人闲坐着，边喝茶，边想些漫无边际的心事。

高晖轻轻走到龚胜身边，低声说："大人，使者又来了。"高晖是龚胜最得意的学生，龚胜担任光禄大夫时，高晖就跟着他了。等到龚胜托病辞官，回归故里，他依然跟着，不离不弃。

使者不是第一次来，龚胜抬了抬头，并没有显出惊慌的样子。他抿掉杯中的残茶，慢步走到靠墙的一张小床前，躺下，方才对高晖说："让他进来吧。"

院门外先是响起了车马声，接着就是嘈杂的人声，听声音不像是三五个人。使者在门外高喊：

"龚胜接旨——"尾音拖得圆润悠长。龚胜在床上欠了欠身，嘴唇动了动，声音只有他自己能听得到。使者等了半天，不见动静，又提高了嗓音："龚胜接旨——"

依然没有人出来。

使者回身盯着高晖，一脸的阴云。高晖忙躬身解释："龚大人身体有恙，怕是起不了床了。"

使者探身朝屋里瞅了瞅，有些不满地摇了摇头，说："那就抬出来吧。"

抬出了屋，龚胜才发现，院子内外黑压压站满了人。郡太守、县府高级官员、三老、郡县官属、行义、学生，总有千人以上。使者走近床前，在龚胜脸上仔细扫了几眼，似有不甘地说："这么多人候着呢，龚大人就不能站一会儿把旨接了？"

龚胜摇摇头，嗫嚅道："这么多人过来，老朽甚是感动。怎奈这身子不争气，实在是力不从心呀。"言罢，居然流出两行老泪。

使者皱了皱眉，迟疑了一会儿说："那就……躺着吧。"

龚胜招了招手，叫过高晖，指使着他把床抬到卧室门西侧，南窗之下，好让自己得以头朝东方。然后又让人搀扶着脱掉便装，换上了官服。一切侍弄妥当，龚胜朝使者点点头，意思是，可以宣读圣旨了。使者在午后的烈日下候了半天，通体像是从水里拎出来似的，早已湿透。他顾不上揩汗，皇上交办的差事什么都没做呢。使者用急促的语速宣读完了圣旨，拍了拍手中的诏书、印信，又指了指院子里华美的安车说："四驾呀龚大人，皇上爱才心切，专门为大人设置了师友祭酒一职，俸禄依照上卿发放，还有六个月安家费。圣明的新朝未曾忘记龚大人，制度的厘定还没有完成，等待大人主持。皇上说了，想快点儿听到您的治国之道，以安天下。"边说边把诏书和印信交到龚胜手里。

龚胜没有接。事实上，他的两只手僵硬地握着，始终都不曾伸开过。"我向来愚钝，加上年纪老迈，而今又身染重病，生命危在旦夕，如果现在受了印信，随使者大人上路，一定会死在途中，与大人实在是无益呀。"

使者不理，抓起印信，自顾往龚胜身上佩戴。龚胜见躲不过，低软了声音道："现在正值盛夏，天气酷热，我拖着病体，少气无力，若死在路上，使者大人回去也不好交代。是不是可以等到秋季凉爽时再动身？"

使者停下来道："龚大人莫不是在故意拖延吧？"

"岂敢！"龚胜道，"使者大人若嫌秋季太久，莫若这样，容缓我几日，待身体稍稍康复，即行动身，片刻不敢耽误。"

使者想了想，别无他法，只好回去复命。

然而，事情并没有画上句号。或许是皇上铁了心要起用龚胜，或许是使者责任心使然，每隔五天，使者就与郡太守一同来问候龚胜起居。使者很是用心，每回都要握着龚胜的手，说上一阵子话。有时还要亲眼看着龚胜用餐，生怕一时走了神，漏掉了什么细节。临别，使者还会语重心长地劝诫龚胜的两个儿子和学生高晖："朝廷这么虚心地用爵位封地等待龚大人，他虽然身患疾病，但应该移住在驿站官舍，以表应征进京的心意，这样做对你们这些家人也有裨益呀。”

高晖把使者的话转告龚胜，龚胜知道自己推辞不掉了。他长叹一声，对高晖说：“试玉三日，辨材七年。我的时候到了。”

高晖的泪一下子就出来了。“前朝亲小人，远贤臣，大人屡次遭贬，又何必为它守着一片冰心？”

龚胜环顾家宅，目光柔和，道：“不管怎样，我毕竟曾接受过汉朝的厚恩。而今年已衰老，随时都会埋入地下，从道义出发，岂可以一身而侍奉两姓君王？在地下如何面对故主？”

龚胜于是吩咐家人：“准备后事，衣服只要能包住身体就够了，棺材只要能包住衣服就够了。不要随时下流行的风俗一样，在墓上动土，种植松柏，建立祠堂。”

言罢，再不肯进食，历时十四日而死，终年七十九岁。

圣旨安放案

陆涛声

毗陵城东门外钱家门口有一座牌坊，是祖上任御使时咸丰皇帝下御旨所立。立坊的圣旨用雕花红木小箱子装着放在神龛里，一直供奉在堂前。到光绪年间，传给第三代的钱敬祖，钱敬祖没有官职，仗着祖荫也有个员外的身份，他为显耀，把装圣旨的红木雕花盒连同神龛，移放到了牌坊匾额下沿突出的横石条上。放置那天，锣鼓、鞭炮、丝竹齐鸣，还请毗陵知县徐竹山到场。

钱家斜对面是一家小染坊，坊主叫蔡福根。这天，蔡福根在临近牌坊的空地上架放多个三脚架搁长篙晾晒染好的布，拿着一根长篙转身时，竹梢不慎，把放圣旨的神龛从牌坊上碰落下来。正好被钱家家丁看到，钱员外带领两个家丁闯到蔡福根家，说是冒犯圣旨，是大罪，要把蔡福根绑起来去衙门见官。蔡福根家里人一齐跪下求饶，钱员外终于松口说:“念你们可怜，可以不送官治罪，不过神龛有损坏，得赔钱。”他狮子大开口，要五十两银子。

染坊全部家当都不值五十两，哪里赔得起，蔡福根一家人哭着苦苦哀求，不少围来看热闹的人也帮蔡家求情。

钱员外说，我看你家可怜，就赔二十两吧，不过还要放鞭炮重新安放上去。

蔡家只好答应。

这事很快在全城传开，凡经过钱家门前牌坊的，都提心吊胆，怕放圣旨的神龛会掉下来横祸降身。

这天蔡福根刚吃完晚饭，有个人找上门来说，卜灵望先生请他去。

卜灵望是个讼师，精通法典，善用计谋，在整个苏南家喻户晓，被称为“毗陵徐文长”，专帮弱者打官司，老百姓都敬佩、称颂他；那些仗势欺人的人痛恨他，却又惧怕他。蔡福根十分惊诧：卜先生怎么会找我？他惶惑地跟着那人到了卜府。

卜灵望问了圣旨事件经过，便问：“你想不想把被诈的二十两银子要回来？”

蔡福根知道卜灵望的能耐和名望，可是圣旨确实是他不小心触碰下去的，也知道钱员外与知县老爷又有交情，颓丧地说：“哪还能要回来！”

卜灵望说：“你再用竹竿把那神龛挑得掉下来，我就能帮你把理扳回来。”

蔡福根大惊，跪下恳求：“我已经赔掉半条性命，再赔就要倾家荡产了。还是饶了我吧。”

卜灵望把他扶起来说：“你几时见我捉弄过好人呀？保证不会让你再赔银子，你若不放心……”说着就转身进内房拿出两块十两的银锭放到他手里。“先让你押着。如果你真得再赔，不管多少钱全由我承担。”

蔡福根双手慌忙挡住银子说：“不用不用。先生要我怎样做？”

卜灵望说：“明天吃早饭时我就到你家附近的雅茗轩茶馆喝茶，你看到我在，就用竹篙再把那个神龛捅下去，之后顺我意思行事就行。”

第二天早饭时，蔡福根悄悄到雅茗轩茶馆门前，果真看到卜灵望坐在近门的一张茶桌边喝茶。卜灵望也看到了他，点头表示可以行动了。

蔡福根动手晾染色的布，见牌坊附近没人时，便用竹篙把神龛捅得掉到了地上，随后把长竹篙搁到三脚架上继续晾布。

卜灵望走过来，大声叫道：“牌坊上有东西掉下来了！”

钱敬祖在家听见了，随即开门出来，一见地上安放圣旨的神龛，马上气势汹汹揪住蔡福根衣领说：“肯定又是你，这回可不会轻饶你，赔五十两银子，休想少一分一厘！”

蔡福根见有卜灵望在，心定了，便抵赖说：“不是我，卜先生能帮我证明。”

卜灵望却摇着折扇不说话。

钱敬祖客气地招呼卜灵望说："正好是卜先生亲眼所见，请先生主持公道。"

卜灵望似笑非笑地说："这事我可主持不了，还是到县衙由徐大人公断吧。"

钱敬祖求之不得，立刻捧起神龛，叫家人把蔡福根押往县衙。

蔡福根蒙了，不知卜灵望葫芦里究竟卖的什么药，不过相信不会害他。

这时已有十多个人围着看热闹。卜灵望叫他们也都跟着去听听县官审案。

徐大人升堂了。钱敬祖把神龛高举，说是蔡福根捅下的，说卜先生可以作证。

卜灵望便对钱敬祖说："我作证之前，先要请教钱员外：你祖上是把圣旨安放在哪儿的？"

"供奉在堂前。"

"那为什么要改放到牌坊上去呢？"

钱敬祖说："凭这圣旨立的牌坊，放到一起不可吗？"

卜灵望对徐知县说："徐大人，圣旨供奉在堂前本是奉为至高至尊，放在牌坊上日晒夜露，风吹雨淋，究竟是尊崇还是污辱？"

徐知县一怔，尴尬地说："这……是……不应该。"

钱敬祖头上渗出了黄豆大的汗珠。

卜灵望又问钱敬祖："你把圣旨移放到牌坊，是不是为了让人碰得掉下来你好敲诈人家钱财？"

钱敬祖慌忙抵赖："不……不是。"

卜灵望又问："据蔡福根说，前些日他架竹篙晾布已经不小心将圣旨碰下过一次，你逼他赔了二十两银子是不是？刚才又说这回五十两不能少一分一厘，这可是好多人听到的，你分明是要把圣旨当作诈财的法宝！"

钱员外惊恐得脸上红一阵白一阵。

卜灵望又问徐知县："蔡福根被钱员外敲诈去的二十两银子该怎么办？"

徐知县无奈地说："如数退还。"

卜灵望再问："既然这样，请问大人，这有辱圣旨是不是重罪？"

徐知县又一呆，无奈地把惊堂木一拍，喝道："把钱敬祖拿下！"

钱敬祖惊得连忙叩头说："禀告大人，这神龛内小箱里并无圣旨，圣旨还在家里。"说着便连忙打开小箱子，果真是空的。

顿时公堂内外一片哗然。

不管怎样，钱敬祖有借圣旨名诈钱之罪，遮掩不了，徐知县只得把他暂时收监。

蔡福根收回了二十两银子，出了口恶气，对卜灵望万分感激，当天下午便备糕点、蜜饯到卜府叩头致谢。

卜灵望扶起他说："不用谢，我并不是单为帮你，而是为别人不再遭算计。"

舜江山水图

岑燮钧

从泰山回来的第二天，大学士高则臣取出皇上御赐的《舜江山水图》，用放大镜细细品鉴，从皴法到题跋，再到后人钤盖，不放过一个细节，直看得他细汗欲出，口舌生烟，一时有些神思恍惚。

“高爱卿，你在想什么？”耳边突然响起一个声音。

“啊哟，皇上驾到，老臣耳昏眼花，罪该万死！”高则臣立时起身，正欲行礼，皇上扶住了他，说：“泰山一行，有劳爱卿了！”

高则臣是皇上的书画老师。

这次皇上到泰山封禅，也是意气风发。圣人有云：登东山而小鲁，登泰山而小天下。皇上刚吟过这两句诗文，底下的人就让皇上题词。

皇上说：“那朕就题这四个字吧。”

高则臣看皇上的架势，好像是要题“而小天下”四字，可是皇上起笔落低，“而”字不好布局了。正踌躇间，高则臣上前一步，说：“皇上是题‘一览皆小’吗，这‘一’字起笔就不同凡响！”

众人围上来，都说这“一”字用笔浑厚，力透纸背，非文人墨客能写就，一如皇上的文治武功，才有这一统天下。

皇上一得意，命人将一幅新得的画作摊到案上，供大家赏玩。

“皇上，此画题曰《舜江山水图》，微臣就是从此间来到皇上身边的。这一别，有三十年了。”高则臣感慨地说。

“此画真伪如何？”

“微臣鉴别再三，深为此画遗憾，从钤盖细看，似为赝品。”

“若不嫌弃，那就赐给爱卿吧，聊慰思乡之情。”

高则臣大喜过望，立马叩头谢恩。

这样三三两两的赏赐，这些年来，倒也不少。每回到家，高则臣就加盖“御赐”的篆章。独有这幅《舜江山水图》，却于边缘盖了自己的一枚闲章“舜江野老”……

皇上走后，高公公又来了。“啊呀，高公公，皇上驾到，你也不喊一声，害得老朽仓皇应对，冷汗涔涔……”

“高大人，皇上让我别喊，那我也没办法呀，您说是不是？”

“那还不得高公公照应着嘛！”高则臣的一只手抓住高公公，一颗金豆已转移到高公公的手中。平时，皇上读些什么书，说些什么话，高公公有意无意透露一点儿，高则臣应对起来，就更称皇上的心了。

这天，高公公传旨让高则臣御书房伴驾。

“皇上心情可好？”

“闲来无事，正想与高大人谈论书画呢。”

到得御书房，皇上的书案上，果然放着好些卷轴，其中一幅摊在上面，高则臣走近一看，是《富春山水图》。

“这富春山水，与卿家的舜江山水相比如何？”

“江南山水好，多谢皇上恩赐，慰我乡思。”

“卿以为此画是真是伪？”

高则臣细看了好一会儿，答曰：“以臣看来，当是真迹。”

过了一会儿，高公公端上茶来。皇上赐座，闲聊文学书画、家居日常。高则臣见皇上问话，无关大雅，不由轻松了三分。

“高爱卿居家闲来，所为何事？”

“莳花弄草，游戏笔墨，闲读诗书。”

“昨晚中秋，赏月之余，与侍妾们玩些什么？”

高则臣心里一紧，心想，皇上也问得太细了吧。他略一犹豫，不好意思地说：“玩骨牌。”

“输赢如何？”

“没有输赢，玩到一半，一只骨牌寻找不见，便散了。”说罢，自笑了几声。

“你看，丢的是不是这张骨牌？”

高则臣站了起来，接过骨牌，一时汗不敢出。“老臣糊涂，不知丢的是哪张牌。”回家的时候，全身还是止不住打战。他不敢想在家中的情形，这一言一行，不知有无违碍？皇上恩赐的那些书画中，真真假假，本来只有他自己知道，现在看来，这都是皇上布的局啊。

过了几天，高公公有意无意地告诉他，那天正好李学士候值，皇上也看到过这幅《舜江山水图》，李学士判为真迹。皇上倒是说了一句：“高爱卿是舜江人，且让他鉴赏一番。”

高则臣一听这话，就知道坏事的缘由了，便称病在家。起初，有点儿装病的意思，后来真的是一病不起。皇上派高公公来探望，高则臣谢主隆恩，病势却越发严重，思来想去，只有告老还乡。皇上倒是客气，挽留一番，又顺水推舟，准他回乡，并加赐一处“舜江别业”颐养天年。

舜江别业位于东门外凤凰山脚的凤凰溪边，前眺舜江潮，背倚凤凰寺，古树掩映，百鸟啁啾，端的是养老的好去处。高则臣想起古人祸福相依的话，不由得感慨万千。当年布衣离乡，回来已是头白。此处别业原是私家花园，后因主人犯事，为官府所征，如今又恩赐给自己，不知他年又会归于何人。高则臣坐在溪边的钓台上，有鱼啄食，竟没有发现，一任钓线被鱼扯来扯去。

一年后，收到皇上书信：先生还乡之后，朕甚是思念。今秋拟作南巡，届时着先生再来伴驾。《舜江山水图》鉴为赝品，朕实欲一睹真容。想先生垂钓江边，舜江山水，时入眸中，正宜作画，可与赝品一比高下，岂不妙哉？随附山参一斤，好自调养，勿多虑也。

高则臣三天三夜都没合眼，他猜不透皇上的心思。到这年秋天，苦雨相逼，高则臣呆坐在别业里，极目山水，只画了半幅画，就掉下笔来，伏在案上，竟再也没有醒来。

鬼　市

相裕亭

小城的西门到盐河口码头，还有一段距离。

每天清晨，盐河里还是满天星斗呢，盐河北岸的菜农便挑着菜担子、提着果篮子，或是推着装满青菜、南瓜、小猪崽儿的独轮车，打盐河口的渡船上下来，一路“踢踏踢踏”的脚步声，伴着“吱呀吱呀”的车轮声，来到小城西门口那儿。

挑担的，篮子里装着鸡蛋、鲜果的，直接就奔城内的菜市场去兜售了。而那些夫妻结伴或父子推车而来的菜农，在西门口那儿停车歇脚时，就有菜贩子围上来，以低于城内市场的价格，把他们车上的蔬菜买走。

由此，小城西门口那儿，天不亮就热闹起来。

“让开让开，把黄包车的车道让出来！”

这是大梅子在驱赶菜农的声音。

那时间，卖菜的和买菜的，都忙忙的，没人会搭理她。大梅子在那儿乱指挥一气，待太阳出来以后，此地的蔬菜交易自然就结束了。小城里的人管那个地方叫早市，也叫鬼市。因为，那地方的买卖是在黑夜中进行的。

天亮以后，西门口那儿仍然很热闹。

城里人要到盐河北岸去走亲戚办事情，或是要到码头上乘船，去更远的地方见个什么人，都要在西门口那儿坐人力车。其间，也不乏有人在城里拉上客人，直接奔着码头去的。那样的时候，车里面一准坐着城里大户人家的老爷、太太、大小姐。西门口等车的人，远远地看到有辆黄包车过来了，一齐向其招手，对方就像拉着皇亲国戚似的，睬都不睬。

“呸！”

每当那种场景被大梅子遇上时，她总会冲着人家背后吐口水，骂人家：“个鬼样子！”

当然，也有车夫把车子停在大梅子跟前的。

但大梅子并不急着坐上车就走，她要掀开车帘子，看看车内脏不脏，多数时候，大梅子都会噘着嘴巴把头缩回来，说：“不能的，斯亮会嫌弃的，连个垫脚的毛毡子都没放。”她向拉车的车夫摆摆手，示意：那车子脏成那样子，她和斯亮是不能坐的。

车夫们都认识大梅子，也知道大梅子过去的一些事情。所以，每当大梅子说“斯亮会嫌弃”时，对方总是会噎她一句：“你别替人家担心啦，斯亮早就坐前面的车子走了！”或者说：“你快回家吃饭吧，一会儿你妈又来找你了！”

搭话的车夫们，相互间捧着烟火，眼睛寻觅着前后想要约车的人，不再搭理大梅子。

大梅子呢，受到人家的奚落后，就到城墙根儿去找砖块或土坷垃，假假地要去打人家；又歪着脑袋，装出十分羞涩的样子，不让人家说出她与斯亮的事。

大梅子是个花痴。

斯亮是杨家的三公子。

好多年前，大梅子在西门口与斯亮有过一别。

那天早晨，斯亮是坐在黄包车内与大梅子挥手道别的；还是头一天晚上，两个年轻人相约在西门口那儿一同等黄包车？这已无可考。但大梅子的家人知道，斯亮到江宁读书后，与大梅子有过一段书信往来。

后来的某一天，大梅子看过斯亮寄来的一封书信后，脸色陡然一沉，随即跑进她自己的小屋内，把房门反闩上，哭起来。家里人猜到她与斯亮的事情有了变故，相互间打着手语，只想等大梅子哭过了，恼过了，再去宽慰她。

没想到，大梅子在自己的闺房里哭了一天一夜，再打开房门时，她就奔着小城的西门口那儿去了。

刚开始，家里人看大梅子出门时打扮一新，且口口声声地说：“斯亮回来了，我要去见斯亮！”还真认为是斯亮要回来呢。

岂不知，大梅子跑到西门口那儿去拦黄包车。每拦下一辆黄包车，她都百般挑剔，不是嫌人家车轴响，就是说人家车篷子旧，再就是车上的座椅没有靠垫，要么就是脚踏上没铺毛毡子，口中还喋喋不休地说：“那样，斯亮是会嫌弃的！”

此时，家里人才知道大梅子是疯掉了。于是，强行把她带回家，先是锁上院门，不让她出来。随后，四处求医，逼她吃了好些药物，病情时好时坏。无奈之下，家里人轮番看护着她，可是稍不留神，她就跑到西门口那儿拦车去了。

好在，大梅子每回从家里出来，都要把自己打扮得漂漂亮亮的，只是后来她疯得太厉害了，自个儿往脸上擦的胭脂太厚，如同戏剧舞台上的花脸小丑似的，抹两个红脸蛋儿，还认为自己怪俊呢。时而，也有坏男人打她的主意，把她哄骗到没有人的地方去解她的腰带。那样的时候，大梅子总是很害羞的样子告诉人家，说：“羞死了，这事情，可千万别让斯亮知道了！”

好像她真是斯亮的妻子呢。

其实，斯亮早就与她断了。

这一年，大梅子天天念叨的斯亮回来了，可人家是一身戎装，挽着一个戴发卡穿羊皮靴的女人回来的。斯亮在江宁学堂读书期间，直接考到了保定陆军军官学校。他此次回乡，已经荣升为陆军少尉。

大梅子的家人知道后，并没有带着大梅子去找斯亮讨什么说法，而是担心大梅子见到斯亮后会受到更大的刺激，当即把大梅子看管起来，丝毫没让大梅子知道斯亮回乡的事。

两年后，即 1938 年，斯亮在台儿庄保卫战中壮烈牺牲。灵柩抬到盐区安葬时，大梅子的家人带着大梅子去现场观看。突然间，大梅子恢复常态，双膝跪在斯亮的牌位前，号啕大哭起来。

那一刻，乡邻们都说，早知是这样，当初斯亮回乡探亲时，领她来见见斯亮该多好呢！

踩　鱼

相裕亭

钱五爷是个鱼把头。

早年，下南洋的船队中，哪条船上请到了钱五爷，那条船上准会鱼虾满舱。

钱五爷识潮汐，懂鱼性。什么风浪里下什么网具、捕捉何种鱼虾，他都是装在心里的。

钱五爷引领沈家船队的那几年，每年大年三十的晚上，沈家大少爷请他去吃年夜饭时，钱五爷酒过三巡以后，总是推说要去海上观潮汐，早早就退场了。

钱五爷所说的观潮汐，是指鱼虾在海潮涌动中腾飞起舞的状况。现在想来，钱五爷那样说，是在糊弄沈家大少爷。

沈家大少爷，又称沈大少。他其实是只“旱鸭子”，他养船，不玩船。

大年三十，属于无月之夜，茫茫大海中，漆黑一片，钱五爷即便是火眼金睛，又能在大海边观望到什么呢？可钱五爷用那种招数，哄骗了沈大少不少年呢。

不过，说钱五爷懂鱼性，那可是真的。

有一年，钱五爷带着沈家的船队前往舟山群岛一带去捕鱼。行至上海吴淞口时，钱五爷忽然对船上的伙夫说：“中午炖鱼吃吧！”

伙夫猛一愣怔，心想：船队还在航行中，连个鱼毛还没见着，到哪里去弄鱼来炖着吃呢？

钱五爷并不吱声。可他看伙夫还站在那儿愣着，便斥责说：“你还站在那干什么，快去刷锅，炸油呀！”

说话间，钱五爷一个撒手网甩到船舷边，瞬间便捉上来十几条大白鹅似的海鲢鱼，又称白鲈鱼。

当时，船上的人都感到奇怪呢。

事后，钱五爷便透出实情，当天的船队虽说还在航行中，可伙夫把刷锅水泼进大海后，引来一群追逐食物的鱼。钱五爷看到那景致后，眼疾手快，转身摸过身后的一把撒手（旋网），一个拧腰甩下去，正好扣到那群鱼的正当中。

钱五爷撒得一手好旋网。

那种靠一根绳索来牵引的撒手网，可不是人人都能撒得开的。不会撒的人，提在手中是一坨，扔出去以后还是一坨。而会玩的人就大不一样了，那网具在他们手中，如同大风天里扬谷粒儿，顺势一抛，那网就开了。甚至可以跟着潮头撒，瞄着鱼群撒。但是，那种撒手网，大多数时候都是在往水中“盲扣”。

鱼在水下，撒网的人看不到水下游动的鱼，可不就是“盲扣”嘛。

不过，“盲扣”也是很讲究技法的，手艺高强的人，可以撒出一个完美的“荷叶倒扣”；遇到狭窄的小河沟时，其网聚在胳膊肘上一抖，便可撒出一个与河沟一样宽的长方体网口来，正好扣在河沟两边。

这种能耐谁有？钱五爷。

钱五爷上了年岁以后，不再跟随下南洋的船队去捕鱼了。但他心中的渔火尚未泯灭，见天背着个鱼篓子，围在盐河边的沟湾河汊子里捕捉鱼虾。

有人说，钱五爷的眼睛像鱼鹰一样，可以窥视到水下游动的鱼呢。其实，也不是那样的，钱五爷会在水塘边试探“鱼花”。譬如，他撒网时，先往水中抛撒一些碎鱼烂虾，观看塘中是否有鱼儿窜动；再者，他还会猛不丁地往河沟中扔一块石头，以此察看水塘里有哪些变化。

这一天，钱五爷在小盐河口那边一处废弃了的古河道里察觉到鱼情，并预感到那不是他手中旋网所能捕捉到的。于是，他便回村找来“两人抬”。

所谓“两人抬”，就是一条网具，需要两个人或几个人，站在河道两边，共同拉网。

钱五爷找来的那个拉网人，是他本家的侄子二毛头。两人各站在那条古河套的一边，拉扯着一条大网，慢慢将鱼儿往上游死角上“赶”。

刚开始，鱼儿们在水下没有察觉到险情逼近。它们很是优哉游哉地在水中玩耍。其间，有鱼群想往下游盐河里游动时，发现有浮草一样的渔网，隔断了它们的去路，便调头往上游古河套的死角处游动。可当鱼儿游至古河套的死角时，忽然感到无处可去了。这个时候，水下的鱼儿才感到惊慌，尤其是看到下游的渔网在一步步向它们逼近时，好多性情刚烈的鱼儿，便在水中窜动起来，以至于许多鱼儿还会跃出水面，从网纲上面“跨栏”逃走了。

但是，真正的大鱼却潜在水下，藏而不露。那些大鱼的劲头是很足的，不到万不得已的时候，它们不会现身。

钱五爷想捉的就是它们。

所以，钱五爷在收网的时候，眼睛一直盯住水下大鱼的翻动。他知道，那些大鱼很狡猾，往往会在收网的最后环节，选择一个突破口，甚至会冲破渔网跑掉。

然而钱五爷对付那些大鱼极有经验。他在最后收网时，把二毛头手中的网纲合拢到他一个人的手中。他让二毛头跳到河水中，将网中的大鱼掐拿住，往岸上扔。而他本人则像老牛拉车那样，弓下腰来，将网纲搭在肩头，猛劲儿将渔网往河坡上拽。

那一网，捕到二三百斤鱼。

傍晚，二毛头用一辆独轮车，将那些鱼推回村里时，原本该一人一篓子地分开，可钱五爷却摆摆手，对二毛头说，你都推回家去，赶明天石桥镇上逢大集，你去卖了钱，咱爷俩一人一半就是了。

那一刻，二毛头的心里一阵纠结。

二毛头心中有事哪，刚才他在下河捉鱼时，看到网中那么多大鱼，心中顿起歹念，将好几条大白萝卜似的大鱼踩进了泥窝里——想独吞。

没料想，临到分鱼时，钱五爷却和盘将鱼都交给了他。隐约之间，二毛头意识到钱五爷可能察觉到他在水下踩鱼的事。但钱五爷没有说。而此刻的二毛头，也就装作没有那回事似的。以至于晚间他与媳妇往屋里抬鱼时，他都低着头，没好把那事对自家的女人说。

是夜，二毛头趁夜色，悄悄取回踩到那泥窝里的鱼。第二天他与媳妇推鱼到镇上卖掉，回头分钱时，二毛头诌了一个理由，有意多分给五爷一些钱。

试　拳

于心亮

张三练的是伏虎拳，一拳打出去，能把牛打倒。

有人不服，来挑战，说来来来，打我一拳试试？张三不打。来人说打不倒我，你就是吹牛！张三就生了气，打出一拳，把那人打倒了。那人倒在地上，说：你真打啊？

张三这一拳，赔出去好多钱。郎中李半仙对张三摇摇头说，你呀！

张三由此就开悟了，练拳，首先要练心，心练不好，怎么能练好拳呢？

张三从此就不再招摇，低调得很，关了门，在家里偷偷练。或者是，走很远的路，去野外树林里练……还是练伏虎拳，天下武功许多种，能练好一种，就足够了。

有人就问张三：练拳，为名？——不是。为利？——不是。为报仇？——不是。为行侠仗义？——也不是。

既然什么都不是，你练拳，究竟是为什么呢？

为什么？什么也不为。练拳，还非得找个理由吗？

又有人问：你的拳能打倒牛，如果用来打人，究竟有多厉害？

想起曾经打人赔钱的事儿，张三心里就一沉，不再搭话了。

这天，张三遇上个劫道的。劫道的挥着刀，说：此路是我开，此树是我栽，要想从此过，留下买路财……张三没给钱，劫道的就划了张三一刀，流血了。

张三很生气，给了劫道的一拳，把劫道的打倒在地上。

劫道的胆怯了，爬起来就跑，边跑边嚷：你给我等着！

张三没等着，而是走在回家的路上。

他心里却充满了感激，觉得劫道的仗义。要是换成普通人，搞不好又会躺在地上来讹钱！

郎中李半仙给张三敷伤。问怎么受的伤，张三说：遇上劫道的了。

李半仙说：钱被抢走了？

张三说：没有，劫道的被我打跑了。

李半仙说：劫道的没受伤？

张三说：没有，我只用了一分力。

李半仙摇摇头，说：其实……对劫道的，是用不着客气的。

张三突然就醒悟了，遇上劫道的，完全可以使出全力，来试试自己的拳！

于是张三每次出门，都巴望着能再遇上劫道的。

说来巧了，过了几天，张三真的又遇上那个劫道的了。劫道的也还认得张三，装作不认识，坐路旁捉刀割腿毛玩儿。

张三说：我身上带着钱。劫道的说：关我屁事？张三说：你不抢我钱吗？劫道的说：我为什么要抢你钱呢？张三说：你不抢我钱，我怎么打你呢？

劫道的说：去你妈的，遇见欺负人的，没遇见你这样欺负人的！来呀，老子今天豁出去了，有本事你就一拳来打死老子！来呀！有种你就来呀！

张三白挨了一通骂，却无法动手把劫道的打倒。

回家的路上，张三越想越气，瞧见路旁有一头牛，他上前就给了牛一拳，把牛给打倒了。张三还没走，牛主人闻讯跑过来，拦住了张三……张三说：我打的是牛。牛主人说：牛咋了？牛也是一条命啊。张三说：那你说怎么办？牛主人说：好办，赔钱呗！

张三的钱没被劫道的劫去，却一分不剩地没了。怪谁呢？只能怪张三自己手贱。

所有人都笑话张三，练的伏虎拳，有本事去打虎，打牛算什么本事呢？

张三气闷得呀，都气闷出病来了。没办法，只好去找郎中李半仙。

李半仙给的方子是：找同样练拳的人，比试一下拳。

张三摇头说：我是来找你看病的，你认真点儿好不好？别扯那些没用的。

李半仙摇摇头，说：你呀。

随后郎中李半仙就开了一些中草药，让张三提回去慢慢煎煮、慢慢调理……

可张三感觉病情并未好转，又去找李半仙。李半仙一改往日的平静谦和，对张三大加嘲讽，说张三练的拳狗屁不是……张三叹口气说：李半仙，我知道你是故意来激怒我，让我发泄出胸中的郁闷，病就会好转，我早就知道你这法子了，可对我，不好使。

李半仙摇摇头，说：你呀。

李半仙又开了一些中草药，让张三提回去继续煎煮、继续调理……

张三调理来调理去，还是半点儿没见好转，钱却花掉了许多。张三更加郁闷了，去找李半仙。李半仙又开出一些中草药，让张三提回去……张三说：你在耍我吧？

李半仙说：我没耍你，我真想治好你的病。

张三说：我的病半点儿没见好，你却骗我花了那么多钱！

张三越说越气，冲着李半仙就是一拳。李半仙倒在了地上。

李半仙死了……

有人说：李半仙豁上性命，故意惹怒张三，治好了张三的病，真不愧是半仙！

但更多的人却在说被抓入监牢的张三这下子终于找到试拳的对象了，里头有那么多狠角色，够他打的了……可惜的是，究竟会怎样，外头的人，是见不着喽！

钓　鱼

于心亮

大嵩卫城出了南城门，就是海。海里很丰富，清早起来去海边稍一转悠，就会捡到潮上岸来的鱼鳖虾蟹之类。人们就会叹息说：这是犯了错，让龙王爷给赶出来了。

柳如意从衙门里出来后，就很不开心，整天待在家里生闷气。

老婆看着心烦，说：你去钓鱼吧，钓钓鱼，心里就不烦了！

柳如意一想，也好。

坐在礁石上，甩竿、收竿，别人能钓上鱼来，柳如意却偏偏钓不着，心中越发气闷，心想：老子钓最后一竿，再钓不着鱼，老子就跳海，死了算了。

天可怜见，这一次还真有大鱼咬钩，把钓竿都快绷折了。柳如意激动坏了，他一边喊叫着一边斗鱼，斗了老半天，终于把鱼拖上了岸……

鱼有小胖猪那般大，张着嘴直喘气。柳如意也直喘气，把鱼钩摘下来，恨恨地对鱼说：咋样，斗不过老子吧！

此时鱼突然一阵乱蹦，蹦来蹦去，又蹦回海水里，然后摇头晃脑地游走了……

柳如意折断钓竿，鱼不钓了，气哼哼地回了家。

到了家，柳如意坐在门槛上生闷气。

老婆问：钓着鱼了？

柳如意说：钓着了。

老婆问：在哪儿？

柳如意说：又跑了。

老婆就“嗤”的一声笑，说：就凭你，能钓到鱼？

柳如意听了，就觉得胸闷得很。

柳如意说：我胸闷得很。

老婆说：你哪天不胸闷呢？！

柳如意说：我真胸闷得很。

老婆说：胸闷得很，就去看郎中，我又不是郎中。

柳如意于是就去看郎中。

柳如意说：我胸闷得很。

郎中说：为何胸闷得很？

柳如意说：这……说来话就长了……

郎中说：话长就不要说了，我没工夫听你说，你就说为何胸闷。

柳如意说：我去钓鱼，钓着好大的鱼，结果鱼又跑了……

郎中说：哦，明白了，伸手，让我把把脉……

柳如意问：我这是啥病？

郎中说：照我开的方子抓药回去，先吃上几服药看看再说。

柳如意说：我吃了要是不见好呢？

郎中说：你怎么知道吃了我开的药不见好呢？

柳如意说：我就是问问。

郎中说：问什么问，不相信我就甭找我看病……没见过你这号人！

柳如意提着药回家。

老婆看见了，说：哟，还抓回药了，真把自己当病号了？

柳如意说：我真的胸闷，很不舒服。

老婆说：谁还时常舒服了？谁平时不头疼脑热的？

柳如意说：我真的难受。

老婆说：你不舒服，你是病号，我信了成不？

柳如意说：我真……

老婆说：别说了，说多了就没意思了。煎药去吧。

柳如意去煎药，可是越煎越气恼，越气恼就越难受。他起身想去炕上躺躺，可是一起身，就感觉眼前一黑，然后就“咕咚”一声倒在了地上……

老婆一瞧，心想敢情是真病了，慌忙喊来人，七手八脚把柳如意给抬炕上去，又掐人中又揉胸口窝，柳如意才醒过来。

老婆去找郎中，想问问柳如意到底得了啥病。

郎中先一步听到柳如意晕倒的消息，见他老婆风风火火找来，担心会来闹事，就赶紧说：你男人吧，唉，怎么说呢，反正是往后，你要好好待他，处处要让着他，他要什么就给他什么，他想吃点儿什么就给他吃点儿什么。

老婆回家路上哭了一路，进门的时候，泪痕还没干。

柳如意说：我没事，你别怕。

老婆说：我知道你没事，你也别怕，郎中说你吃了药就好了。

柳如意说：我是不是真得了什么大病？

柳如意说：你老实告诉我，我是不是得了不治之症？……没有？没有你为什么突然对我这么好了？……你肯定骗我了，你不用解释了。我说我为什么总是胸闷气短、浑身难受，我……我找到原因了。

柳如意想去看看大海。他从小就看，一直看不够。

柳如意坐在礁石上，想着人能做条鱼，也不错……

柳如意就站起来，一闭眼，就跳进大海里去了。

大嵩卫城的人都说柳如意不是自杀，而是钓的鱼跑了，生生气死的。连郎中都这么说，不信的人也都信了。

这事儿自然衙门里也知道了，县太爷说：原打算让他回来继续当差，没想到他竟然死了。得，多给他老婆几个钱，免得以后来衙门哭哭啼啼……

县太爷又说：就这么点儿气量，还想在官场上混？哼！

碧玺手串

朱雅娟

天还没亮，珠宝店店主周朝凤就接了一单大生意。周朝凤五十岁挂零，五官端正，就是眼睛挺小的。小到什么程度呢？就是女娲娘娘捏泥人儿，鼻子耳朵嘴巴什么都有，偏巧忘了眼睛。于是随便拿根针来，在眼窝位置画了两根细线。

周朝凤接的是什么单呢？按理说，珠宝店开门时间几乎都是日上三竿。但这次不一样，是丝绸庄的少东家吴公子带着小厮来敲门，说要买店里最值钱的珠宝送给心爱的女人，因为那姑娘一大早要随父母去秦州，晚了，怕赶不及。

周朝凤连忙拿出一串店里最好的碧玺手串。这手串，通体透明，光泽冰冷，没有一点儿瑕疵。吴公子瞧了，爱不释手，但嘴上却是诸多挑剔。周朝凤小心翼翼地捧着手串说："这些碧玺全是正品玫瑰红，是碧玺中的上品。要找一颗都难，更难得的是，找到十八颗一模一样的，每颗都是樱桃这么大。这些珠子既旺夫又旺财，收您三千两银子一点儿都不贵。"吴公子"呸"了一声，慢条斯理地说："一两银子能买到两石米，普通人家一年的生活费用也就一二两银子。你觉得我吴家的银子是大风刮来的吗？"

周朝凤笑着说道："三千两银子别说放到老百姓身上，就是放在县太爷身上，按他一年三十两银子的俸禄，也要不吃不喝不花费攒上一百年。但对吴公子您来说，只不过是五百匹丝绸的价钱。贫困人家办红事办白事砸锅卖铁也要弄一身丝绸上身，府上赚的银子一年没有十万也有八万吧？说真的，要不是您吴公子要买，我五千两银子都舍不得放掉这个货。”

吴公子不再争辩，笑道：“周掌柜比我还会做生意，好吧，就这个价吧。”

周朝凤包好手串，吴公子正要付银票，小厮眉开眼笑道：“公子肯花这么多钱给吴姑娘，她一定喜欢极了。”吴公子一听，收回手道：“是了，我是得把手串拿给她瞧瞧，万一吴姑娘不喜欢，那岂不是花了冤枉钱？这样吧，周掌柜，要不我把手串先拿给她瞧瞧，她要是喜欢，我就过来付银子，她要是不喜欢，我就把手串完璧归赵，你看行不行？”

周朝凤听了，迟疑道：“银货两讫是行内的规矩，手串一出门，别的事就不好说了。”

吴公子冷笑道：“你是怕我吴家掏不起这个银子，还是怕我拿了手串跟人私奔？”

周朝凤挤出笑容，从柜台前趔趄而出，差点儿摔了个跟头，幸亏扶了一下案台才没有跌倒。只见他轻拍着吴公子的肩膀道：“大家做生意都不容易，请吴公子海涵。”吴公子面上怒容渐消，叹息道：“周掌柜，您允许我小厮拿这手串去给那姑娘瞧瞧。我在这里等，如果她喜欢，我当即付银走人。如果她不喜欢，我在这里随便买些上百两银子的珠宝，不至于让您没开张。”

“可是……”周朝凤还要再讲，吴公子打断他道：“周掌柜，如果手串拿回来有损伤，我照价赔偿。”

周朝凤无奈地答应了。

周朝凤将吴公子让进内堂，和他饮茶说话。过了一阵子，店里伙计听到内里无人说话，探头望去，周朝凤趴在桌子上睡着了，吴公子却不见了踪影。

周朝凤将吴公子告上了大堂，衙门里的人从怡香楼里找到了吴公子。怡香楼许多青楼女子都是时间证人，说吴公子从昨天晚上掌灯时分就光顾怡香楼，整晚都没有离开。至于周朝凤所描绘的那个小厮，吴府上下都说没这么个人。

两人各执一词，众人一头雾水。只见吴公子气定神闲，手摇纸扇，慢条斯理道：“周掌柜说我给姓吴的女子买碧玺手串，请问是哪家的吴姑娘？同姓不通婚，我怎么会找个姓吴的姑娘呢？”

周朝凤听了，眼前一黑，差点儿跌倒，手指着吴公子骂道：“原来你设个套子给我钻，你，你好卑鄙……”

吴公子怒睁双目，呵斥道：“卑鄙的人是你！你昨天看我去了怡香楼，就借机来敲诈，是不是？却没想到我贪杯了，滞留在了青楼。”说完，给何知州作揖，“请青天大老爷给小的做主。”

何知州正要宣判证据不足，却见那吴公子腿脚一软，跌坐在地。

周朝凤见状，大声道：“我这里有解药。”说着，奉上一包粉末。

众人哗然。原来，周朝凤早就识破了吴公子的手段，假装喝下了吴公子下的迷药装睡，自己却悄悄在吴公子的杯子里做了手脚。

“这种药会在三个时辰后发作。吴公子卯时与我饮茶，现在正是午时，时间刚好。”

吴公子还要争辩，周朝凤的小眼睛笑到几乎瞧不见了，说：“起初我还真以为这是桩大买卖，到后来你说要拿手串给人瞧，我就知道有诈。当时我在柜台里假意摔倒，手指蘸了些‘王水’，拍你肩膀的时候弄了点儿上去。大伙儿瞧瞧，吴公子肩膀上的丝绸是不是被‘王水’腐蚀了？”

吴公子当即用手去掩，周朝凤立马抓住他的手，似笑非笑道：“其实我并没有蘸什么‘王水’，那玩意儿是用来清洗金银的，稍有不慎就会腐蚀掉人的皮肉，我哪会这么傻？”众人心里明镜似的，是吴公子撒了谎。

碧玺手串找到了，周朝凤却不肯罢休，找到手串上一丝裂痕不依不饶。吴府怕丢脸面，出了三千两银子买了回去。那年头，谁挣银子容易？

但周朝凤赚到了。

德邻粮行

张明重

嘉庆年间，河南西南部大旱，庄稼颗粒无收，尤以豫西南赊店镇附近最为严重。一时间灾民纷纷拥入镇内，拖儿带女，沿街乞讨，哀号连天，弄得人心惶惶，集市大乱。

作为镇上粮行的扛把子，德邻粮行的掌柜张天德决定在镇西的寨墙外设立粥棚，每天为灾民施舍粥饭。

拿定主意后，张天德就来到位于北兴隆街的聚财粮行找掌柜马聚财商量。聚财粮行是镇上另一家有实力的粮行，经营规模和德邻粮行不相上下。张天德寻思着赈济灾民是一件大事，单凭自身一家粮行肯定不行。其他粮行规模较小，实力不行，根本没有能力应付这样的事情，也就不让他们参加了。

见到马聚财，张天德直截了当地向他说明了来意。听了张天德的主意后，马聚财马上叫苦连天，对张天德说："天德兄，别看我的生意做得不小，但盈余不多，至今还欠着北方粮商的货款，店里的存粮也不多，实在是没有能力撑起这个事情。再说了，在商言商，做生意就是为了赚钱，这不赚钱还赔本的买卖，只有傻子才愿意干。"张天德苦口婆心地劝马聚财和自己一起干，也算是为自己和子孙后代积一份德行。马聚财不仅不答应，还说起了风凉话："天德兄，既然是积德行善的好事，你一个人干吧。我福薄命浅，承受不住。再说了，我还想借着这个千载难逢的机会发笔小财呢。"

见劝不动马聚财，赈济灾民的事又刻不容缓，张天德决定自己干。回到粮行，张天德立即让账房先生写了几十份告示，大意是德邻粮行从明天开始在镇西的寨墙外设立粥棚，每天中午免费为灾民提供粥饭，请大家相互转告。写完后，张天德让伙计在灾民集聚的地方张贴，又让伙计们买来三口大锅和相关的物品，在镇西寨墙外支起了粥棚。

第二天上午，镇西寨墙外人山人海，挤满了从各地赶来的灾民。三口大锅热气腾腾，白花花的大米在锅中翻滚。为了保证灾民都能吃到粥，张天德告诉伙计，三锅不够了继续熬，要加足大米的量，确保灾民们都能吃饱。

二十多天下来，德邻粮行的粮食所剩无几，已经不能满足灾民的需要。张天德就去找马聚财借粮。谁知马聚财不仅一粒粮食也不借，还对张天德一顿挖苦。张天德只好向他买粮，马聚财趁机把粮价提高了一倍，还说你爱买不买。

赊店镇只有聚财粮行的存粮较多，别的粮行根本无力供应。但是为了灾民，张天德一咬牙，还是按马聚财出的价格买了粮食。

经过这场灾难，德邻粮行彻底垮了，粮无粮，钱无钱，伙计四散。张天德只好关了店铺，靠给别人干点儿杂活儿勉强度日。而借机发了大财的马聚财在街上碰到张天德，就连挖苦带讽刺，张天德只能苦笑了之。

就这样过了两年。一天，张天德干完活儿往家走，路上又碰到了马聚财。马聚财洋洋得意地对张天德说："人要是财运来了，拦都拦不住。这不，今年北方遭了旱灾，朝廷在我们这里高价收购粮食。我准备了银两，准备收购几万斤卖给朝廷，要大赚一笔。"说完，仰着头走了。

真是造化戏弄人。张天德苦笑着回到家中，刚想休息一下，突然听到外面人声嘈杂。张天德出门一看，只见外面来了几十辆运粮车，上面装满粮食。张天德心想这一定是马聚财收的粮食，这个人虽然心狠，但做生意还是有一套的。

可是运粮车到了张天德面前停了下来，一位头发花白的老者来到张天德面前，双手一抱拳，说："张掌柜，别来无恙？"

张天德一愣，他对眼前的这位老人的确没有什么印象，记不得什么时候见过他。张天德也连忙双手抱拳，说："幸会幸会，不知您有什么事？"老者说：

“我们给您的粮行送粮食来了。”张天德苦笑着说：“老人家，您有所不知，我早就不做粮食买卖了。您要是有粮食卖，还是到其他粮行去看看吧。”

老人微微一笑，说：“我们的粮食只卖给您。当年要不是您仗义施粥，我们早就横尸荒野了。我们今天是来报恩的。”

张天德明白过来了，他激动得语无伦次，好久才说：“我就是收了您的粮食，也没有钱给你们呀！”老人说：“我们赊账，您什么时候有钱什么时候给。这不，我们把您原先的账房先生和伙计们也都找回来了。”

这时，人群中走出了几个人，正是原先德邻粮行的账房先生和伙计。账房先生上前拉住张天德的手，说：“老掌柜，我们还跟着您干。我们现在不要工钱，等生意好了再说。”回头又对几个伙计说：“伙计们，开张收粮了！”

马聚财一看德邻粮行又开张了，连忙以高出德邻粮行两成的价钱收购粮食，可是没有一个人愿意把粮食卖给他，也没有人愿意到他的粮行去买粮，他的生意一天比一天冷清，最后只好关门歇业了。

德邻粮行生意又恢复了。南来北往的粮商得知张天德仗义疏财的事情后，都愿意和德邻粮行做生意。德邻粮行的生意越做越大，比以前还要红火。

第七辑

未来小说家

完美劫案

王威廉

劫持人质，这是让电影获得刺激和紧张的常用法宝。眼看着坏人就要被打败了，结果坏人突然劫持了我们英雄人物的挚爱——美丽娇弱的女友，或是无辜哭泣的孩子，英雄人物不得不放下手中的兵器，这个时刻，电影的叙事来到了最高峰，事情会怎么样呢？难道就这样认了吗？有的时候，英雄人物扔出了藏在身上的暗器，杀死了坏人；有的时候，英雄人物听从了坏人的指示，不再反抗，可是坏人依然杀死了英雄的挚爱。到底是哪种情况，一般来说，这要看这个情节发生在电影的前半段还是后半段。

但是，在现实生活中，究竟什么样的人才会劫持人质呢？最常见的都是些走投无路的人，在他的脑袋里甚至从没想过劫持人质这回事，在警察拿着枪冲过来的瞬间，他无处可逃，无处躲藏，他能怎么办呢？他就像一个溺水的人，水面上的任何东西都会被他疯狂地拽住，在那一刻，身体的本能控制了意识，只求活过这一秒，能多活一秒是一秒。因此，他的面容极度痉挛扭曲，将人质的脖子都划出了血痕，但最终依然是被擒获或击毙。相对少见的情况是，人质受到了重大伤害。极为罕见的情况是，劫持者的诉求得到了满足还胜利逃出，人质也没有受到伤害。但实际上，原谅我的孤陋寡闻，我对历史上存在过这样的好事深感怀疑。

当然，最精彩的当属那些策划精良、目标明确的大劫案。比如索马里海盗的成名之“劫”，2008 年，阿拉伯天狼星号运油船遭到海盗劫持，船上运载了

200万桶原油，还有几十名海员。海盗狮子大开口：拿300万美金来。阿拉伯方面毫无办法，只得答应，将赎金用直升机运到运油船上方进行空投。这恐怕是海盗最为骄傲的时刻。正是索马里海盗的猖獗，才有了中国派出军舰给中国商船护卫的事，这便是电影《战狼》的故事背景。所以，在这里我提出一个奇怪的定律，那就是劫持这种事情总会和电影发生关联。越恐怖越大型越奇怪的越会。

2020年，新冠病毒肆虐全球，各种怪事也层出不穷。7月21日，乌克兰发生一起重大的人质劫持案，一名携带炸药和武器的男子在卢茨克市中心劫持了一辆公交车，车上有约20名乘客。警方在当天早上收到报案后，立即封锁了市中心。警方抵达现场后，执法人员一直在与嫌犯周旋谈判。在此过程中，劫持者数次从公交车上向警察局大楼射击。当时，内政部长阿瓦科夫正在楼内开会。情况一度非常危险：警局大楼的二楼窗户被男子的枪弹击碎，同时，他还向车外扔出了一个爆炸装置，所幸没有造成人员伤亡。

面对这么穷凶极恶的劫匪，警察当然会问了，你有什么要求，赶紧提，搞出人命来就麻烦大了。劫匪首先向警方提出一个要求：让乌克兰众高官包括内政部长阿瓦科夫、前总统波罗申科、国家安全局局长等人发表声明，承认他是“合法的恐怖分子”。这个要求太诡异了，恐怖分子并不是为了让别人承认自己不是恐怖分子才行动的，这个要求显然只是想取得一个免死金牌，然后再说出自己的真实目的。

很快，人们便发现，该男子在劫持人质的几小时前，在互联网上发布过一段视频：他拿着枪，大声反对乌克兰的现行体制，有一句格言般的话：“反体制快乐，不要欺骗自己。”听起来他是为了快乐才搞出劫持行动的。

特种部队也来了，包围了现场，并在屋顶部署了多名狙击手，但一直没采取行动。对峙数个小时后，该男子让警察靠近汽车，把食物和水递进去。他对警方说：“我叫马克西姆·普洛霍伊。”但他在撒谎，他的真名叫马克西姆·克里沃什。乌克兰内务部副部长格拉申科出面发布信息说，马克西姆·克里沃什于 1975 年出生在俄罗斯奥伦堡州的一个村庄，现为乌克兰公民。他曾因欺诈、抢劫、勒索和非法拥有武器等罪行被判入狱近十年。事实上，他曾两次入狱。在狱中，他还写过一本书，名为《犯罪的哲学》。在很多侦探小说里边，罪犯把犯罪当作艺术，这个家伙更是把犯罪上升到了哲学高度，这样的书八成要被世界各国列入禁书名单。据说，在这本书里有很多他自己的真实经历，包括详细的犯罪经历，以及在精神病院的经历。

“我这里有很多人，我和他们在一起，有妇女和儿童，他们和我都会被炸飞！”他对警方叫嚣道，“我还会引爆另一个炸弹，我早就把它藏在城市的另一个地方了！”

事情闹得有些大了，连总统也被惊动了。泽连斯基总统表示，他已将局势控制在可控范围内。好戏就此进入高潮，劫匪终于提出了终极要求：他要求乌克兰总统泽连斯基发表声明，让大家都去看 2005 年的电影《地球公民》（Earthlings）。如果不满足这个要求，他就要引爆公共汽车，与人质同归于尽。

这样的请求估计要让人笑掉大牙了。我刚刚说的定律倒是又一次得到了验证，那就是大劫案往往和电影有关。难道他是那部电影的制片人吗？并不是，一点儿关系也没有，他只是觉得那部电影比较吻合他的思想。他不惜以他人和自己的性命来推荐这部电影，这部电影要是还不火，那就太没道理了。

看完之后，发现这不是一部故事片，而是一部纪录片，曾荣获 2005 年圣地亚哥电影节最佳纪录片奖、2005 年波士顿国际电影节独立制片电影最佳内容奖、2005 年艺术行动者电影节最佳纪录片奖。这部纪录片说的是，地球公民是指生活在地球上的一切活着的东西。但人类愚蠢而傲慢，以为自己对其他物种具有绝对的支配权，不仅为了满足自己的口腹之欲而杀戮，而且还会莫名其妙地随意虐杀，地球变成了可怕血腥的地狱。大哲爱默生的话是这部片子的核心所在：“我们优雅地享用我们的正餐，血腥的屠宰场被精心地隐藏起来。”

好吧，为了不残杀小猫和蟑螂，这哥们儿不惜要杀害二十多个无冤无仇的同胞以及自己。一次为了反杀戮的杀戮？这个事情在逻辑上似乎不大通。反正，警察们得知了这部片子的内容之后，似乎变得英勇起来，很快，人质获救，均未受到伤害，劫匪自然也被逮捕。如果劫匪被视为精神病患者，免于起诉，基本上就完美了。毕竟，劫匪只是要我们去看那部片子，没让我们去实践那部片子，因此，我们不妨看看那片子，然后我们姑且认为他的诉求也得到了满足。

疾病也是奇迹

王威廉

尼克早上起来又呕吐了，房间里充满了宿醉的臭味儿。妻子说，你怎么又喝酒了？尼克说，我没喝，真的，一点儿都没喝。妻子才不相信他呢，但是一直苦于找不到他藏酒的地方，晚上睡在一起，也没有发现尼克有什么异动。难道是他趁她睡着之后去偷偷喝的？可她睡眠很浅，他半夜去卫生间撒尿都会吵醒她。

为了找出真相，他们一起去医院做了许多检查，包括三次大肠镜检查和三次内视镜检查，都没查出什么问题。妻子的怀疑日甚一日。终于，在尼克吃了一顿含有大量碳水化合物的大餐后，医生才得出诊断结果：尼克的血液酒精浓度竟高达每百毫升 120 毫克，这等于喝了七杯威士忌，这种病叫“自动酿酒症候群”，是一种极为罕见的疾病，即使只吃一些薯条或土豆片也会有醉意，因为其胃部会产生过量的酵母，可以将任何碳水化合物变成酒精。这等于说，他的体内自带一座小型酿酒厂，专供自身一醉。

尼克现在改吃低碳水化合物的食物，并服用一些药物来缓解症状，但是，每月仍然会发作（醉）一两次。说句开玩笑的话，他这种情况真不妨找几个酒友，趁机一醉方休。

人体内部的奥妙有太多未解之谜。比如，胃给我们的感觉，就是一个含有胃酸的皮袋子，让我们咀嚼过的食物翻来覆去蠕动，进行消化。即便是这样的常识，人类得来的过程也并不容易，估计会颠覆很多人的三观。

两百年前的 1822 年 6 月 6 日，一个叫马丁的人在船上忙碌着。他来自加拿大，是美国皮草公司的船夫，主要负责划船到各个港口收购皮草。突然，一声枪响，他感到自己被重创而当场倒下。这不是谋杀，也没人要谋杀他，只是他太倒霉，附近有人的猎枪走火了，恰恰打中了他。他的左侧肋骨断裂，胸腔与腹腔之间，被轰开了一个拳头大小的窟窿。伤口附近的肺和胃，都被子弹烧焦。尤其是他的胃部已经穿孔，早上吃的食物，混着血水从这个洞中流出，情况看上去万分危急。

周围的人赶紧给马丁做了简单的伤口包扎，然后叫来了当地比较有名的博蒙特医生。博蒙特医生来到现场，看着瘫倒在血泊里的马丁，摇摇头说："这个病人很可能活不过 36 个小时。"在场的所有人，都认为马丁肯定完了。

但是，36 个小时之后，马丁还活着。他吞下去的食物，基本都会从胃的伤洞处漏掉，只能靠补充营养液来维持生命。可他还是活着，极为坚强地活着，撑够了一个月。此时，他的胃上的洞尽管没有愈合，但是恢复了工作，可以勉强消化一些食物了。博蒙特医生感到了振奋，他觉得自己能够治好马丁。可任凭他使尽浑身解数，马丁胃上的洞就是没法愈合。大约十个月后，马丁胃上的洞口和胸腔外面的伤口粘连在一起，形成了一个永久性的瘘孔。于是，一个神奇的景观形成了：他胃里的内容物可自由地进出身体内外，但又不会流到腹腔内部，腐蚀脏器。每次进食时，马丁都要拿纱布、木塞等东西堵住伤口。而在平日里，他也得格外小心，一弯腰，胃液和食物就可能会漏出来。如果没有强劲的胃酸对伤口进行消毒，他很可能会死于感染。抗生素还需要一百多年才会出现。

马丁成了一个奇人，同时也是一个废人。他被美国皮草公司解雇了，即将被遣返加拿大。博蒙特医生担心马丁会在遣返的跋涉中死亡，更是因为那个诡异的伤口，他决定收留马丁。在此之前，想要观察一个人的五脏六腑，只能对尸体开膛破肚。但尸体和活着的身体，差别太大了。因此，胃的奥秘一直隐藏在身体内在的幽暗之中。为了研究活人的胃，有医生甚至不惜做起了自体实验：吞下装有食物的小布袋，过一段时间，又从喉咙扯出来进行观察。即便如此，所得信息也不多。现在，马丁的胃居然有一个敞开的洞口，身体的幽暗直接与外界接通了，这真是千载难逢的机遇。

博蒙特便捷地取出胃液，送给其他科学家进行化学分析。他还会用绳子将小块食物，如牛肉、面包、蔬菜、水果等从洞口塞进马丁的胃里，隔一段时间，又将食物抽出，观察其消化情况，进行记录研究。后来，甚至还将温度计、汤匙这种不可能消化的东西也放进去进行观察。作为小白鼠的马丁深感困扰，多次要求离开，博蒙特为了挽留他，便雇用他，让他在家随便干点儿轻活儿，还给他支付薪水。

八年过去了，博蒙特在马丁身上做了 238 个实验，得出了 51 条关于消化生理的重要推论。原来，胃液中本来就存在着盐酸，并非食物发酵的产物。胃能分泌一种保护胃壁的黏液，这与胃酸的分泌是两个不同的过程。除了盐酸之外，必然还有其他物质参与了消化，这为后来科学家发现胃蛋白酶和脂肪酶等奠定了基础。1838 年，博蒙特出版了《胃液和消化生理学的实验与观察》一书，他成为“胃生理学之父”。这也启发了许多生理学家开始在动物身上开瘘口，观察活体的内部动态。

1833 年，马丁逃回了加拿大。博蒙特联系马丁，希望他能回来继续配合实验，可马丁拒绝了，他再也不想当小白鼠了。马丁摆脱了博蒙特，可没有摆脱噩梦。胃上有洞的马丁变得名扬四海，很多医疗机构都盯上了他。1856 年，一个骗子伪装成医生，把马丁骗进了马戏团，然后送他到多座城市进行巡回展出，让老百姓围观马丁胃上那个神奇的窟窿，骗子赚到了一大笔钱。而在此三年前，博蒙特医生已经死了，终年 68 岁。

马丁带着胃上的窟窿，继续活着，居然一直活到了 86 岁，他的生命力之强韧令人惊叹。他的家人担心他的尸体会被盗走，把他的尸体放在阳光下暴晒四天，使之尽快腐烂，然后深埋在一个没有标记的坟墓里，并盖上了厚重的岩石。

1962 年，马丁的孙女终于说出坟墓的位置。为了纪念奇迹般的病人马丁，人们在他坟前竖起了一块纪念牌：

他的苦难，成就了全人类。

生命最后一次狂怒

王威廉

鲸落，是一个很悲壮的意象。庞大而孤独的鲸鱼死去，犹如一个沉没的岛屿。这个巨大的身体，将滋养出一个小型的生态系统。因此，有句话说："一鲸落，万物生。"但能够垂直降落到海底的鲸鱼，体重必须达到三十吨以上，而且还不能遭遇洋流，否则很可能被海浪冲到陆地上。

几年前，一只身长 17 米的巨大抹香鲸就没那么走运，它死后，身体搁浅到了海滩上。这个海滩不是远离人类的荒郊野外，恰恰距离市区很近。它很快就被人们发现了。这个消息传开，在很短时间内就有数百人来围观。能在陆地上目睹山一般的地表最大生物，的确是个很难得的机会。小商贩们干脆在周围摆起了货摊，摆上冷饮和小食，让人们看累了补充体力。

抹香鲸有着不小的研究价值，相关部门调配来一辆巨大的平板卡车，打算将其运到某所大学的实验室去。可发现需要三辆起重机才能把这个大家伙抬上车。终于，在起重机和五六十名工作人员的努力下，耗时 13 个小时，才把抹香鲸装好车。此时，已经是清晨，上班时间未到，正是运输的好时间。没想到路边早已站着许多听到风声的人，他们屏息凝视，神情极为复杂，仿佛死去的鲸鱼是一位曾经影响他们的大人物。

阳光和煦，清晨的微风让世界显得无比静谧。可突然间，一声巨响，鲸鱼的肚子炸开了，猩红的血水、腐烂的肉块和粗壮的大肠弥漫了整条街道。顶级的腐臭让刚刚享受过早餐的人们呕吐起来。事情的突破性发展，远远大于他们的围观预期。他们虽然要忍受长达数周时间的腐臭，但这个可怕的事情会给他们带来无尽的话题，陪伴着他们的余生。

我想起了我的童年。那是在金银滩草原，王洛宾写《在那遥远的地方》的地方。县城很小，被草原包围。一天，我们在县城边缘地带的垃圾场发现了一头倒地而死的驴。这头驴也许死了有一个多星期，它的肚子像气球那样鼓鼓胀胀，我们绕到它的面前，发现它的嘴唇已经腐烂了，里边白色的牙齿暴露在外，它的表情像是在放肆地大笑。我们感到了恐惧。我们开始攻击这头死驴。我们用石头砸它，它像是一面鼓，石头砸在它的身上，发出鼓点般低沉的声音，这种声音类似一种死亡的摇滚乐，激发了我们的斗志。我们开始了更加欢快的投掷。一首音乐总是呼唤着高潮的到来。我们当中最年富力强的家伙，搬来了一块巨大的石头。他抱着石头走向死驴，两条腿像老人那样颤颤巍巍，我们充满着期待，沉默地站在他的身后。他使劲把石头砸向了死驴的肚子，一声宏大而沉闷的巨响，那个驴肚子爆炸了，他的身上溅满了黑褐色的液体，空气中弥漫着剧烈的恶臭。

我们哇哇地大叫着，像是被恶狗追逐一般，疯了一般开始奔跑。我们跑出县城，向草原跑去。草原的绿色让我们感到安全，草原的小溪可以让我们洗干净身上的恶臭。罪魁祸首是最后才抵达的，他似乎跑不快，像是丢了魂似的，摇摇晃晃地走向我们，我们感到害怕，只得向更远处跑去。他嘴里嚷嚷着什么，我们完全听不清楚，但后来，我们听见他的声音变成了哀号。我们终于停了下来，转身看着他，原来他在号啕大哭。

我们重新接纳了他。他来到我们身边，散发着臭烘烘的死亡气味，他脱光了衣服，在小溪里搓洗着。然后，他把衣服展开，铺在比较高的芨芨草上边，一两个小时的工夫，衣服就晒干了。这个时候，我们并没有闲着，我们开始捕鱼、抓青蛙，把蝌蚪放在河边的石头上暴晒。我们不知道生命有多么宝贵，只知道追逐乐趣。而只有活着的生命，才有更多的乐趣。

但“死驴”这个外号并没有送给那个砸爆了死驴肚子的家伙。那是一周后，死驴的故事已经在班里广为流传，人人都知道了这个吓人的故事。那天上课的时候，一个男同学放了个奇臭无比的屁，大家用力扇着书和本子，驱赶着臭气。有人说，这种臭已经比得上死驴肚子里的臭气了。大家也表示认可。那位同学就获得了“死驴”封号。我们通过这种转移，成功地抹平了心底的恐惧和恶心。男同学恼羞成怒，极力反对着这个外号，但他反对得越激烈，大家笑得越大声，他只得沉默了。随后的几天，我们叫他“死驴”，他并不理睬我们，或是对我们翻个白眼。我们会哈哈笑一下。一个月后，我们叫他“死驴”，他会很快答应，语气和缓地说：“干什么？”我们也不再哈哈大笑，而是很自然地和他说：“放学了去玩呀！”“好啊。”他答应着。没有什么好笑的东西了，叫死驴和叫他的本名是一样的，甚至，经常要想想，才能记起他的本名。我曾经以此写过一首小诗，觉得人类就是常常用这种方式来处理自身的历史。

鲸鱼的爆炸远比一头驴的爆炸要吓人得多。但它们之间仿佛有种微妙的关系。生命是如何诞生的？最初，某种力量圈定了一个空间，然后不断和世界进行交换，在这个过程中获得了生命。生物的最小单元：微小的细胞，就是通过细胞膜来划定自己的一丁点儿范畴，从而获得了最基础的生命。生物的内在是一种奇迹，人们越是研究生命的内在机理，越是觉得神奇，越是产生更多的未解之谜。那是看不见的部分，被生物形态各异的外表所遮蔽。鲸鱼，驴，当然还有人，这样的大型动物，当死亡降临之后，那种完美的内在立刻遭到严重破坏。那种爆炸，完全就是狂怒式的敞开，仿佛在说，既然这个空间保不住了，索性直接炸开吧，让毁灭来得更猛烈一些。因为，这是最后的反抗。

在夜中奔跑的男人

徐 东

许多事堆在了一起。老家的一位亲戚去世了，他该回回不了，只能给家里转了一千块钱；公司新上的一个项目需要找投资商还没有头绪，老板一个电话接一个电话地催，让他烦恼；第二个孩子住院做了个小手术，也需要他与妻子轮换着陪护；几张信用卡套出来的三十多万也该还了，可股票却又被套了；从来没有向他开口借过钱的弟弟买房子交首付向他借二十万；从医院回到家里，盯着上小学三年级的孩子做完作业，洗漱上床后，他才回到书房，点上一支烟抽着。书桌上有一面镜子，他看着镜子里的自己，脸色灰黄，目光无神，头发白了一半，胡子有两天没刮了，长出了浅浅的一层。他深深吸了一口烟，又隐忍着徐徐吐出去，看着烟雾在他面前慢慢飘散。

一支烟快抽完时，他拿起手机，给弟弟打了个电话。他想告诉他，自己没有钱借。可这话他很难说出口，因为他当年买房子时曾经向弟弟借过钱，虽说后来是还上了，可毕竟欠了这个人情。电话打通了，弟弟说，哥，你是不是有困难啊，当时你没立马答应我，我猜你肯定有困难，要是有困难我再想别的办法。他心里松了口气说，你还有别的办法可以想？弟弟说，有，暂时不买房啊。弟弟谈了个女朋友，都九年了，还没有结婚，对方想让他买下房子再举办婚礼。他心想，明天一早开盘还是把股票割了借给弟弟吧——信用卡还不上就分期。想到这儿他说，后天吧，后天我把钱打给你。弟弟说，哥，虽然我们不在一个城市，可我还是能从你的话音里感觉到，你现在过得不怎么好。他叹了口气说，我还可以吧，有车有房，工作也算稳定，只是最近股票没赚到钱——你要是不太急，我下周给你打钱可能会更好一些。弟弟说，也不差这个把星期，如果你方便的话，那就下周。他松了口气。

虽说整天忙着工作和应酬挺累人的，可身体还是发福了。最近他的体检报告出来，身体有好几个地方出现了不大不小的问题。医生的建议是让他多运动。自从有了车，上下班、去见客户，以及送孩子上学，去哪里都开车，一天算下来也走不了多少路。他是该多运动。在高中和大学时，他在田径运动项目上还曾拿过名次，也算得上是运动健将。时光匆匆，转眼他也是四十出头的人了，这个年龄虽算不上老，可也不再是朝气蓬勃的小伙子了。年轻时不知道累，现在的他忙碌一天回到家里就想躺在沙发上。有了第二个孩子以后，妻子便辞职在家当了全职太太，偶尔也在网上做点儿小生意，况且家里也有不少事要忙活，看到他一下班就懒散地躺在沙发上，也不说分担点儿家务，有时便会向他发火。妻子说他什么，他也就赔着笑听着，懒得吵，似乎也没有力气吵。他除了身体累，心和神也累，就想一动不动地躺着。

妻子在医院里陪着小的，大的孩子睡着了。他在书房里坐了一会儿，起身走到阳台。他们家是中间楼层，对面是高出许多的楼，小区里的楼层间，亮着灯的已经不多了，楼下的小区院子里跳舞的大妈们早已各回各家，路上已经没有行人走动了。他抬头看天，天上有不少灰白的云，没有月，只有隐约几颗星在天宇间亮着。转个方向看出去，视线中是夜色中的城市，一栋一栋的高高低低的楼房，亮着些灯。一条条街巷，既熟悉又有一种陌生感，主干道上仍然有不少车辆通行。远处是灰黑的山，仿佛是被城市给包围了，很难突围。那山他两年前和朋友爬过一次，也不算高。他的朋友这两年做生意发达了，买了许多套房，他们也联系得少了。对照身边的另外一些朋友，似乎他的日子过得还不算太差，只是他感觉到，不少人也像他一样，仿佛不是在享受生活，而是被动地活着。

是一种什么样的无形力量使他、使他们活在无处不在的压力之中呢？仿佛为了摆脱某种困境，他下意识地从家里走了出来。一开始他并没有明确地想去跑步，后来他头脑中浮现出二十年前奔跑在校园里的自己，于是他决定通过奔跑再年轻一回。从电梯里走出来，他便开始小跑，跑着便出了小区。出了小区，他加快了速度。渐渐地，他的身体涌出了些汗，而奔跑时形成的风和着夜色中并不清新的空气，把过去的那个他抛在了身后，仿佛使现在的他奔向一个新的开始。也不过是围着并不太大的小区跑了两圈，当他跑到大门口他设想的终点时，门口认识他的保安吓了一跳，以为发生了什么事。他停下来，喘着粗气，用手在脸上抹了一把汗，不好意思地笑着对保安点了点头。

走在小区里的时候他再一次抬头看天空，他觉得天很高，高得他觉着能平平安安地活着，活成一个能把日子过下去的普通人也是件挺幸运的事儿。

不开心先生与不开心小姐

徐　东

自从越来越多的朋友知道了我叫不开心先生后，我就越来越是个不开心的人了。有的是文友，有的是同事，他们看着我不开心的样子就想笑，有的人还会忍不住打趣地问，不开心先生，你今天为什么不开心啊？好像知道了我不开心的原因会令其高兴似的。我也说不清自己究竟为什么不开心。我认为开心或者不开心都是找不到真正的理由的。

最近，有位叫“不开心小姐”的人通过微信加了我。

不开心小姐说，不开心先生，我关注你已经很久了。我们心灵相通，灵魂相近。我通过看你过去写的诗歌和文章喜欢上了你，没办法不喜欢，所以，我……我也喜欢写作，也发表过几篇散文，但并没有什么名气，对文学也没有什么野心。我写作是为自己——一个自己与另一个对话，与这个世界上的万物进行交流。如果没有写作，我不知道自己还愿不愿意继续活在这人世间。我是那样地爱着这个世界上的花花草草，甚至是这世间一切令我痛苦和烦忧的人和事，仿佛我的爱同时又令我失望和难过。我性格中有极端的东西，我想开开心心地活，有时又渴望痛痛快快地去死……我已经三十多岁了，可还没有结婚，也没有飞蛾扑火般不顾一切地爱过一个人，因为我的身边没有一个人值得我投入地轰轰烈烈地去爱。有时我用手指轻轻触摸着自己的嘴唇，把手指当成幻想中的爱人，我能感受到我内心对爱的渴望是多么强烈……我喜欢你最近写的那篇《不开心先生》，后来我把自己微信上的名字改成了“不开心小姐”，这好像有点儿搞笑是吧？我想要说的是，如果有机会，我想和你见上一面，也许，我是说，也许我会不顾一切地爱上你……

我回复说，无论如何，我也想和渴望爱、内心也充满了爱的你见上一面，但是，我们又何必一定要见面呢？我是说，所有的人，包括我们自己在内，都是那样的不完美。我们每个人面对另一个人，或者这样说吧，我们每个人面对这个复杂的世界时都是充满了各种问题的人，或许这个世界上并没有一个人是真正值得爱的人，我们也并不是值得别人爱的人……

不开心小姐说，你说得对，我赞同你的说法。我承认，我就像一个掉在水中快要被淹死的人，我通过你的文章把你想象成了我最后的一根救命稻草——如果你不同意和我见面，或许明天，或许后天，这个世界上就再也没有不开心小姐这个人了……尽管我这么说，尽管我内心期待和你见面甚至是相爱，但我，我仍然希望你拒绝我，你能明白吗？

我说，我明白，我甚至相信我和你见面以后会爱上你，说不定我们会通过彼此的身体融为一体那个现实来天真地试探我们彼此对对方爱的诚意——但你知道，即便是这样也说明不了什么。

不开心小姐说，是啊，你只能是不开心先生，我只能是不开心小姐。好吧，就让我们永远都不要见面吧。

我说，谢谢你，你的出现还是让不开心的我有了一丝开心的成分，你知道是为什么吗？

不开心小姐说，我明白，我们都是无药可救的人——也许这个世界上每个人都是无药可救的人。

我说，嗯，当我们不相信永恒，又因爱而热泪盈眶的时候就显得相当可笑了。事实上所有的人几乎都是在自欺欺人地活着，但也只有信以为真才会让人快乐和幸福。

不开心小姐说，不开心先生，你说得太棒了，难道你坚定地认为我们不该见面吗？我想说的是，既然你与我都是那么地渴望爱。

我说，我之所以不开心是因为我想到，在这个世界上，没有一个人配得上另一个人的爱。但这并不是说，我们不可以爱上别人，或拥有别人给予我们的爱……抱歉，让我们结束这无聊的对话吧，我还有一堆事情需要处理。

不开心小姐说，抱歉，好吧，我明白……在不久的将来，也许会有一位不开心小姐在茫茫人海中与你擦肩而过——嗯，请你在天上落雨的时候想一想不开心小姐吧，她那么渴望和你见上一面，并想象了和你相爱一场。

我说，请原谅我拉黑你，对于我来说，哪怕还没有发生的爱也是负担。如果你想爱一个人，最好的方式或许是继续你的写作。

我拉黑了那个叫作不开心小姐的人，但又隐约感觉到，终有一天我和不开心小姐会见面的，或许还会发生一些意想不到的故事。

可以说，这种感觉令我百感交集，又使我更加不开心了。

未来小说家

徐　东

十多年前，我还在北京一家出版社当编辑的时候，有位中等个头、目光炯炯、有些秃顶的三十多岁的男子找到了我，送给我厚厚的一沓书稿。他拿着书稿，想请我当他的编辑，他愿意自己出钱出书。

他说，虽然我没有写过一篇完整的小说，可我已经写了上千个小说的题目，甚至大部分小说都还写了个开头但无法再继续写下去，甚至我认为没有必要再写下去。有时候一篇小说，对于我来说只需要一个题目就好了。我这么说不知你能不能理解。

我抬头看了他一眼，点点头，又摇了摇头。

尽管他出钱，那部小说集也无法出版——因为那毕竟不是传统意义上允许出版的书。可以出版的书，至少要有相对完整的内容。虽然书未能出版，但我们后来还是成了朋友。

几年过去了，我出版了几本小说，也获得了一些文学奖项，算是在文学创作上有些成绩，我的许多作品，我那位朋友也看过的，却一直得不到他的认可。

有一次我笑着对他说，我所有的小说在你眼里都一无是处，你也写一篇完整的小说让我有机会来批一批你啊。

他感叹地说，唉，也许有生之年我也无法完成一篇小说了。我喜欢小说，也想写出自己心目中的好小说，可总是无法把一篇小说写下去。说实话，我已经写了上万个开头了，可没有一篇让我能写下去的。就像是一个破除不了的魔咒。这几年我仍然在想，我那些未完成的小说为什么就不能出版呢？当然我也在想，我为什么要去出版那些未完成的小说呢？

也许，这个世界上存在着另一个你，他的存在或许会帮助你完成你未完成的小说。

对，你说得太对了，一定是这样的。我们这些年下来也算是熟悉了，有些话我也就直言不讳了。虽然你的作品看上去是与时俱进的，你可能也以为是会对社会、对人类有贡献的，但实际上你不过是在沽名钓誉。如果这样下去，你一辈子都没有什么大的出息了，你无法成为托尔斯泰、卡夫卡……

我苦笑着说，我认为，每个人能成为他自己也就不错了。

他说，你成为你自己了吗？你知道你自己是谁，从哪里来，到哪里去吗？要我说，每个人只能成为不确定的那个他，这是没办法的事。我喜欢不确定胜过一切确定，我之所以无法写成一篇完整的小说，也许是因为完成一篇作品便等于是确定了某件事，或者给一个未知的存在命了名，这是不应该的。

也许在将来的某一天，你会完成你想写的小说的，不要对自己要求太高。

我开了头写不下去的原因在于，我下意识中逃避语言对我的进攻，我这么说不知你能否理解？因为，每一句话写下来无形中便具有了某种确定性……

我说，是啊，在这个世界上人们急着确定的东西太多了，人们为许多存在的事物命名，甚至重复命名，却并不曾认识那些事物的本质，因此我们的世界越来越复杂。而文学有一项使命，便是使这个世界以及人的内心变得更简单和纯粹。从这个意义上来讲，真正配得上写作这项工作的人，并没有多少。

他笑着说，是啊，你从此也可以不写作了。当然，这个世界上没有完美，没有从来不存在问题的存在，正如我想成为一名作家，却又从来没有写成过一篇文章，这也是个问题。不过，我不写或者不让一篇文章变得完整，这便存在着一种完美的可能……也许我是在想通过写小说来接近完美。

嗯，你认为人活着是为了什么呢？

他想了想说，也许是为着不确定的、模糊的、时近时远的、难以捕捉的某种存在而活，对于我来说是这样。作家或艺术家创作过程中的一个个瞬间所指向的未知是我所期待的，一旦作品呈现出来，有了生命，也便有了各种不完美……不过，最近我在想，是不是可以彻底放弃通过语言所进行的小说创作，让自己活成小说。

你已经活在了小说之中，你是未来的小说家——你一直在阅读和思考小说，一直在想象着成为小说家，你也在写，却拒绝完成一篇完整的作品，但那些未完成的小说，也是小说，甚至是诗……

他笑了，认真地看着我说，对，你说得对，事实上我阅读过的所有的小说，小说中存在的不完美都持续地在我的想象中趋向完美，尽管那种完美不存在，但我还是乐意去想象。正如我们存在的不完美，也与这个不完美的世界大致相称——有时候我在想，我是我，又不完全是我，我们各自独立，却又相互依存，我们与整个世界合而为一，又可能是新世界的开始，我们活在现实与虚构之间，像高天厚土中间的云彩……

透过他热烈而又忧郁的目光，我看到了我们彼此存在的确定以及不确定，而这使我的心里难过了一下。

我说，看着你时，隐隐约约的像是许多个我，许多人在看着你。

他说，我能理解，这种感觉源于我们内心的千变万化，这种变化如同“雪花上千次落向一切大街”的具体与广阔……你不觉得里尔克的这句诗太美了吗？

嗯，简直是完美的诗句。

他说，是啊，语言具有的可能可以对应我们存在的可能。让我们保持联系，五年，也许十年后，你也许会看到我的小说。

那次见面过后，我们又有几年没有联系了，就像是约好的。不过，我至今还在热切地期待着他的小说面世。

雾 霾

安 勇

看起来，战争已经难以避免了。几轮谈判都以失败告终，两国元首先后发表讲话，宣布断绝外交关系，国家进入战时状态。双方军队集结到边境线上，导弹锁定了目标，只等一声令下，就会按下发射按钮。

这场争端的起因是能源。那种形似石油，被称为液体乌金的黑色黏稠物质，汇聚在两国交界的盆地深处，十几年来，就像一条疯掉的河流，在双方不断加大的开采力度撕扯下，疲惫不堪地在地下来回流动。军事专家预测，战争会在一天后打响，将持续半个月左右，胜利方会成为能源的所有者。

就在专家预测的第二天凌晨，国境线东边的一名哨兵发现了一个奇怪情况：对面的阵地正从他眼皮子底下慢慢消失。几乎与此同时，西边的士兵也发现，望远镜里正观察的目标，诡异地变得模糊起来，最后竟消失不见了。士兵们以为是阴沉的夜色让能见度变低了，但随着黎明到来，对面的阵地仍然不见踪影，不仅如此，上午十点钟时（那原本是要发起进攻的时间），连他们自己的阵地也看不清了，很多人走出营房就迷了路。能见度不足一米，伸手不见五指，双方只能放弃进攻。士兵们隐约觉得，好像有个什么东西，一种神秘的力量，正在吞噬这场即将打响的战争，但谁也说不清这是幸运还是不幸。

气象学家很快得出结论，不是啥神秘力量，笼罩在边境线上的是一场突然降临的雾霾。这场罕见的雾霾相当严重，通过采样分析，每立方米空气中的PM2.5 达到了 800 微克以上，比严重污染指标的三倍还要高。双方士兵胸闷、气短、窒息，铅灰色的咳嗽声就像大合唱一样在军营上空回荡。

两天过去了，雾霾非但没有散去，而且还像双方争夺的黑色能源一样，缓慢黏稠地向两国的内地漫延。雾霾让城市陷入一片混乱，人们走路时看不到自己的脚，船只、火车、飞机停运，汽车停在街道上，地铁虽然还在运行，但人刚到地面上就失去了方向。罪犯在大雾掩护下肆意作案，抢走行人财物后，转眼消失在浓雾里。好多人出现了呼吸系统病症，医院里人满为患。医学家忧心忡忡，眼前的情景让他们想起了1952年冬天伦敦的大雾事件，那场灾难虽然只持续了五天，却夺去了几千名伦敦市民的生命。

战争停止，雾霾成了两国共同的敌人，当务之急是把它从国土上赶出去。但面对已经降临的雾霾，大家却束手无策，只能期盼有风把雾霾吹散。五天后的清晨，风终于来了，是西风，把雾霾缓缓吹向国境线东边。西边的国家像掀掉一层令人窒息的厚毯，慢慢从雾霾下显露出来。然而，正当西边国家民众欢呼雀跃之际，傍晚时分，风突然掉转方向，又冲着他们吹了回来。几次拉锯之后，雾霾总算慢慢散去了，但仅过了半个多月，雾霾再次卷土重来，又持续了几天，才渐渐消退。一个月里，两个国家的医疗系统始终处于崩溃边缘，死亡率和犯罪率直线攀升，生产生活接近瘫痪。气象学家警告，危机并未解除，说不定什么时候，雾霾还会再次降临。科学家已经搞清楚了，雾霾的来源就是险些引发战争的那种黑色能源，多年过度开采提炼，已经对生态环境造成了严重破坏，使空气质量变得极差。再不进行治理，国民将无法生存下去。

两国恢复了外交关系，随后，双方元首和环境官员见面。在经过一番谈判后，签署了一份生态环境保护协议，决定联合起来，建立一套可吸入颗粒物预警体系，共同防治雾霾。因为大家心里都清楚，雾霾不分国界，只有这样，才能从根本上解决问题。

谈判中有一个小插曲格外耐人寻味：曾经的液体乌金变成了烫手山芋，为把开采权更多地让给对方，两方争得面红耳赤，一度剑拔弩张，险些再次断交。

刷　脸

安　勇

吴美玉有些郁闷。

招惹她的，是小区新安装的门禁系统。小区打算升级为智慧小区，门禁要变成刷脸那种。新设备已经安装好了，竖立在大门口，但还没有正式投入使用，进出时还是用感应钥匙扣。不过，刷脸设备也没闲着，人一走近，屏幕上方的摄像头就会像眼睛似的亮起来，把人脸信息采集进去，和储存的身份证信息进行比对。

一个悦耳的女声随之响起："验证成功，请进入。"这是别人经过的时候。

吴美玉听到的却是："验证失败，对不起。"

开始听门禁这么说，吴美玉并没往心里去，新门禁还在调试阶段，用吴美玉老公的话说："这东西有点儿缺心眼儿，别跟它一般见识。"但一个多月过去，旧门禁拆除，新门禁已经正常投入使用了，可它对吴美玉说的还是"对不起"。虽然不至于让她有家不能回，但每次进门都要向保安解释一番，增加了许多不必要的麻烦，她就不能再置之不理了。

吴美玉四处询问。保安和物业经理都说不清为啥，派出所民警分析，是身份证上的照片和她本人差距较大，才造成比对失败。吴美玉拿身份证对着镜子看，似乎像，又似乎不像。她老公说："这么比对没用，网上早说了，好多人的身份证照都不像本人。"身份证是八年前换的，她灵机一动，翻出当年的照片，对着镜子里的自己比对。结果吓了她一跳，变化实在是太大了——她的头发少了很多，脸颊松弛下垂，表情也变得愁眉苦脸。吴美玉不甘心，把老公喊过来，让他看自己到底变没变。老公扫了她一眼说："没变。"吴美玉心里一凉，确认自己是真变了，变得老公连好好看她一眼的兴趣都没有了。

时间真是太可怕了，不知从啥时起，她就变得不是原来的自己了。可怕的还不是变化，而是她从未意识到变化。多年来，她被时间蒙在了鼓里，以为自己仍然美丽，如今，被刷脸的门禁打了脸，才无奈地认识到，自己早已经成了一个臃肿变形头发稀疏的老女人。再听到门禁说"对不起"，她就觉得格外地刺耳，仿佛是在恶毒地提醒她，要认清已然衰老的事实。她忽然明白了，把她拒之门外的，不是门禁，而是那无情的岁月。

她不想按民警建议的那样，补拍一张身份证照，她觉得那等于向岁月和时间低头，彻底承认自己老了。吴美玉决定反守为攻，不惜血本，把被时光夺走的东西再重新夺回来。她去网上查询，到医疗美容机构咨询，随后，找领导批准休年假。两天后，她躺在了手术台上。打玻尿酸、去眼袋、瘦脸、激光祛斑、拉皮、抽脂、植发，一系列手术做完后，她就躲在屋子里，等待消肿。那些日子里她也没闲着，制订了完备的健身计划，买回一大堆抗衰老和保健药物。保持年轻这事，不仅要讲究面子，而且还要靠里子。

十天过去，脸上的肿痛消去了大半，吴美玉对着镜子看了好多遍，又把老公叫到自己跟前。不管是镜子还是老公，都让她确信，她已经迎来了一个全新的自己。准确地说，她是战胜时间，变回了年轻的自己。给她做手术的医生说："再有十天，浮肿和术后淤青就会彻底消退。"她算了一下，到那时，年假刚好结束。她迫不及待地想站到门禁前面，听那个悦耳的女声说一句："验证成功，请进入。"

让吴美玉没想到的是，就在她决定出门的前一天晚上，从外面回来的老公告诉她，刷脸门禁拆除了，又换成了钥匙扣。吴美玉心里一阵失落，就像是准备充足要打的一场仗却突然找不到对手了。打电话问物业，说是系统不够完善，返厂调试后再重新安装。

但几个月过去，大半年过去，刷脸门禁仍然没有再安装。有一种说法是，小区没能升级为智慧小区，刷脸门禁也就不需要了。还有另一种说法是，刷脸门禁侵犯了肖像权和隐私权，被业主告上了法庭。不管是哪种原因，结果都一样，吴美玉听不到门禁对她发出“请进入”的邀请了。

不过，吴美玉已经不在乎门禁咋说了，她已经完全变了一个人，每天昂首挺胸地上班，下班后按计划去健身。不管门禁再对她说什么，对她都不起任何作用了，她确信自己又变年轻了。

只说了几句话的房子

邢东洋

一个下浓雾的早上，它跟我第一次打了声招呼。我是说我的房子——我居住，并在那里写字、读书、办公、会客的房子。

那天早上我起得比平时要早得多，这可能与前一晚的停电有关，我因此早早睡下。当然，白天也确实把我累坏了。你一定不想听是什么让我那么疲倦。算了吧，工作的事不值一提，总之那一夜恰好停电。起初我还有些不高兴，不停地咒骂供电公司和物业公司等所有我能想到的和停电这码事相关的部门。后来我意识到这样做毫无意义，与其苦等来电，还不如直接上床睡觉来得实在。如此繁忙的一天使我配得上这样的休息，我想，更重要的是我这个选择是正确的。

醒来后，我给自己倒了杯温水。我端着水杯站到窗前，发现所有我预想能够看到的景物全都被掩盖在白茫茫的雾气里面。当然，我的房子离公路不远，还能听到汽车奔驰而过的声音，不然我会以为我在梦中迷了路，来到一个我从未来过的地方。

我看看时间，发现比我想象的还要早，就决定出门到院子里转转。这是很少有的。我是说在这个时间。我很少早睡，因此对我来说早起通常就像生了一场大病一样。即使偶尔不得不勉为其难，也基本上是为了完成某项工作，或在电脑前，或在房间里。根本用不着出门。

我围着院子走了走，感觉还不错。我想起小时候我和妈妈在家中小院子里的趣事。儿时的事情总让人怀念，虽然我告诉自己这种怀念并非理智，但总免不了去想想。谁说我们要一直保持理智呢？我打消了突然冒出来的要每天早起到院子里转转的念头。就在这时，我听到了它跟我打招呼的声音。

那声音听起来怪怪的，像从很深的洞穴里传出来，并不空洞，很清晰，但又像穿越了时空走了很远的路。我说不清楚，我不记得它是怎么说的。嗨？哈喽？阿牛哈塞哟[1]？还是你好？总之我知道那是一句见面的开场白、客套话。我吓了一跳，既是被这声音的突然出现，也是被这声音古怪的质地。我四下里看看，不明就里。它又说话了："在这儿，我是你的房子。"我听清了，但是不敢相信。我没出声，转过来面对着它。

我上下左右打量了一番，并没发现什么异常，或是朋友跟我恶作剧的迹象。重要的是，我在这儿根本没什么朋友。客户？开玩笑！相信说话的真是我的房子？我有点儿不知所措了。

"相信我，我知道对你来说有点儿难以置信。"它又开始说话了，音量虽然不大，但足够听清楚。

"相信你什么？"

"没什么，我只想说说话而已。"

好吧，我假设说话的家伙是我的房子，仅仅是假设，可是我还是不明白为什么我没听别人说起过类似的事情。

"每所房子都会说话吗？"

"并不是所有，一部分吧。需要一定的条件。"

它犹豫了一会儿，并没说那"一定的条件"是什么，想必是不愿意讲出来吧。这我可以理解。当然我也没有追问。少许的恐惧和一大堆混乱的问题围绕着我，我的思路不能沿着正确的轨迹行进下去了。

"有什么我可以帮忙的吗？"

我怎么说了这么一句话，可笑。

---

① 即韩语"你好"，此处为作者音译。

有一阵子它没出声。我呆呆地站在那儿好久，有几分钟。我以为结束了，慢慢地往前走了几步，又往左边房子的侧门走了几步，才听见它的声音。

“没什么。”

声音的确是从房子传来的，我是说房子本身，而不是房子里的某一点儿。老实说那时我就已经相信了，说话的的确就是我的房子。

“和你相处很愉快。”

“我也是！”

这是它跟我说的最后一句话。

后来我有点儿恍惚，回到房间里又睡了一会儿。接下来的工作我完成得还算可以，我想是忙碌帮我安稳度过了那一天。那天我没继续早睡，之后也再没有早睡过。我尽量让自己保持之前的作息状态，之后那件事也再没发生。我承认我有点儿恐惧，但又不尽然。我曾想跟别人说一说，又觉得它应该不会愿意。

一周之后这件事慢慢冷却下来，我也可以冷静地想想了。我试着换位思考：如果我是它，我为什么要这样做？当然，我没有答案。也可以说我得出了很多答案，但并没有谁可以告诉我哪个答案是正确的。我把房子整个儿打理了一遍。我擦了每一扇窗户，修理了房顶漏水的地方，更换了室内破损的设施。老实说我也不知道我做这些时是怎么想的。是希望它感谢我还是仅仅让它不要恨我？是希望它再次跟我说话还是不再跟我说话？有时候我觉得它是我的一匹马，被我驾驭；有时候我又觉得其实我是一个婴儿，被它照料。就是这样。

我，我，我……

邢东洋

当我提到“我”的时候，您应该知道，我指的是包括我在内的十一个人。之所以会把这些个我都统称为“我”，是因为，我相信，你根本没法分辨出我的每一个我。

被搞糊涂了吗？

举个例子吧，比如，有一天你跟我约好到我家来做客——

我在电话里对你说：“好的，欢迎，你来吧，我在家里等你。”你开车来到我家，敲门，稍等一下，我给你开门，你看到了我。家里挺整洁的，虽然谈不上多么幽雅华丽，但准能让你心情舒坦。你对我说：“路上有点儿堵，让你久等了哦。”我笑了笑，但没说什么，我觉得你可能搞错了，我知道有一个我在等你，但刚刚电话中的我并不是我。我关上门，把你请到客厅。

“请坐。”又一个我给你沏茶，“我很自豪我对茶的品位，你尝尝味道如何。清冽吧，可以消去你身上的暑气。”你诺诺点头，但没给出更多的评价。

“他对茶没什么兴趣，只是解渴而已啦。”说这话的是看电视的我。我把声音调小了些，目光终于落到你的身上。有些不礼貌是吧，别放在心上。我说：“拖鞋还合脚吧，我家的拖鞋似乎偏小，好多客人对此都提过意见，不过我总是忘记更换。”你低头看了看自己的脚，说：“确实是小了些，但还好，拖鞋而已嘛，问题不大。”

此时又有一个我从卧室出来。我刚刚醒来，出来准备解手时看见你，吓了一跳。于是我又退了回去，对正在擦卧室窗户的我发脾气道："他来了怎么也不告诉我一声，我怎么也得穿件衣服啊。"正在擦窗户的我说："我他妈干了一上午的活儿，你睡觉，我欠你的呀，活该你丢脸。""你个王八蛋。"刚睡醒的我坐在床边一边套上短裤背心，一边嘟囔："他怎么来了？"我丢下抹布，去掉橡胶手套，站在窗边抽烟。"估计这次躲不掉了，还得想个办法才行。"

一个女人走到客厅，对你说："中午了，留下吃点儿饭吧，我亲自下厨哦。"你说："不了不了，别麻烦了，咱们还是快点儿……"我（对，这个女人也是我）打断你："再怎样也不能不吃饭不是。"说着，我快步走进厨房。

有两个我同时从北边的房间出来，对你说："还得一会儿才能吃上饭，咱们打会儿扑克吧。"听到这话，你有点儿生气，估计是在抱怨：怎么就不能坐下来好好谈谈那件事！

这时，又一个我从外面回来，进门来看见你，冷冷地跟你打了声招呼。我从厨房探出半个身子来问我："哟，今天怎么这么早！"我说："心情不好，不想说话，赶紧做饭去吧。"我的样子让你有点儿不知所措。我对你说："你先坐，一会儿我让我来陪你。"我进了书房，咣的一声把门砸上。

那两个想打扑克的我也放弃了原来的念头，商量了一下，决定到厨房帮忙。

电视的声音有点儿大，你说："小点儿声咱们谈谈正事。"我没动，像没听见似的，好一会儿，才用遥控器把声音调小一些，然后转头盯着傻呵呵给你续茶的我，心想："真不知好歹啊。"我说："再喝点儿茶吧。"与此同时厨房传来我的声音："开饭了。"我把餐桌铺好，好几个我把饭菜碗筷端来摆在餐桌上。我叫你："来来来，你一定饿了，快吃吧。"你不太情愿地走到餐桌旁，我拉开椅子，请你入座。我也在对面拉出一把椅子，坐下。我对我说："去，取几瓶啤酒来。"我一边打开冰箱取啤酒一边说："对，咱们必须喝点儿。"

过了一会儿，你终于开口说："你不是答应我今天还我钱的吗？"

"欠你钱的不是我。我。我。我。我。我。我。我。我。我。"

你有点儿急了，啪地摔下筷子，大声嚷道："不是你，那他妈能是谁？"

“是那个我。”

你皱起了眉头，很无奈，但这时似乎有点儿明白了，声音缓和下来，问：“那，那，现在我……不，是他，在哪？”

“我跑了！带着我、我、我、我、我、我、我、我、我还有我准备好还你的钱跑了。我也不知道在哪。”

看见你一下子垂头丧气的样子，我安慰你说：“放心放心，我、我、我、我、我、我、我、我、我和我已经托朋友出去找我了，应该能追回那笔钱。即使追不回来，过些日子也一定再想别的办法把钱还你。”

你抬起头，有点儿感激地看着我、我、我、我、我、我、我、我、我和我，说：“我真急着用钱，希望你能快点儿，拜托啦！”

你举起酒杯，看着我，叹了口气，一下子干了十杯。

赴一场电影

红　墨

路弯弯，长又长，坑坑洼洼。父亲背我去坳口村看电影。

爹，为啥不看电，要看它的影子呢？影子比电好看吗？

父亲咳了几下，没回答。

爹，累了吗？我下地走。

你还小，爹不累。

我依旧伏在父亲的背上，爹，电是动物吗？它有几只脚？

父亲说，见了不就知道了吗？爹也才见过一回。

我就想早知道嘛。我摸着父亲的胡子茬儿。父亲说，它没有脚，只有屁股，坐在桌子上；有一只圆圆的大耳朵，会旋转，还缠着一条长长的带子……

它有嘴吗？

没有。

那它吃啥呢？不会饿死吗？

它吃电。

电好吃吗？像糖水一样甜吗？我咂着嘴。

人、牲畜都不能吃电。父亲反问我，闪电能吃吗？

爹真逗，爹又没说闪电。我担心地说，那它不会被电死？

不会，它只吃电。父亲说，它吃进了电，圆耳朵就旋转起来，长带子就走起来，眼睛就亮起来；它只有一只眼睛，但忒亮，射出一道光，照在前方的一面大镜子上。

它真是个怪物！我又问，她是个爱照镜子的女孩子？她漂亮吗？

也不是照镜子。父亲说，长带子上有好多影子，沿着那道光跑到大镜子上，演电影。

电影一定好看！像变戏法吗？

比变戏法神奇多了！

坳口村到了。但没有放电影。坳口村人说，是坳中村放电影。

父亲从衣兜里“变”出两个烤番薯，一人一个，我们填填肚子。父亲被噎着了，我拍着父亲的背。拍着拍着，父亲的脊背佝偻了，头发花白了。我长成了小伙子。我背起父亲，朝前走。

老父亲和我讲起他唯一看过的那场电影——男主人公是一个小伙子，他高高的，像一株挺拔的树；女主人公是一个漂亮的姑娘，她的目光湿漉漉的，像两股清流。小伙子家贫，他爹是个“药罐子”。姑娘的爹就阻止，把她锁在草屋里。月夜，小伙子攀上屋顶，扒出个大口子。可姑娘上不来，又不让小伙子跳下去，耗着。月亮移到屋顶，垂下两根绳子。小伙子抓牢绳子下去，把姑娘和自己捆在一起。月亮把绳子慢慢儿提上来……

爹，这哪是电影？这分明是爹和娘的爱情故事。

老父亲笑着说，爹也被搅糊涂了。

坳中村到了。也没有放电影。坳中村人说，是在坳口村放电影。

我俩就从坳口村来的。我说。

坳中村人说，这“十八坳”的另一头也有个坳口村。

赶不上看电影了。我嘀咕着，就起了返家的念头。

爹，我就要看电影嘛！有个小娃儿拽住我的裤腿。

你叫我爹？你是我的娃儿？那我爹呢？

我背起娃儿，朝前走。

爹，为啥不看电，要看它的影子呢？影子比电好看吗？

我咳了几下，没回答。

爹，电是动物吗？它有几只脚？

我说，到了那个坳口村，看了电影不就知道了吗？

我就想早点儿知道嘛。娃儿说，万一今晚赶不上看电影呢？又怕我打退堂鼓，急忙纠正说，不会的，赶得上的。

我说，电影没有脚，只有屁股，坐在桌子上；有一只圆圆的大耳朵，会旋转，还缠着一条长长的带子……

它有嘴吗？

没有。

那它吃啥呢？不会饿死吗？

它吃电。

电好吃吗？像糖水一样甜吗？娃儿咂着嘴。

人、牲畜都不能吃电。我反问娃儿，闪电能吃吗？

爹真逗，爹又没说闪电。娃儿担心地说，那它不会被电死？

不会，它只吃电。我说，它吃进了电，圆耳朵就旋转起来，长带子就走起来，眼睛就亮起来；它只有一只眼睛，但忒亮，射出一道光，照在前方的一面大镜子上。

它真是个怪物！娃儿又问，她是个爱照镜子的女孩子？她漂亮吗？

也不是照镜子。我说，长带子上有好多影子，沿着那道光跑到大镜子上，演电影。

电影一定好看！像变戏法吗？

比变戏法神奇多了！

另一个坳口村到了。晒谷场上黑压压一片，只有一束光照射在银幕上。我坐下来看电影，回头却不见儿子。电影已放映到下半场，刚看出点儿眉目，银幕上映出“剧终”二字。散场了，我却站不起来。儿子回来了，说电影没有脚，只有屁股，坐在桌子上；有一只圆圆的大耳朵，会旋转，还缠着一条长长的带子……儿子把我搀扶起来。

儿子长成了一个大小伙子。我咳嗽着，捶着老腰。

爹，我背你。儿子说。

我伏在儿子的背上。

回家。

路弯弯，长又长，坑坑洼洼。

哭泣的星期三

刘晶辉

这个叫星期三的男人引起了我的注意。

我冲我的助理摆了摆手，助理一路小跑过来。他用讨好的眼神看着我。我示意他低头，于是他的头低下来。他的视线被我的手指牵引，最终，他也注意到纸上这个奇怪的名字。

星期三。

是呀，这个人为什么起这么奇怪的名字呢？这是一个怎样的人呢？除了性别栏提供的信息，我们对他一无所知。每天，来我这个心理诊所看病的人很多，作为主治医师，我对所有人都一视同仁。但今天，不知道怎么，我想破例一次。我示意助理，让他按照我的意思去做。助理面露难色，他表示有一个白发苍苍的老人已经等了很久，但我心意已决，我的助理便不再多讲。不一会儿，他领来了那个叫星期三的男人。

我忍不住打量他。

从他整洁大方的着装来看，这应该是一个体面人，略显清瘦的面庞反而增加了他的文雅。他应该是刚刚哭过，因为他脸上的泪痕很明显。他看我的眼神充满了忧伤，忧伤中又有些哀怨，尽管我是一个经验丰富的心理医生，可那样的眼神仍然令我心碎。

你的名字很特别，我说。

只是一个称呼而已。

这是你的真名吗?

不是。

你的真名叫什么?

不重要。

作为你的医生，我想我有资格知道吧?

他说他可以告诉我他的真名，但他想让我先听完他的故事。我点头。

他说他失恋了，我说那没什么大不了的，每个人都会经历，失恋让人长大。他说他对女人很好，但她还是跟别的男人跑了，我说那说明她不值得你爱。

他停止了他的叙述，又开始哭泣。刚才干涸的河道重新涌满雨水。

他说他知道女人不可能爱他，他从一开始就知道，但他们很聊得来。女人会对他撒娇，就像一个妹妹那样。他们年龄相差很大，他知道不可能，他一直在克制。他曾故意冷落女生，可女生总是有意无意地找他。最终，他沦陷在她阳光般的笑容里了。然后他表白，女孩却毫不犹豫地拒绝了他。

我说:你想老牛吃嫩草。

他哭得更大声了。

他说他的一生都平淡无奇，不被人注意。就像星期三，它不像星期一那样令人恐惧，也不像星期六那样令人期待。可那个女孩很关注他，她给了他希望，然后又残忍地把这希望打碎。

我笑了。这就是你叫星期三的理由?

他认真地点头，说:很好笑吗?

我说是有一点儿。

他又开始哭。我感觉他今天不是来看心理疾病的，他只是想找个人倾诉一下。很不幸，这个人是我。

我开始发挥我的专业技能:听着，如果你爱她，你就应该尊重她自己的选择，不是吗?至于你自己，星期三有什么不好，你应该学会接受你自己。如果生命是从周一到周日只有七天，每一天我们都要珍惜，少了任何一天，都是不完整的。

我侃侃而谈，至少说了半个小时。这个可怜的男人终于不再哭泣了，他的脸色逐渐舒展，我相信他的心情也是一样的。当我说完最后一句话以后，他激动地站起来，紧紧地握住我的手说：医生，谢谢你。

我表示不客气，然后示意我的助理过来，我的助理心领神会，把男人拉到一边，把账单拿给他看。男人心甘情愿地付了钱。

男人要走的时候，我叫住他说：可以告诉我你的真名了吗？

他扭过身子，深深地看了我一眼：这个还重要吗？

不知怎么，这一眼让我不寒而栗。我感觉今天的钱赚得太容易了，坦白讲，我并没有输出太多真知灼见，他也并不是一个难缠的病人。我猛地想起，刚才其实男人一直在引导我说话，好像我说的每一句话都是他暗示我说的，而不是我主动说的。其间，他的脸上一度露出会心的微笑。在某一个瞬间，倒好像他是医生，而我才是那个需要被医治的病人。

我顿觉疲惫不已，示意助理打烊。

下班路上，我还是忍不住想刚才那个男人，我有点儿后悔没问出他的真名。不过很快我的职业素养终止了我纷乱的思绪。不过是一个病人而已，什么样的病人我没见过呢？反正钱到手了，还不少，就不要再想那么多没用的了。

我暗笑自己今天竟被一个病人带了节奏。

回到家，妻子已经做好了饭。满满一桌，都是她和女儿爱吃的，没有我爱吃的菜，想来妻子又忘记了。我第一次感到有些失落。但我告诉自己，只要老婆孩子过得好，我付出的一切都是值得的。

妻子在厨房收拾，我走了进去。从侧面看，妻子比以往任何时候都更加美丽动人。

我们有多久没有亲热了？我记不起来了。

我犹豫了很久，终于鼓足勇气，从后面抱紧她。我把脸深深地埋在妻子的后背上，贪婪地吮吸着她衣服上的味道。我妻子温柔地扭过身子，慢慢地把我的脸从她的身上拿开。当我的脸从她身上离开的时候，我觉得自己的呼吸变得艰难起来，就像鱼离开水那样。

我妻子对我说——

孩子在呢，别这样，星期三。

第八辑

变形记

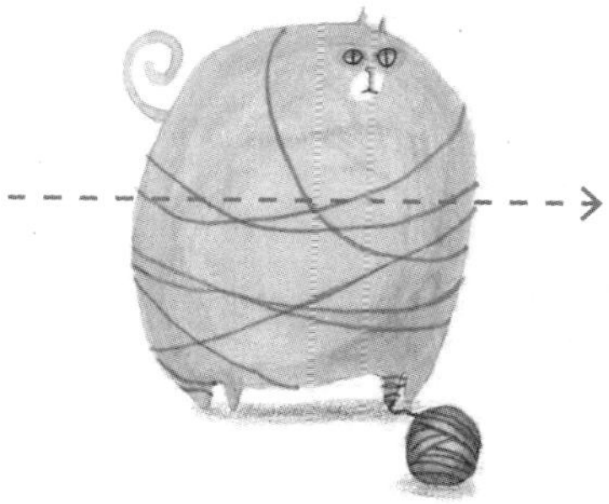

子不语

穆 涛

袁枚在《子不语》中，记述了三个酒鬼故事。尽管都是不着边际的道听途说，但文字的背后，都潜隐着世道人心中的一些硬道理。

偷酒的夜叉

滦河的上游叫闪电河，再逆流上溯，就到了发源地，内蒙古草原与河北山地的混成地带，地貌奇异，风啸常年不止。河水经多伦县折头向东南，走承德，穿燕山，沿迁西、滦县、卢龙，在乐亭县汇入渤海。《水经注》里记载滦河为“濡水”，由发源地写起，“濡水从塞外来”，一直到独流入海止笔，整条路线图被描绘得婉转跌宕，九曲回肠。

在中国古代，凡入海的河流都尊为大河，皇帝每年要亲祭的。皇帝祭“四渎”，黄河、长江、淮河、济水。滦河入海却不在其列，是因为这条河的“出身”，“濡水从塞外来”。在西汉之前，塞外是匈奴胡人的领地，与中原相抗拒。

滦河出燕山，流入渤海，这一段如今是唐山和秦皇岛的地界。在清朝，这一片区域称直隶永平府。河水进入这一阶段，势头汹涌，浩大湍急，急流之间有险象，这一桩故事就这样发生了。

渤海龙王虽脾气不好，但谱大，好铺排，每年都要修筑龙宫，增置楼堂馆所。所用的工程材料，均走水道由滦河运达，担任河道运输总管的是黄白二龙。

燕山古北口内生长一种百年老树，这是修筑龙宫的重要建材，龙王选用建筑木材，与人世间不同，不仅取树干，还要有枝丫，而且必须是“百枝木”，每棵树一百条枝丫，多一枝少一枝均不可。龙王派遣一位夜叉在山地督察选定树木，并司职守护。“百枝木”砍伐妥当之后，由黄白二龙负责运走。

“百枝木”在滦河水中运输，是直立航行的，树枝上悬挂着一盏红灯，但凡人的肉眼只见灯不见树。关外的商客贩木材进关内，要等到每年滦河水势高涨时候，方能放木排顺流运输成行。商人们以红灯为航标，尾依而随，可以安全避险。就这样，人神两安地过了多年。

夜叉是护法神，也称“捷疾鬼”，行动神速，可以超音速飞驰，千里万里一念即到。夜叉面貌独特，两只眼睛在脸上不是横列，而是上下竖排。坊间比喻女子为“母夜叉”，不是指丑陋或凶狠，而是形容性格不稳定，脾气随时爆发。夜叉神脾气是差了一些，但开朗乐观，震慑人而不祸害人。由夜叉神担任基层领导，对老百姓是一种福音。龙王选任干部，还是挺有水平的。

长话短说，这一天，“百枝木”运抵龙宫后生了变故，验收时发现缺失一枝。于是一路倒查回去，问题出在原产地。龙王大怒，责令夜叉寻找。夜叉做样子的功夫非同小可，接到上级指令，执行起来是不过夜的，雷厉风行，一时间风雨大作，山石皆飞。样子做足了之后，夜叉潜入一山民家中，把酿造的八缸酒，一夜之间偷喝得干干净净。山民们恐惧再有可怕的事情发生，连夜伐了一棵“百枝木”，置于滦河中，故事就这么有头有尾地结束了。

这位夜叉神，以这样的方式了断一件惊天的案子，够智慧的。

贪酒鬼

一个杭州人叫袁观澜，四十岁未娶。邻家女儿靓丽出众，一来二去两人私订了终身。邻居却嫌弃袁观澜家境贫寒，严厉割断了两人的往来。女儿心忧成疾，痨病而逝。

故事就从这里开始了。

袁观澜夜夜以酒浇愁，无声而泣。这一晚又持酒独酌，恍惚间，见墙的角落里，半蹲着一个蓬头人物朝他微笑，手里还牵着一根官绳，却看不见牵着什么。袁观澜初以为是官府的差役，招呼说："老爷，想喝一杯吗？"蓬头人接连点头，于是就倒了一壶端过去，蓬头人嗅了一下，却不肯饮。又问："是嫌凉吗？"又点了点头。袁观澜把酒热了，再端过去，蓬头人仍是嗅而不饮，却一嗅再嗅，渐而满面通红，大张着口，不再合上。此时袁观澜已知蓬头人是异类，壮着胆子把杯里的酒慢慢倒入他张着的口中，每倒入一滴，蓬头人身子一缩，一壶酒倒毕之后，身子小如婴儿，痴迷不动，但官绳仍紧握在手中。袁观澜牵动官绳，见到那一端系着的竟是邻家女儿。欣喜之中，急忙搬出酒瓮，把蓬头人投入其中，又画了八卦符镇压锁定。

一切料理妥当之后，解开官绳，与女子相拥入室，拜堂成亲。年壮正四十的袁观澜，全不惧此时的邻家女已然异类，精神倍增，女子更是悲欢交集，海枯石烂地不顾一切。两情不舍，一个背水陈兵，一个魂牵魄萦，受尽了煎熬的一对痴男怨女，隔着尘世做了被底鸳鸯。

这女子也是稀奇，夜里声形俱现，太阳升起，只闻其声不见其形，这么半阴半阳的日子过去了一年。有一天，女子兴奋地告诉袁观澜："我终于可以再生了，与君郎做一世光明正大的夫妻。邻村有一个富家女，明天气数告尽，我可以借她的身体复活。君郎按照我的办法去做，还可以得到一笔丰厚的陪嫁。"

第二天，袁观澜赶到邻村，果然见到一户人家刚刚丧女，他对悲痛欲绝的父母说："如果你们把女儿许配与我，我有灵丹妙药救活她。"全家大喜过望，当下答应了婚事。袁观澜让一家人回避，俯身在女子耳畔低语了片刻，女子竟跃然起身，活泼如初。全村人都跑来祝贺，敬天谢地恭贺新人。当天就操办仪式入了洞房，一件丧事化成了喜事。

这故事看着荒唐，却也是在讲一个道理，两个真心相爱的人，是能感天动地的。造物主派了贪酒的差役，做了一回稀里糊涂的月下老者。

官话鬼

这个故事的缘起，是一场庙会。

河东运使吴云从，升职做了刑部郎中。初到京城，一切都觉得新鲜。这一天恰逢庙会，家人抱着小公子去看热闹，逛的时辰长了，小公子在路边撒了一泡尿。尿过之后，孩子却哭闹不止，家人怎么哄也没有结果，败了兴致，只好废然而返。

半夜时分，小公子忽然开口说话，声音却是陌生的，操着官府腔，一口北京话："怎么小孩子这般无礼，尿在我头上？我跟你没完！"接下来吵闹纠缠了一夜，天明方止。

吴云从很是气恼，知道儿子误撞了难缠鬼。早上起来到城隍庙烧一纸文书投诉："我南方人也，无故小儿撞着说官话鬼，猖獗可恨，托为拿究。"吴云从是刑部郎中，以公文格式作文书，城隍见后，纵是阴阳两界，但官心相通，立即着令查处，这一夜于是相安无事。

第三天晚上，小公子病又发作，这次说话声音由一个变成多个，仍是北京话："你不过是个官儿罢了，竟这样糟蹋我们的老四，咱们兄弟今日来替他报仇出气，快备些酒来喝喝。"夫人迫不得已，急忙应酬："给你们喝，给你们喝，但不要闹。"于是一鬼喝毕，一鬼又喝。其中一鬼还嚷嚷着讨要前门外的杨家血灌肠做下酒菜。这个细节使他们露了馅，杨家血灌肠是南方的物产，以猪血和糯米混合灌制而成。吴云从是南方人，知道血灌肠的来历，判断这几个鬼也是南方来客，于是上前扇了几个巴掌，说："狗奴才强转舌根，学说官话，再说还打。"

天明之后，吴云从再到城隍庙投诉沟通："说官话鬼又来了，求神惩治。"这一天晚上，吴云从听见院子里鞭挞声不断，几个鬼连连求饶。

自此以后小公子病愈体安，一家人再无忧心事。

所有的巧合都是天意

余　途

摇滚时代

在火热中老崔再次成为焦点。他曾经一无所有地开启了中国摇滚元年。而每次有崔的影子，她都会想起赵。

她起初并不喜欢这类似无病呻吟，喧嚣发泄的声音。只要滚动的音乐响起，她会像躲避流氓一样，躲进她的小屋，嘴巴紧闭，眼睛流露出恐慌和鄙夷。可这种声音对她的追逐让她无法抗拒。“我曾经问个不休，你何时跟我走？”赵就是这样对她问个不停，她开始对这首歌有点感觉，有点好感了。赵经常在她的小屋里抱着吉他向她诉说：“可你却总是笑我，一无所有……”窗外的路灯摇曳，胡同里的空气有了一点燃烧的味道，碎砖乱瓦也有了金属的气息。

身着褪色军上衣的赵带她来到灵台山，他把自行车支上，说了句：“花房姑娘，就是你了！”唱起“不再掩饰”，占有了她的初吻。雪和铁慢慢融合，肉和血快速沸腾。那个时刻她感觉整个灵台山都是她的，还有山上的天，她会用欣赏的神情看着他摇滚的样子，听他摇滚的动静，琢磨他摇滚的想法。

……

赵的嗓音依旧沙哑，褪去了些许生涩与故作的深沉，滚动的声音依然是不满，却多了稀松和无奈。他在春天的故事中出走下海，旋即从她的视野中消失。

从此以后，谁也不知道他是发黑还是发白，发红还是发黄，发达还是发坏，总之，他以人间不常有的方式与过往告别，死不回头，而留在她记忆中的，除了各种情感气息，就是他摇滚的歌。

持续的疫情把老崔摇滚搬到网上，她以为这将是一场灰炭复燃的告别演唱，不想却像从头再来的火焰燃烧。老崔老了，声音被拘在一个密闭的空间发散不出来，可是从他持续爆发出的摇滚精神看，老崔不老，他还想撒点野。

她恍惚看到赵出现在屏幕上。她相信了她的直觉。摇滚之夜，她听见赵对她说：“该春游了，我们去灵台山搭个帐篷。”可他们却找不到灵台山在哪儿。

阿尔法钢琴家

钢琴家出事了。他动了邻家女孩布娃娃身上的纽扣，被邻居看见。女孩说，那颗纽扣有通向她身体的密码。一群人说要打断钢琴家的手。

钢琴家用自己的右手打了左手，又用左手打了右手，之后，手不再是他的手。钢琴家的手被人用绳子吊在门框上，门框钉着一组滑轮，他的手便挂在上面示众。路过的人都在议论，这只手都干过什么哟？有了解他的人说，他为敌军军官演奏过肖邦的第一叙事曲，那双手为自己换得了一张免死牌。他还弹过曲子鼓舞人民群众投身革命浪潮，像河水一样咆哮。又有好奇的人揣摩，这只纤细的手一定摸过很多女人，不然他弹的曲子怎么听着像在抚摸女人的头发、亲吻她们的脸。妈妈说，他演奏的《圣母颂》感动过很多母亲，《月光奏鸣曲》流露的爱曾撒向众多少女的心。可这又如何，再出色的手如今也被滑轮牵引着，用加速僵化的方式示众。

不过，细心的人发现，在吊着钢琴家手的滑轮上有一条广告：“与其关注被废的手，不如关注阿尔法狗。”果然，没过多久，阿尔法公司公开宣布了他们的最新研究成果，一个脱离了低级趣味，不受权力左右，没有七情六欲，没有独立思考能力，却集中了人类所有钢琴乐曲的机器人钢琴家就要问世了，她被命名为阿尔法钢琴家。据欣赏过她内部演出的专家说，阿尔法钢琴家的演奏技艺汇集了当今最高水平的众多钢琴家的能力和演奏技艺，轮指速度轻松超越人类极限。她还具有历史上所有著名钢琴家的表演风格和技法，可以完美再现肖邦、李斯特、柴可夫斯基的风采。从此以后，欣赏钢琴，只需牵阿尔法钢琴家的手。

阿尔法钢琴家上市以后，销量急剧增长，全球各种演出纷纷邀请她登台，让世界当红的钢琴家无地自容，钢琴从业者不断失业。令人始料未及的是，没有孩子再学钢琴。奇怪的是，尚活着的人总是想起吊在滑轮上钢琴家那发紫的手。

所有的巧合都是天意

他在凌晨5点20分拍了拍她，瞬间接到了她送来的晨吻。他原以为她是被他拍醒的，她却惊讶于刚刚吻了他，他就暖暖地拍到了她的心。他和她并没有躺在一起，甚至没有躺在一个时空，难道这仅仅是一种巧合吗？

确实，他们的遇见就是巧合。那次活动，没有谁刻意安排，她就坐在了他身边，他朗诵了他多年前的一篇作品，而她告诉他，她熟悉作品描写的所有地方。如果那天他不是推掉其他事情赶来参加活动，如果那天他选的不是这篇作品，那么就不会有之后那么多的巧合。

不久，她读到他的新作，深受震动，随即把感想告诉他：文章中超越种族、放眼苍生的悲天悯人情怀扑面而来，激发心存善念的人们对于众生、尊严等的思考，召唤人性的力量，渴望人类携手共存，战胜面临的天灾人祸，战胜人心的冷漠与背叛，战胜巨大的邪恶与谎言……你心灵痛楚的嘶哑呐喊，仿若天地间一腔热血的心。

唏嘘不已的他回复道："这正是我想表达的，你的解读令我惊叹。两个灵魂在云端相遇，虽空气稀薄，却自带氧气。"

对于这个现象，他解释说："当一种信息进入身体，日积月累，植入灵魂，直至有一天，信息释放的时刻，你会发现，有另一个灵魂与你相似相近……”

她眼中饱含泪水。

而后，这种契合多了起来。

当巧合经常出现，成为常态，便是当事人一种高度融合的习惯。她常常期待巧合的出现，期待他与她不间断的合拍、同频、共振，期待天意会降临，惠顾他们的世界。

终于，机会来临，致力于解决人类未来生存空间的机构招募志愿者。他们乘坐飞船离开地球，前往太空，并长久生活在远离地球的某个星球，永远不再回头。他们在一起生活的每一个细节，生老病死，都将被记录传回地球，作为未来人类生存方式的参考依据。

她愿意，他也愿意。他们成为天上的一颗星，从此不再需要巧合。

变形记

阿明仔

船与浴缸

夜里，一条船从水中站起，上岸。

为了那个时刻，它已等待了很多年。黄昏，老渔夫把为数不多的勇气，呵在手心里慢慢搓碎。他的妻子在河边用磨刀石，把一支银筷子，磨成发簪。

从一条鱼肚子里剖出的定情信物，那真是一条大鱼啊！

他用尽了力气，而它也经历了生命中唯一的高潮。那天的阳光可真明亮。他们一起躺着，慢慢摇晃，摇晃。

这是它第二次回忆起自己，它原本是岸边一棵树的一半，另一半被渔夫做成了浴缸，为了她，他爱上的那个不会游泳的女人。

这个黄昏，它意识到自己作为船的使命已经结束了，现在它应该重新成为木头，走到火焰中去。

在微弱的烛光里，老渔夫躺在床的外沿，右手静静垂着，梦见河面上空空荡荡，陪伴多年的那条船，变成了一条鱼，那条鱼真大啊，躺在水底一动不动，肚子里藏着一个打开了的百宝箱。

渔夫的妻子，在隔了三十年之后，又给浴缸里注入水，只是她忘记自己的背已经驼了，为了磨出那把发簪，双手的力气也都已经用光。她在水底静静地躺着，白色的头发像是发光的水草，正如她一直对水底的想象，那里有最迷人的光芒。

这个夜里，一条船从水中站起，上岸。当它碰到泥土的时候，它走向了房屋后面的那座山。在它还是一棵树的时候，渔夫还很年轻，他在它的身上遥望过那里。

当然，所有的一切并没有什么关联，本来就是这样的，最终都是这样的。就像那个浴缸，一直认定自己是一条河流，当它还是一棵岸边的树的一半的时候就已经这么认定。

而一条河流，只有在淹死一个人之后，才能成为真正的河流。

斑马树

他确定自己是某棵树上结着的一个苹果的梦。这个苹果有两粒心，同时也就有了两个梦。在一个梦里他是一棵永久不动的树。在另一个梦里，他是奔跑不停的斑马。

他不认为自己和其他人有什么不同，但他也不觉得别人和他一样。

他是如此与众不同又如此不能与其他人区分开来，就好像宇宙里的一切一样——即使，这个星球上只有一个独一无二的他，其他的星球上也会有独一无二的其他。

作为一棵树，他总是孤独的，有一块只属于自己的土壤，比如想象自己是一颗苹果的梦，比如自言自语、发呆，完全暴露在光天化日之下或者独自隐藏在无边的黑暗中。

而作为一匹斑马，他有很多的同行者，他们可能没有他这样黑白分明的条纹，却也有各样鲜美的皮毛，坚硬的盔甲或者尖锐的爪牙。但是没有任何土地是属于他自己的，他和其他同行者一起，一直努力向前奔跑，却不知道要跑向何处。

他知道自己在苹果的任何一个梦里都不是完整的。他常常不安自己是如此残缺，另一半总是永恒空缺——一半永恒等待，一半永恒寻找。一半总是沉浸在美妙的怀念和向往中，一半又总是迅速地以麻木的节奏把自己推向遗忘一切的边缘。

他期待有一天，作为斑马的自己跑过作为树的自己的身边时，会停下来。他也期待作为树的自己能等到作为斑马的自己经过的那一天。

他身上有多少条黑白条纹，就已经奔跑过了多少个白天黑夜，它们总是在不停交替，又区分得如此明确。要么他只能是作为一棵树而存在，要么他只能是作为一匹斑马而存在。

世界从来没有尽头，作为斑马树的他只能一直这样无限循环地活下去，为了不能实现的寻找和等待。

或者有那么一天。斑马来到树下并停止了它的脚步且得以永久地安息。而树也结出了生命里唯一的一个苹果，一个会做梦的苹果。

这个会做梦的苹果砸进了正在树下休息的他的梦里。并在他的梦里怀了孕，结出两个同卵双生的梦。

在那之前，从那以后，他再次并一直确定自己真的是一棵独一无二的斑马树。

玫瑰人

她一直坚信自己是因为某人的凭空想象而存在于这个世界上的，因此她与这个世界是如此格格不入。她这辈子所要做的事，就是要把这个想象她存在的人给找出来。

她每天的工作就是涂指甲油，工作之余就是把指甲油洗掉。她常常懊恼自己为什么不能随心控制指甲的颜色而弄得自己这么疲惫。她懊恼的样子就像是要睡着，她也常常就这样睡着了。她会梦见自己走在吊桥上被木瓜击中掉入水中，然后就冷死了。

她小时候和别的人类没什么不同，但是当她爱上公园里那个园丁的时候，她就发现了自己与别人不同的地方——她的身上长出了一片玫瑰花瓣。

后来，她爱上过很多人，他们职业不同却都是真正的人类。每爱上一个人，她的身上就长出一片花瓣。她害怕被他们发现自己的秘密——自己只是一个被凭空想象出来的植物人。因此，她和他们的故事都没有结尾——她一旦离开自己爱的人，身上会长出一根刺来——这更令她无法和自己下一个爱上的人赤诚相见，她怕自己会刺痛了自己爱上的人。

她后来又发现了自己的另一个功能。她爱上又不爱了的人，都意外死亡了。只要她想象到他们死亡的方式，他们就真的那样死了。

她快变成一朵玫瑰花的时候，她就不打算再爱上任何人了。她现在每天的工作就是给自己的指甲涂上各种颜色。她希望那个把她凭空想象出来的人厌烦了她的这种行为，就不会再想象她的存在了。

她还没爱上自己，等哪一天她爱上了自己，那时候她就会梦见自己走在一座吊桥上，被木瓜击中掉在水中。

冷死了。

枕头［外一篇］

阿明仔

世界上最会睡觉的人开了一个枕头店，世界上对睡觉最挑剔的人来店里买枕头。最会睡觉的人觉得他的枕头都很棒，因为不管哪个枕头都可以让他睡得很香，他不用枕头也能睡得很香。最挑剔的人却觉得这些枕头简直烂透了，他躺在店里那张床上试遍了所有的枕头，最后出于礼貌勉强买了一个。最会睡觉的人很高兴，另外赠送了他一个枕头。

第二天，最挑剔的人拿着两个枕头过来了。他说一个枕头太高，一个枕头太低；一个枕头头偏向左边睡的时候好一点儿，另一个枕头向右边睡好一点儿。最会睡觉的人只好把一直舍不得卖的一个“枕头”卖给他——自己的手臂——他经常枕着自己的手臂入睡。最挑剔的人试了试，觉得真的很不错，就买了最会睡觉的人的手臂回去当枕头了。

第三天，最挑剔的人抱着最会睡觉的人的手臂过来了，说，手臂只有在最会睡觉的人身上时才是一个完美的枕头。最会睡觉的人只好把手臂装回去，把自己整个人当成枕头卖给了最挑剔的人。

当天半夜，最挑剔的人睁开眼睛离开最会睡觉的人的手臂叹了一口气。“昨天在你店里的时候，你的手臂才是一个完美的枕头啊，现在它真是糟糕透了。”

最会睡觉的人睡着了，所以他没有听见。他白天还要去店里卖枕头，晚上才给最挑剔的人当枕头。他不知道，自己作为枕头简直糟糕透顶，因为他对枕头太没追求了。

你还记得那个月亮掉到井里的故事吗

“你还记得那个月亮掉到井里的故事吗？”死去的奶奶说，她紧闭双眼双唇，穿着花衣裳，“那可是个真月亮，半夜里掉下来，全村人都听到了，可不是娃娃们往井里丢块石头那样，那声音就像是你二狗叔结婚那晚，小三子把那层窗户纸给捅破了，每个人心里都听得亮堂哩。一早啊月亮就被捞起来，为了分配它，老李拖出了锄头，老张拿了镰刀，吴家小寡妇把陪嫁的金剪刀都翻出来了。最后当铁匠的村长一锤子把它砸碎了。好家伙，它可是熟透了，直往外流水，差点儿没把村子给淹了。然后啊，然后村里人就蒙上眼睛抓阄，抓到哪块是哪块。这可是宝贝啊，都得随身藏着。村尾的老陈用它做了颗假牙。杀猪的刘胖子接了那根断指。被熊瞎子抓掉眼珠子的猎人吕自然做了一个假眼球。你可是没见过，他每天晚上都要坐在最高的那块悬石上把它掏出来，吹一吹，擦一擦，看一看。花家媳妇做了个吊坠，可她手艺没有吴家小寡妇精细，她把金剪刀掰成两半，做了一支金步摇，每天从村头走到村尾，一摇一摇地晃眼。要我说，还是女人会琢磨啊，连已经土埋到脖子的林老太都把自己那顶帽子上的祖传猫眼石给抠了，嵌进去。她怕黑，说死了得给自己照照路。要说心狠，还数磨豆腐的小谢最狠，他给磨成粉喝了，啧啧，后来全村的狗都围着他转。奶奶我啊，我那时候本来没份儿，你爷爷给我偷抓了一块。我刚嫁过来，自己挑着嫁妆走了几百里山路，脚上刚好起了个水泡，就捅破水泡把它塞了进去，用最小的针缝上。这辈子，我是等不到第二个月亮熟透了。右脚缺了一块，所以我一辈子都走不出这个村子。孙啊，你可得给我好好等着啊，等这天上的月亮熟透了掉下来，你得帮奶奶多拿一块。对了，哪天你有空了，得抓紧去挖口井，你得挖得深点儿，不然月亮掉下来声音太响，所有人都听到了。”

真心话大冒险

叶　往

大冒险

她又哭了。

她总是在课堂上哭。

哭得梨花带雨，哭得教导主任来了，哭得校长也来了。

哭得惹学生厌烦，私下骂她是爱告状的叛徒。

到最后，她哭不出来了，很不舍地离开了学校。

几个小女生把她的行李搬到校门口，对她说："姐姐，你以后不能对学生那么好，你是老师。"

她刚来时，扎着马尾神采飞扬，在课堂上声情并茂地朗诵原创诗歌，给大家看她发表的作品，为他们买冰淇淋，与大家坦诚相待，以至于爱八卦的学生们知道了她所有的秘密与过往。

他们在课间活动时，在她的房间外面踱来踱去，期待寻找更有趣的话题。

有次，她收到一个字条，上面工整地写着："老师，请等我三年。"

她有点惊讶，有些恐惧，同时很欣喜，浪漫的罂粟花在心底惹人悸动，她觉得自己突然文思泉涌，成了可为爱情献祭的诗人。

她想起了三毛与荷西，想起了课堂上那个眼睛放光的纯真少年，想起了几年后健壮的他推门而入，将自己一把拥入怀里……

等待也许是世界上最漫长最痛苦的事情，但等待也往往给人惊喜，倘若拥有暴烈的爱，没有比等待一个少年更为浪漫的事情啊。

就当是一场青春期的独自冒险……

三年倏然而过，日夜惹人煎熬……

她已到了谈婚论嫁的年龄，她心中那个少年也刚上了大学。

她日复一日地等待少年归来，而少年在军训过后，选择了他心爱的第五位少女。

她得知后，黯然自伤，觉得容颜难敌少女，不能次次自我欺骗。罢了，一切都是水月镜花、大梦一场。

她不会想到，这个字条，只是少年之间一次不算难忘的惩罚游戏。

少年在真心话和大冒险之间，为了青春的心事，豪勇地选择了后者。

给那个单纯可笑的实习女老师，扔了一封人畜无害又皆大欢喜的情书。

财　路

小丁，山穷水尽了。

公司马上倒闭，那天下午，他和老板互骂：“你怎么还不去死！当不了老板让我来！”

幸好他三个月前交了半年房租，还能撑住，上周从老家带了很多蔬菜水果。

他发现，人总是在最穷困的时候，反倒吃喝不愁，要吗有吗！

没有了钱的负累，便有种游离于世间，无所谓有，也无所谓无的飘忽感。

都是浮云，饿是横竖饿不死人的。

他低着头刚进电梯，一只扎着小辫的泰迪犬一下害怕地缩到角落。

主人呢？狗链呢？他想。

这年头，有钱养狗，没工夫管狗的大有人在。

小狗呀，谁让你遇到了我这个好心的苦命人。

他逐层按着电梯，一直按到了顶楼，也没找到主人，心态崩了。

小丁转身无奈地说：“你不能跟着我，我也没钱养你。”

他决定带狗去门卫室，查查监控。

他俯身把双肩书包张开，小狗顺势就爬了进去。

抱着小狗刚出电梯走了几步，一个彪形大汉便朝他远远跑来。

边跑边骂：“你这个杀千刀的偷狗贼！”

还没等小丁开口解释，脸上已挨了一记重拳。

“就说小区整天丢狗呢，原来是你这个小偷。走！公安局！”

小丁百口莫辩，一下被扭送到公安局。

警官五分钟询问后，才发现搞错了。

大汉羞愧难当，以不容拒绝的气势，给小丁扔下500元现金，一溜烟跑了，无比轻盈。

这突然到手的500元，纯买馒头，估计能吃一年吧。

小丁一想，笑了，脸生疼。

转辗难眠

飞翔失眠半年了，情况越来越糟糕。

他做了能想到的所有尝试：看小说听相声，打游戏练倒立，甚至撞头，最终还是敌不过几枚白白的药片。

他想，一个二十几岁的小伙子，好好睡觉竟成了大问题，真是可笑。

但很难给别人解释那种感觉，暴躁、虚无和走不到尽头的长夜带给人的绝望和孤独。

他迟到数次之后，经理对他说：“给你休个长假，调整好状态再来。”

他想着出去旅游一圈，上班好几年了，一直没有机会出去走走，说不准换个水土，病就好了。

当飞机慢慢驶离地面的时候，飞翔感到前所未有的困，便一头栽倒在座椅上昏睡了好几个小时。

随后在西藏的几天时光，依然毫无睡意。只在拉萨市内转了一圈，大多数时候仍是在宾馆和失眠做斗争。

难道只有在飞机上睡觉，才可以睡得着？

他看着发瘪的钱包，一咬牙又买了一张机票。

果然，他在回程的飞机上睡得很香，他验证了自己的观点。

可是，总不能 365 天都在飞机上睡觉吧，明明是个穷人，竟然得了富贵病。

飞翔自然而然想到一个办法：晚上睡觉前戴上 VR 眼镜，开始飞行。

他设置好各种参数，飞行器果然飞了起来。他立刻全身酸软，疲惫至极，眼睛缓缓地闭上了。

不知睡了多久，网络警察破门而入，将迷糊着的飞翔逮捕了，罪名是虚拟世界肇事逃逸罪。

他的飞行器撞倒了许多行人和基础设施，造成了很严重的交通事故……

而此时的飞翔，还未彻底睡醒。

他的失眠还没好，新的麻烦又来了。

故乡古人

谢志强

扇　人

朱锦一年四季都拿着扇子。乡里人，一般多用蒲扇，而且是逢了炎热夏日才启用。朱锦拿着丝绸折叠扇，有隐隐的花纹，似乎从没收拢过。他出门，就打开扇子，偶尔，小幅度地扇一扇。

那把扇子是朱锦的标志。有一个外乡人，在一个严寒冬日慕名来找朱锦。乡里人就说，看见拿着丝绸扇子的人便是。

那把扇子和朱锦如影相随。据传，朱锦抓周，众多的物件里，他抓了一块彩色的丝绸。曾祖父朱端顺口给他起了名：锦。

万历二十年，朱锦考中进士。朝廷放官，任江西金溪县知县。他执法不阿，对上不屈从奉迎，升为礼部精膳司郎中，后再升为扬州知府，屡建业绩。又调往河南任按察司副使，遇上某御使，罗织罪名，上疏责难。实为朱锦所持主张与他相悖，且不留情面。不干事的人找干事的人的茬子，很方便。

于是，朱锦气愤辞官还乡。幸亏祖上留下了家业，他闭门著书，做学问。《京学集要》《今古纡筹》《君臣当机录》《四六类函》《千岁考》，都是朱锦在余姚老家写成。

朱锦的曾祖父朱端，常救济乡里乡亲，众人私下里给他取了个号，叫济斋。

曾祖父的一言一行，都滋润着朱锦。自小，他用自己的压岁钱接济过家境拮据的小伙伴。为此，曾祖父会多给他些压岁钱，以示鼓励。

朱锦辞官还乡后，常在村中街上散步。当然，他还是一贯的形象，唱戏的曲不离口，朱锦则扇不离手。

有一天，路遇一个妇女抱着婴儿哭泣。他驻足询问缘由，原来其夫负债无力偿还，打算卖掉她——从此母子分离。

朱锦频频摇着扇子，说要见一见女子的丈夫。

那是间冷冷清清的茅草屋，朱锦随后把男人引到朱宅大院，取了钱交给他，让他还债。朱锦还安慰他，没钱不急，有了再还。那男人说：你是个善人。

善，扇也。从此，朱锦有了个别号：扇人。

朱锦借出了钱，不催，不讨。

妻子提醒他，他说：人家不来还，说明没钱还。我不求锦上添花，只图雪中送炭。

大多数穷苦人，借了钱，还不起，那便成了“千年不赖，万年不还”。一旦邂逅了，有人会说：一时筹不齐。朱锦摇一摇扇子，笑一笑，说：不急不急，免了免了。

朱锦接济的穷人多了。扇人的名声传开。有的借了钱，生怕遇上朱锦，就远远地避开，提前绕道走。其时，朱锦的家业，到他手里只出不进，已“水落石出”了，只是朱宅大院还保持着富足的架子。

妻子发愁，提醒他：手该收紧了，别再放手了，你不持家，不知油盐酱醋贵。

朱锦只是沉默，频频扇扇子。

妻子反复说，他便吐一句：屋里这么热。一副“恕不奉陪”的姿态，出门，上街。

迎头正碰上曾想卖妻的男人。那男人低头走路，躲避不及。

朱锦立即用扇子遮住自己的面额，生怕对方认出自己模样，双方隔扇，擦肩而过。

妒忌

余姚驻扎着一支军队，统帅姓赵，很多士兵征自当地。余姚素来崇文，但也有尚武者，毕竟靠海，常有倭寇、海盗前来骚扰。

军中，最有名气的三人仿桃园三结义，结拜为兄弟。三位壮士力大无比，稳定军心，征西寇、抗东倭，屡建奇功。

大哥骆尚志临阵擅使大刀，升至副总兵。二弟叶道元拳脚了得，以徒手搏击而扬名。就是心直口快，看谁不顺眼，自是不客气。三弟娄师可略逊，号称娄八百。骆尚志一人之下，千人之上。在上的那个人便是赵总兵。

逢了战事，总是由骆尚志带兵冲锋陷阵。后方的赵总兵手下的笔，总结战绩时，往往是指挥有方，功劳全记在自己的名下。幸亏骆尚志不计较、不在乎，赵总兵赞他是一个武夫。

一次，三兄弟分头把守要塞的三个方向，敌强我弱。叶道元所在阵地最为惨烈，出阵的士兵纷纷倒下。他独自一人厮杀拥来的倭寇。刀钝了，失手落水，他拔起水中的木桩，在及腰的水中坚守了三个时辰。倭寇数次撤退，重又进犯。

赵总兵居高临下，目睹了水中的叶道元，如一棵狂风中的树，不弯不倒。

赵总兵迟迟不发救兵。他感叹：一个骆尚志已给我不小压力，这个叶道元比骆尚志还有劲头，发发牢骚就够我难堪了。

身旁的亲信领会了赵总兵的心思。亲信知道，赵总兵发怒是称心，恨身边人朽木不可雕；而发笑，是动了杀机的信号。亲信携弓弩找到隐蔽的角落，选取一个巧妙的角度，朝着水中的叶道元发箭，射中。

赵总兵望见叶道元如一棵被伐倒的树，沉入水中。夕阳收敛起最后一缕晚霞，西边的天际像洒满了血，映红河水。

倭寇撤退。

赵总兵对那个亲信点了点头。连夜，他授意起草战报。夜深时，却听骆尚志高喊着闯入，赵总兵顿时乱了手脚。

陈向荣

陈向荣，字云来，是余姚县学读书的秀才。他像一朵云彩飘移，举家迁居杭州。在杭州，他陪父母、做学问，十八年如一日。他极为孝顺，搀扶父母散步，制作美味食品。他的主要精力放在做学问上，思维有条有理，表述有板有眼，不急躁，不冲动，从不随着性子来，他的言谈举止冷静、沉稳、从容，给人以心如止水的印象。似乎每做一件事，每说一句话，都是未来的前奏，环环相扣，有条不紊。

学问深厚了，就有人来邀请他到江宁（今南京市区）的学馆讲学。陈向荣确定了讲学时间：第二年五月返回杭州。

可是，当年的十二月，有一天，他突然心动，急于想回家。那是他人生当中从未出现过的突如其来的念头，似乎突然左右了他，轻易地遣散了他惯常的稳固思维，打破了他习惯的生活秩序。

他说走就走。过后，他的学生猜想，是不是他做了一个梦？或者，有人送来了火急的信？或许，他听到了一声召唤？

那一天，水缸里结了一层薄冰。几名学生送他到江边码头。清晰的线路已浮现在他的脑海里。

但是，长江航运受阻。学生劝他，等到航运疏通了再走。但是劝说反倒加强了他回家的迫切。

开弓没有回头箭。陈向荣徒步，从江宁到常州北面，那个长江岸边的孟河镇（今常州新北区），转进南徐（今镇江），冒着严寒，由大运河乘船至杭州。

陈向荣曾寄过家书，告知父亲第二年五月回家。他突然回家，父亲很意外（那不是儿子行事的风格），却大喜。家中如来春风，欢声笑语，像陈向荣以前在家那样。

第二天早晨，陈向荣没出来。以前，他早起，备早点，问早安。父母以为他途中劳累。再过了一会儿，父亲轻轻推开门。陈向荣已无气息，但面部安详，仿佛在沉睡。

父母也不知道儿子突然回家有何急事，也看不出有何事。父亲的眼中，儿子如同在杭州时从学馆归来那样。

噩耗传出，熟悉陈向荣的人都感到疑惑。有一点儿不解，难道他远远地预见了自己的死期？送他的学生说：先生只字未说返回学馆的事情。

你是否懂得一只青蛙的悲伤

安　纲

你是否懂得一只青蛙的悲伤

这里有他从来没有过的宁静和祥和，并且阳光特别好，他穿过一条小溪，好像去给谁送一盒清凉油。快到的时候他不小心把清凉油掉在了地上。

低头看时，他看见他的那盒清凉油一下子被一个大个头的青蛙给吞了下去，他还没回过神来的时候它就跳开了。

这里的树荫浓密，光线昏暗，靠山的地方是石块垒起的斜坡，水井旁边的地上都是苔藓，他从一条石椅下看见一个比刚才他见到的那个青蛙还要大一倍的青蛙正吞食着一只青蛙，青蛙的头和大半个身子已经在这个大青蛙的嘴里了，外面只露出两条半白的后腿，但很快就被吞没了。

这个发现让他有些吃惊。他才注意到，这里的地上有很多大大小小的青蛙，在他正吃惊时，他看见一个巨型的青蛙正趴在离他有四五米的地方看着他，它的肚子并不胖，身子很长，像一棵倒伏地上长满了绿苔的榆树。它肯定也看到了刚才那一幕，只不过他没注意到它，它太大了，足足有一把椅子那么大，浑身绿莹莹的。当他们四目相对的时候，他觉得它会对他发动攻击，他心里觉得它心里会想：“这是什么东西哎，竟然比我还大，还会动……”

就在他想的时候，他看见它身子往后一缩，他下意识往后退了一下，双手合十马上念起了佛号，在他刚念完第一句的时候，那个绿色的巨型青蛙已经恢复了平静，目光也变得松弛了很多，低下头，望向地面，像什么也没有发生过。

被妈妈呵斥的鸟

午夜最亮时分，村子里低矮的房屋像瘫痪在地上的一团团黑影。

他和他的妈妈不知道因为什么发生了激烈争吵。气氛十分诡异。他内心抗拒和她争吵。紧张的他，喘着粗气，身体僵硬。

然后，几个没有脸的像树影一样的人围住一只五彩斑斓的鸟。他也在他们中间。这里的人似乎都心知肚明——这只鸟就是死亡和不洁，只要触碰到它就会立即死去。至于说围捕这只鸟，倒不如说是在合围中依仗人多而选择的一种不被攻击的逃遁方式。显然，他的妈妈比他更清楚地知道这个秘密。

鸟儿突然抖动着它火焰般的翅膀向他扑来，他一下子僵住了，像被点了穴，无法动弹。他的妈妈一个健步冲在他前面对着鸟儿大声呵斥着，这只鸟好像被妈妈突如其来的呵斥声给吓住了，金色的翅膀逐渐变小，像快要熄灭的焰火。他看见鸟的眼睛磷光闪闪，它没有瞳孔，仿佛磷光本身自燃。

他出生时的房子早不在了。它原来在一个土坡上。坡下是一条快要干枯的小河。

那几个人已经不知去向。他看见那只五彩斑斓的鸟正穿过一片初春的田野，像一簇焰火快速地窜进他出生已经不在了的房子里。他的妈妈在门外气得直跺脚。

他的手臂不见了

他在一个不深的长满野草的土沟里，这里视野十分真切，但它的周围却被浓雾笼罩着，他感觉离这里不远的地方应该是他出生时的村落。

他左小臂打着石膏，像没有知觉的假肢，感觉挺重的，走路时他感觉像在提一个特殊的宠物笼子。这不是他的比喻，现在它更接近一个事实：因为他看见他左小臂朝外侧的石膏上趴着两只可爱的小猫。它们看他的眼神很像他的孩子。

他刚到这里就看见了，不知道谁提醒他，说他的石膏上有苍蝇，他一看，是有苍蝇正从石膏里往外爬。他就是在这个时候看见它们的，他还挥起左小臂向前轻轻摆了一下，两只黑白相间的小猫一晃一晃，可爱极了，像在自己的窝里，前爪紧紧抓着石膏上的绷带。

他挥左臂向前摆动时那几只苍蝇没有飞走，这让他隐约觉得他的小臂里面的伤口可能溃烂了，于是他马上用右手拆绷带，拆绷带时两只小猫跳到了地上，就在他脚边。拆完绷带，他从地上找了一截干树枝，去刮石膏，这不刮不要紧，一刮把他自己也吓了一跳，石膏好像变成了容易脱落的塑料泡沫，泡沫里有很多蛆一个劲儿往外爬，还有很多苍蝇往外涌，他一点也不疼，只是觉得有点恶心。

他更加相信自己的小臂已经溃烂，他用力往下刮，想看看伤口到底怎么样了，但是他没有看见。等他把石膏全刮下来时，他发现他的小臂竟然不见了。

他脚边的小猫一直扬头看他，眼神里充满期待和无助。他弯腰用右手把它抓在怀里，然后，转身找另外一只小猫。另一只小猫躲在他身后，他弯腰抓它时，它跑开了，好像故意不让他抓。就在他要起身时，他的屁股不知道被什么东西咬了一下，他没感觉太疼，只是屁股被咬的地方有点凉飕飕的。

未来生活奇遇记

未来的人们全都生活在高楼里。看不见天，也看不见地。整个地球被钢筋水泥的楼宇覆盖。

一天，他站在窗前看到悬浮在楼外的水泥槽的河里有很多赤裸着上身的人正在抓鱼，像在欢度一个节日。

悬浮在外面的水泥槽有二三米宽，里面的水不多，像一条马上就要干枯的小溪，谁知道呢，也许它们就是一条小溪，或者是城市的下水道也说不定。

他看的时候，旁边还有个小男孩踮起脚尖趴在窗台上也在看。突然从倾斜而下的水里一条一米多长的大青鱼蹦跳起来飞向他们，他们下意识地一蹲，大青鱼从外面直接跳进窗里来了，他们都很兴奋。

不知道从哪里来的一个精干的满面红光的老人，他手里拿着一个鱼叉，对着他说：“快，快，快帮下忙，别让鱼跑了。”

不知道怎么的，他心里好像知道这条大鱼是天上的星星变的，它对于人间来说是极其珍贵和十分难得的一个宝贝。

他们一起开始抓这条鱼，小男孩也加入了他们，他和小男孩张着双臂挡住鱼往窗外飞的去路，老人的鱼叉结结实实地扎住鱼的心脏部位，鱼一声不吭地死了。

奇怪的是鱼死的时候像变魔术一样，一阵烟雾之后它忽然变成了一个易碎的长满白霜的鱼骨形状的金属物，而且不仅是那条鱼死了，就在他们一起抓鱼时那个小男孩不知怎的也死了。

旁边有人对他们说：“你们商量商量，怎么办吧。”他和那个精干的老人赶忙心照不宣地偷偷地往自己的口袋里装了一小片薄薄的落在地上的白绒绒的金属鱼骨的碎片。

他们刚放进口袋，一个年轻的脸长的女子来了，他们知道她是那个小男孩的妈妈，她知道她的儿子死了。

这个时候他们谁也没有见到那个小男孩，他们只是知道他死了。小男孩的妈妈没有表现得太过悲伤，只是两个眼睛死死盯着地上的长着白霜的鱼骨金属物，仿佛那就是她的儿子。

她好像知道他们私藏了鱼骨金属物碎片似的，用手指着地上的金属鱼骨平静且不容置疑地说：“你们必须把这个交给我。”

2022 年选系列封面绘图画家介绍

文瑶 1996 年就读于广西艺术学院美术系油画专业。现为广西艺术学院美术学院副院长，副教授，硕士研究生导师。中国美术家协会会员，广西美术家协会理事，广西青年美术家协会常务副主席，漓江画派促进会理事。

《看大船》 文瑶 150 cm×75 cm 丙烯

文瑶画作短评

文瑶的画有野兽主义的气度，也有印象主义的灵动。大块的坚定运笔，有味道的经营布局，再加时不时的一些小点缀，使文瑶的画透出自己的独有韵味，画面效果既有装饰趣味又不缺油画的厚重。

……文瑶的语汇里还有着贴近他性情的逗乐与调侃式的把玩心态，他总是不按常规地强化出对象的某种特殊的形貌状态，无论是画人物或者风景，他的处理总会有一些让人眼睛一亮的闪光点出现。这样的能力来源于他对现实对象的独特体察与概括性的整体把握，尊重事实而又能跳出常理的束缚。

——黄菁（广西艺术学院教授）